D1041450

EL APÓSTOL NÚMERO 13

EL APÓSTOL

NÚMERO

I3

Traducción de Lluís Miralles de Imperial

Grijalbo

Título original: *Le secret du treizième apôtre*

Primera edición: junio, 2007

© 2006, Albin Michel
© 2007, Random House Mondadori, S.A.
   Travessera de Gràcia, 47-49. 08021 Barcelona
© 2007, Lluís Miralles de Imperial, por la traducción

Printed in Spain – Impreso en España

ISBN: 978-0-307-39180-3

Distributed by Random House, Inc.

BD 9 1 8 0 3

A David,
el hijo que me hubiera gustado tener

El estrecho sendero trazado en la ladera de la montaña dominaba el valle. Muy lejos, por debajo, se adivinaba un torrente que recogía las aguas: yo había dejado mi caravana al final de la pista forestal; el vehículo no podía llegar más lejos. En la Italia turística e industriosa, el macizo de los Abruzos parecía tan salvaje y abandonado como en los primeros tiempos de la humanidad.

Al salir de un bosquecillo de pinos, apareció ante mí el fondo de la cañada: una pendiente impresionante que se elevaba hasta una franja que ocultaba la vertiente adriática. Aves de presa que planeaban perezosamente, una soledad absoluta a solo unas decenas de kilómetros de la carretera atestada de veraneantes, ninguno de los cuales se aventuraría hasta allí.

Entonces le encontré: vestido con una especie de blusa, con una hoz en la mano, inclinado sobre una mata de gencianas. Los cabellos blancos que flotaban sobre sus hombros acentuaban la fragilidad de su silueta. Cuando levantó la cabeza, distinguí una barba descuidada y dos ojos claros, casi acuosos: la mirada de un niño, ingenua y tierna pero también penetrante y viva, que me desnudó hasta el alma.

—Así que ya está aquí… Le he oído acercarse. En este lugar los sonidos llegan muy lejos, y nadie viene nunca a este valle.

—¡Pero si habla francés!

9

El hombre se irguió, deslizó el mango de la hoz en el cinturón de su blusa y dijo sin tenderme la mano:

—El padre Nil. Soy, o mejor era, monje en una abadía francesa. Antes.

Una sonrisa maliciosa arrugó su frente lisa. Sin preguntarme quién era ni cómo había podido llegar hasta aquellos confines del mundo, añadió:

—Necesita una tisana, el verano es caluroso. Mezclaré esta genciana con menta y romero; será amargo pero reconfortante. Venga.

Era una orden, pero pronunciada en un tono casi afectuoso: le seguí. Delgado y derecho, el monje caminaba con paso ligero. De vez en cuando, las manchas de sol que se filtraban a través de las píceas hacían brillar su cabellera plateada.

El camino se estrechó, y luego se ensanchó de pronto formando una minúscula terraza que dominaba el despeñadero. Una fachada de piedra seca, una puerta baja, una ventana, emergían apenas del flanco de la montaña.

—Tendrá que agacharse para entrar: esta ermita es una gruta acondicionada, como debían de serlo las de Qumran.

¿Se suponía que debía conocer Qumran? El padre Nil no explicaba nada, no hacía preguntas. Su sola presencia creaba un orden de las cosas que era la evidencia misma. La aparición a su lado de un duende o un hada me hubiera parecido perfectamente natural.

Me quedé todo el día con él. Con el sol en el cenit, sentados sobre el parapeto que dominaba el abismo, compartimos el pan, el queso de cabra y unas exquisitas hierbas aromáticas. Cuando la sombra de la vertiente opuesta rozó la ermita, me dijo:

—Le acompaño hasta la pista forestal. El agua que corre por el foso es pura, puede beberla.

Todo parecía puro a su contacto. Le comuniqué mi deseo de acampar en esa montaña durante varios días.

—No hace falta que cierre su vehículo —me dijo—. Nadie viene por aquí, y los animales salvajes lo respetan todo. Venga mañana por la mañana; tendré queso fresco.

He perdido la cuenta de los días que pasé junto a él. Al día siguiente, sus cabras aparecieron en la terraza y vinieron a comer las migas de nuestras manos.

—Le observaron ayer sin que las viera. Si se muestran en su presencia significa que puedo contarle mi historia. Será el primero en escucharla.

Y el padre Nil habló. Él era el actor principal de esa aventura; sin embargo, no me habló de sí mismo, sino de un hombre del que había descubierto el rastro en la historia, un judeo* del siglo I. Y detrás de ese hombre percibí la sombra luminosa de otro, del que me contó poco, pero que explicaba la claridad de su mirada límpida.

El último día, mi universo de occidental educado por el cristianismo había dado un vuelco. Partí cuando las primeras estrellas hacían su aparición. El padre Nil se quedó en la terraza, como una pequeña sombra que daba sentido a todo el valle, y sus cabras me acompañaron un instante. Pero en el momento en que encendí mi lámpara eléctrica, asustadas, retrocedieron.

---

* Habitante de Judea, cuya capital era Jerusalén.

PRIMERA PARTE

1

El tren corría veloz en la noche de noviembre. Echó un vistazo al reloj: como siempre, el expreso de Roma había acumulado un retraso de dos horas en el trayecto italiano. Suspiró: no llegarían a París antes de las veintiuna horas...

Se arrellanó en su asiento y pasó el índice entre el cuello de celuloide y la piel. El padre Andrei no estaba habituado a llevar *clergyman*; solo se lo ponía cuando tenía que salir de la abadía, lo que ocurría raras veces. ¡Y aquellos vagones italianos debían de ser de la época de Mussolini! Asientos de imitación de cuero, duros como los sillones de un locutorio de monasterio, una ventana que se podía bajar hasta la barra de apoyo, colocada muy baja, sin aire acondicionado...

En fin, ya solo faltaba una hora. Las luces de la estación de Lamotte-Beuvron acababan de desfilar a toda velocidad: en las largas rectas de Sologne, el expreso siempre alcanzaba la velocidad máxima.

Al ver agitarse al sacerdote, el fornido viajero que se encontraba sentado frente a él levantó sus ojos marrones del periódico y le dirigió una sonrisa que no iluminó su rostro de tez mate.

«Sonríe solo con los labios —pensó Andrei—. Sus ojos siguen tan fríos como un guijarro a orillas del Loira...»

El expreso de Roma transportaba a menudo a una población clerical que le hacía parecer una sucursal del Vaticano, pero aquel día en su compartimiento solo estaban él y esos dos hombres silenciosos: las otras plazas, a pesar de estar reservadas, habían permanecido vacías desde la partida. Andrei echó una ojeada al segundo pasajero, hundido en el ángulo del rincón del pasillo: un poco mayor, elegante y rubio como el trigo. Parecía dormir; tenía los ojos cerrados, pero de vez en cuando su mano derecha tamborileaba sobre la rodilla, mientras la mano izquierda marcaba acordes en el muslo. Desde la salida solo habían intercambiado algunas frases corteses en italiano, y Andrei había notado que tenía un fuerte acento extranjero, sin poder identificarlo. ¿Europa del Este? Su rostro era juvenil, a pesar de la cicatriz que partía de la oreja izquierda y se perdía en el oro de sus cabellos.

Esa costumbre que tenía de observar los pequeños detalles... Sin duda le venía de toda una vida inclinado sobre los manuscritos más oscuros.

Apoyó la cabeza contra el vidrio y miró distraídamente a la carretera, que corría paralela a la vía del tren.

Hacía ya dos meses que debería haber devuelto a Roma, traducido y analizado, el manuscrito copto de Nag Hamadi. Había realizado la traducción rápidamente. ¡Pero el informe de análisis...! Andrei no había llegado a redactarlo. Era imposible decirlo todo, y menos por escrito.

Demasiado peligroso.

Entonces le habían convocado. En los despachos de la Congregación para la Doctrina de la Fe —la antigua Inquisición—, no había podido eludir las preguntas de sus interlocutores. Hubiera deseado no hablarles de sus hipótesis, refugiarse en los problemas técnicos de la traducción. Pero el cardenal, y sobre todo aquel temible minutante,* le habían acorralado y le habían obligado a decir más de lo que quería. Luego le habían interrogado sobre la losa de Germigny, y los rostros se habían endurecido un poco más.

Finalmente había ido a la reserva de la Biblioteca Vaticana. Allí, el pasado doloroso de su familia se le había hecho presente de nuevo de un modo brutal —tal vez era el precio que debía pagar por ver, al fin, la prueba material de lo que sospechaba desde hacía tanto tiempo—. Entonces había tenido que abandonar precipitadamente San Girolamo y coger el tren hacia la abadía: se encontraba en peligro. Lo que quería era paz, solo la paz. No estaba en su lugar en medio de las maquinaciones, en Roma no se sentía como en casa, pero ¿se sentiría como en casa en algún sitio? Al entrar en la abadía, había cambiado de patria por segunda vez y la soledad le había embargado.

Ahora el enigma estaba resuelto. ¿Qué le diría al padre Nil a su vuelta? Al discreto Nil, que había recorrido ya, a solas, una parte del camino… Le pondría en la buena vía. Nil debería encontrar por sí mismo lo que él había descubierto en el curso de toda una vida de investigaciones.

Y si le ocurría algo… Entonces Nil sería digno de transmitirlo a su vez.

El padre Andrei abrió su bolsa y revolvió dentro bajo la mirada impasible del pasajero que tenía enfrente. Al fin y al cabo, resultaba agradable que solo fueran tres en un compartimiento previsto para seis. Así había podido quitarse la chaqueta del *clergyman*, demasiado nuevo, y colocarla recta, sin arrugarla, sobre el asiento vacío. Acabó por encontrar lo que buscaba: un lápiz y

---

* Secretario de una congregación romana, de rango inferior, que redacta las «minutas» de las actas pontificias.

un pedazo de papel. Rápidamente anotó unas palabras; apoyando el papel en el hueco de la mano izquierda, dobló instintivamente los dedos por encima y echó la cabeza hacia atrás.

El eco del ruido del tren rebotando en los árboles al borde de la carretera producía un efecto amodorrante. Sintió que se adormecía…

Entonces todo ocurrió con extrema rapidez. El viajero de enfrente dejó tranquilamente su diario y se levantó. En el mismo momento, en el rincón del pasillo, el rostro del rubio se petrificó. El hombre se incorporó y se acercó como si fuera a coger algo de la malla por encima del sacerdote. Andrei levantó instintivamente la mirada: la malla estaba vacía.

No tuvo tiempo de reflexionar: los cabellos dorados se inclinaron hacia él y vio cómo la mano del hombre se movía hacia la chaqueta colocada sobre el asiento.

De pronto se hizo la oscuridad: le habían echado la chaqueta sobre la cabeza. Andrei sintió dos brazos musculosos que le abrazaban, apretándole la prenda contra el torso, y le levantaban en el aire. Su grito de estupefacción quedó ahogado por la tela. Un instante después se encontró de cara al suelo, oyó el chirrido de la ventana que bajaba, percibió el metal de la barra de apoyo contra las caderas. Se debatió, pero toda la parte superior de su cuerpo estaba suspendida en el vacío, fuera del tren, y el viento le azotaba con violencia sin apartar los pliegues de la chaqueta, que una mano firme mantenía apretada contra su rostro.

Se ahogaba: «¿Quiénes son? Hubiera debido imaginarlo, después de tantos otros desde hace dos mil años. Pero ¿por qué ahora, y por qué aquí?».

Su mano izquierda, atrapada entre la barra de apoyo y el vientre, permanecía crispada sobre el papel.

Sintió que le inclinaban hacia delante.

2

Monseñor Alessandro Calfo estaba satisfecho. Antes de abandonar la gran sala oblonga próxima al Vaticano, los Once le habían dado carta blanca: no podían correr ningún riesgo. Desde hacía cuatro siglos eran los únicos en velar por el tesoro más preciado de la Iglesia católica, apostólica y romana. Los que se acercaban demasiado a él debían ser neutralizados.

Calfo se había guardado bien de explicárselo todo al cardenal. ¿Podría preservarse mucho tiempo el secreto? Pero si aquello se divulgaba, sería el fin de la Iglesia, el fin de toda la cristiandad. Y un golpe terrible para Occidente, que ya se encontraba en muy mala posición frente al islam. Una inmensa responsabilidad descansaba sobre los hombros de doce hombres: la Sociedad San Pío V había sido creada con el único objetivo de proteger ese secreto, y Calfo era su rector.

Ante el cardenal, se había contentado con afirmar que no existían de momento más que indicios dispersos, que solo algunos eruditos en el mundo eran capaces de comprender e interpretar. Pero había ocultado lo esencial: si aquellos indicios, ligados entre sí, se ponían en conocimiento del gran público, podrían conducir hasta la prueba absoluta, indiscutible. Por eso era importante que las pistas existentes permanecieran dispersas. Cualquiera que tuviera la malicia suficiente

—o fuera simplemente bastante perspicaz— para reunirlas, se encontraría en situación de descubrir la verdad.

Se levantó, dio la vuelta a la mesa y se plantó ante el crucifijo ensangrentado.

—¡Maestro! Tus doce apóstoles velan por ti.

Maquinalmente hizo girar el anillo que llevaba en el anular derecho. La piedra preciosa, un jaspe verde oscuro salpicado de manchas rojas, era anormalmente gruesa —incluso para Roma, donde los prelados son aficionados a los símbolos ostentosos—. A cada instante, esa venerable joya le recordaba la naturaleza exacta de su misión.

¡Cualquiera que llegue a desvelar el secreto debe ser consumido por él y desaparecer!

3

El tren avanzaba a toda velocidad por la llanura de Sologne como una serpiente luminosa. Con el cuerpo doblado por la mitad y el torso azotado por el viento, el padre Andrei resistía a la presión de las dos manos firmes que le empujaban al abismo. De pronto, el monje relajó los músculos.

«Señor, te he buscado desde la aurora de mi vida, que ahora llega a su final.»

Con un grito sordo, el viajero fornido lanzó a Andrei al vacío mientras tras él su compañero, inmóvil como una estatua, contemplaba la escena.

Como una hoja muerta, el cuerpo giró en el aire y fue a aplastarse contra el balasto.

El expreso de Roma trataba decididamente de recuperar su retraso: en menos de un minuto solo quedó sobre la vía un pelele dislocado entre los remolinos de aire glacial. La chaqueta había volado lejos. Curiosamente, el codo izquierdo de Andrei había quedado atrapado entre dos traviesas: su puño, crispado aún sobre el pedazo de papel, apuntaba ahora hacia el cielo negro y mudo, en el que las nubes se desplazaban pesadamente hacia el este.

Un poco más tarde, una cierva salió del bosque cercano y se acercó a husmear aquel objeto informe que olía a hombre. El animal conocía el olor acre que desprenden los humanos cuando han tenido mucho miedo. La cierva olfateó largamente el puño cerrado de Andrei, grotescamente elevado hacia el cielo.

De pronto levantó la cabeza y luego saltó de lado y corrió a refugiarse bajo los árboles. Un coche la había iluminado con sus faros y ahora frenaba bruscamente en la carretera que quedaba más abajo. Del vehículo salieron dos hombres, que treparon por el terraplén y se inclinaron sobre el cuerpo informe. La cierva se inmovilizó: los hombres habían descendido de nuevo y se habían quedado de pie junto al coche charlando con animación.

Cuando vio el reflejo de las luces de emergencia de la gendarmería que se aproximaban muy deprisa por la carretera, saltó de nuevo y desapareció en el bosque oscuro y silencioso.

4

Evangelios de Marcos y Juan

Con una mueca volvió a subir el cojín, que se le escurría bajo la cadera. Solo los ricos tenían costumbre de comer así, a la moda romana, medio tendidos sobre un diván: los judíos pobres, como ellos, hacían sus comidas agachados en el suelo. Aunque había sido él quien había querido conferir cierta solemnidad a aquella cena. Su prestigioso anfitrión había hecho bien las cosas, pero los Doce, tendidos en torno a la mesa en forma de U, se sentían un poco perdidos en aquella sala.

Aquel jueves por la noche, 6 de abril del año 30, el hijo de José, a quien todos en Palestina llamaban Jesús el nazareno, se disponía a tomar su última cena rodeado del grupo de sus doce apóstoles.

Apartando a los otros discípulos, estos habían formado en torno a él una guardia próxima limitada exclusivamente a ellos, los Doce: una cifra de elevado simbolismo que remitía a las doce tribus de Israel. Cuando tomaran por asalto el Templo —el momento estaba próximo—, el pueblo comprendería. Entonces serían doce para gobernar Israel en nombre del Dios que había dado doce hijos a Jacob. En aquello estaban todos de acuerdo. Ahora bien, a la derecha de Jesús —cuando reinara—, solo habría un lugar, y los Doce se enfrentaban ya violentamente para ver quién de ellos sería el primero.

Después de la revuelta que debían desencadenar aprovechando la agitación de la Pascua. Al cabo de dos días.

Al abandonar su Galilea natal para ir a la capital, se habían vuelto a encontrar con su anfitrión de aquella noche, el judeo propietario de la hermosa casa del barrio oeste de Jerusalén. Él era un hombre rico, educado, incluso cultivado; el horizonte de los Doce no iba más allá del extremo de sus redes de pescar.

Mientras sus sirvientes traían los platos, el judeo permanecía silencioso. Rodeado de aquellos doce fanáticos, Jesús corría un peligro inmenso: su asalto al Templo se saldaría evidentemente con un fracaso... Tenía que ponerle al abrigo de sus ambiciones; aunque para eso hubiera tenido que aliarse provisionalmente con Pedro.

Había conocido a Jesús dos años antes, a orillas del Jordán. El judeo, antiguo esenio, se había convertido en nazareo, una de las sectas judías que proclamaban su adhesión al movimiento baptista. Jesús lo era también, aunque nunca hablara de ello. Rápidamente entre los dos se había instaurado una complicidad formada de comprensión y mutua estima. Él afirmaba que era el único que había comprendido verdaderamente quién era Jesús. Ni una especie de Dios, como algunas gentes del pueblo habían proclamado después de una curación espectacular, ni el Mesías, como hubiera querido Pedro, ni el nuevo rey David, como soñaban los zelotes.

Él era otra cosa, que los Doce, obnubilados por sus sueños de poder, no habían siquiera entrevisto.

El judeo se consideraba superior a ellos, y decía a quien quisiera oírle que era el «discípulo bienamado» del Maestro; mientras que, desde hacía meses, a Jesús cada vez le costaba más soportar a su banda de galileos ignorantes y ávidos de poder.

Furor de los Doce, que veían cómo un pretendiente más se instalaba de pronto donde ellos nunca habían llegado: en la intimidad del Nazareno.

El enemigo en el seno del grupo era, pues, ese pretendido discípulo bienamado. Él, que no había abandonado su Judea, presumía de haber comprendido mejor a Jesús que todos ellos, que le habían seguido constantemente por Galilea.

Un impostor.

En aquel momento estaba tendido a la derecha de Jesús: el puesto del anfitrión. Pedro no le perdía de vista ni un momento: ¿no iría a confiarle el terrible secreto que les unía desde hacía poco, y haría ver a Jesús que le estaban traicionando? ¿No se estaría arrepintiendo de haber introducido a Judas ante Caifás, para montar la trampa que debía cerrarse sobre el Maestro esa misma noche?

De pronto Jesús tendió la mano y cogió un bocado, que mantuvo un instante sobre el plato para que goteara la salsa: iba a ofrecerlo a uno de los invitados como un gesto de amistad ritual. Bruscamente se hizo el silencio. Pedro palideció y su mandíbula se puso rígida. «Si ofrece el bocado a este impostor —pensó—, todo está perdido: eso significará que acaba de traicionar nuestra alianza. Entonces le mataré y huiré…»

Con un gesto amplio Jesús tendió el bocado a Judas, que permaneció inmóvil al extremo de la mesa, como petrificado.

—Vamos, amigo… ¡Toma!

Sin decir palabra, Judas se inclinó hacia delante, cogió el bocado y se lo llevó a los labios. Un poco de salsa se deslizó por su barba.

Las conversaciones volvieron a arrancar, mientras él masticaba lentamente, con los ojos fijos en los de su Maestro.

Luego se levantó y se dirigió hacia la salida. Cuando pasó por detrás de ellos, su anfitrión vio que Jesús volvía ligeramente la cabeza. Y fue el único que le oyó decir: «Amigo mío… ¡Lo que tengas que hacer, hazlo pronto!».

Lentamente Judas abrió la puerta. Fuera, la luna de Pascua aún no se había levantado: la noche era oscura.

Ahora solo eran once en torno a Jesús.

Once y el discípulo bienamado.

5

El carillón sonó por segunda vez. En el alba incierta, la abadía de Saint-Martin era el único edificio iluminado del pueblo. En las noches de invierno como aquella, el viento silbaba entre las orillas desoladas del río y daba al valle del Loira un cierto aire siberiano.

El eco del carillón todavía resonaba en el claustro cuando el padre Nil entró en él después de haberse despojado del amplio hábito del coro: el oficio de laudes acababa de terminar. Era cosa sabida que los monjes guardan el gran silencio hasta la tercia, y nadie llamaba nunca antes de las ocho.

Un tercer timbrazo, imperioso.

«El hermano portero no responderá, es la norma. Qué mas da, voy a abrir.»

Desde que había sacado a la luz las circunstancias ocultas de la muerte de Jesús, Nil sentía un difuso malestar. Las escasas ausencias del padre Andrei, que se había convertido en su único confidente después de Dios, le incomodaban. Los monjes viven en común, pero no se comunican, y Nil tenía necesidad de hablar de sus investigaciones. En lugar de volver a su celda, donde le esperaba su estudio en curso sobre las peripecias de la captura de Jesús, entró en la portería y abrió la pesada puerta que separa a todo monasterio del mundo exterior.

A la luz de los faros, un oficial de la gendarmería le saludaba en posición de firmes.

—Padre, ¿puede decirme si esta persona reside aquí?

Le tendió un documento de identidad. Sin decir palabra, Nil cogió el pedazo de papel plastificado y leyó el nombre: Andrei Sokolwski. Edad: 67 años. Domicilio: abadía de Saint-Martin...

¡EL PADRE ANDREI!

Sintió que la sangre le subía a la cabeza.

—Sí... claro, es el bibliotecario de la abadía. Pero ¿qué...?

El gendarme estaba acostumbrado a aquellas misiones desagradables.

—Ayer por la noche, dos obreros agrícolas que volvían tarde a su casa nos avisaron de que habían descubierto su cuerpo sobre el balasto de la vía del ferrocarril, entre Lamotte-Beuvron y La Ferté-Saint-Aubin. Muerto. Lo lamento, pero alguno de ustedes tendrá que venir a identificar el cuerpo... La investigación, ¿comprende?

—¡Muerto, el padre Andrei!

Le vacilaban las piernas.

—Pero... debe ser el padre abad quien...

Tras ellos se escucharon unos pasos apagados por un sayal monástico. Era el padre abad precisamente. ¿Alertado por los timbrazos? ¿O movido por algún misterioso presentimiento?

El gendarme se inclinó. En la brigada de Orleans se sabe que, en la abadía, el personaje que lleva un anillo y una cruz pectoral posee el rango de obispo. La República respeta esas cosas.

—Reverendo padre, uno de sus monjes, el padre Andrei, fue descubierto ayer noche sobre el balasto del expreso de Roma no lejos de aquí. Una caída a la que no podía sobrevivir: rotura de las vértebras cervicales, la muerte debió de ser instantánea. No llevaremos el cuerpo a París para la autopsia hasta que se haya realizado una identificación: ¿puede subir al coche y cumplir esta formalidad... penosa, pero necesaria?

Desde que había sido elegido para ese puesto prestigioso, el padre abad de la abadía de Saint-Martin nunca había dejado que los sentimientos afloraran a su rostro. El actual abad había sido elegido, ciertamente, por los monjes, según la regla de los monasterios. Pero, en contra de esa regla, había habido numerosas llamadas telefónicas entre el valle del Loira y Roma. Y un prelado con un rango bastante elevado había acudido luego para hacer su retiro anual en el monasterio justo antes de la elección, para convencer discretamente a los recalcitrantes de que Dom Gérard era el hombre que necesitaban.

El poder sobre la abadía, sobre su escolasticado y sus tres bibliotecas, solamente podía dejarse en manos de un hombre seguro. Ni un músculo del rostro del abad reveló la menor emoción ante el gendarme que se mantenía cuadrado frente a él.

—¡El padre Andrei! ¡Dios mío, qué catástrofe! Le esperábamos esta mañana; volvía de Roma. ¿Cómo ha podido producirse semejante accidente?

—¿Accidente? Es demasiado pronto para emplear esta palabra, reverendo. Los elementos de que disponemos nos orientan más bien hacia otra pista. Los vagones del expreso de Roma son modelos antiguos, pero las puertas permanecen cerradas desde la salida y durante todo el trayecto. Su hermano de congregación solo pudo pasar por la ventana de su compartimiento. En su última verificación antes de la llegada a París, el revisor constató que aquel compartimiento estaba vacío: no solo no estaba ya el padre Andrei (aunque su maleta seguía allí), sino que los otros viajeros habían desaparecido sin dejar ningún equipaje. Tres plazas del compartimiento, reservadas, habían permanecido desocupadas desde Roma: así pues, no ha habido ningún testigo. La investigación está en sus inicios, pero nuestra hipótesis de partida excluye cualquier tipo de accidente: parece más bien un crimen. Sin duda, el padre Andrei fue defenestrado, con el tren en marcha, por los dos viajeros. ¿Puede seguirme para la identificación?

Discretamente, el padre Nil había dado un paso atrás, pero el religioso tuvo la impresión de que una oleada de emociones iba a franquear la barrera, implacablemente levantada, del rostro de su superior.

El padre abad se rehízo al momento:

—¿Acompañarle? ¿Ahora? Imposible, esta mañana recibo a los obispos de la Región Centro. Mi presencia aquí es indispensable.

Se volvió hacia el padre Nil y lanzó un suspiro.

—Padre Nil —dijo—, ¿podría seguir al señor para cumplir con esta penosa formalidad?

Nil inclinó la cabeza en señal de obediencia: su estudio sobre el complot en torno a Jesús esperaría. Aquel día, el crucificado había sido Andrei.

—Desde luego, reverendo padre. Voy a buscar nuestro abrigo; hace frío. Solo tardaré un momento, señor, si quiere hacer el favor de esperarme…

La pobreza monástica prohíbe a un monje proclamarse verbalmente propietario del menor objeto: «nuestro abrigo» era utilizado desde hacía años solo por el padre Nil, pero eso es algo que no se dice.

El padre abad hizo entrar al gendarme en la portería desierta y le cogió familiarmente del brazo.

—No prejuzgo el resultado final de su investigación. Pero un crimen… ¡es sencillamente imposible! ¡Imagínese, la prensa, la radio, los periodistas! La Iglesia católica saldría manchada, y la República se encontraría en una situación muy incómoda. Estoy seguro de que es un suicidio. El pobre padre Andrei…, ya me comprende.

El gendarme se soltó: comprendía muy bien, pero una investigación es una investigación; no se pasa fácilmente por la ventana abierta de un tren lanzado a toda velocidad. Y no le gustaba que un civil le dictara lo que tenía que hacer, aunque llevara cruz pectoral y anillo pastoral.

—Reverendo, la investigación seguirá su curso. El padre Andrei no pudo caer solo del tren: será París quien decida. Déjeme decirle que, por el momento, todo parece indicar que ha existido una acción criminal.

—Pero un suicidio…

—¿Un monje que se suicida, y a su edad? Muy improbable.

El gendarme se acarició la barbilla: de todos modos el padre abad tenía razón, aquel caso podía provocar revuelo y alcanzar a las altas esferas…

—Dígame, reverendo, ¿su padre Andrei padecía algún… trastorno psicológico?

El padre abad pareció aliviado: el gendarme empezaba a comprender.

—¡Así era, en efecto! Lo cierto es que estaba en tratamiento, puedo confirmarle que se encontraba en un estado de gran deterioro mental.

Andrei era conocido entre sus hermanos de congregación por su notable equilibrio psíquico y nervioso, y en cuarenta años de vida monástica no había ido ni una sola vez a la enfermería. Era un hombre de estudios y de manuscritos, un erudito cuyo ritmo cardíaco probablemente nunca había superado las sesenta pulsaciones por minuto. El prelado sonrió al gendarme.

—Un suicidio, un pecado horrible, es verdad, para un monje; pero todo pecado merece misericordia. Mientras que un crimen…

La luz pálida del alba iluminaba la escena. Habían apartado el cuerpo de la vía para que los trenes pudieran circular, pero el cadáver, ya rígido, no había cambiado de postura: el antebrazo izquierdo del padre Andrei seguía apuntando al cielo con el puño cerrado. Durante el trayecto, Nil había tenido tiempo de prepararse para la impresión. Sin embargo, tuvo que hacer un esfuerzo para acercarse, arrodillarse, apartar la tela que cubría la cabeza dislocada.

—Sí —murmuró con un hilo de voz—. Es el padre Andrei. Mi pobre amigo…

Hubo un momento de silencio, que el gendarme respetó. Luego le tocó en el hombro.

—Quédese a su lado —dijo—, yo haré el atestado de identificación en el coche; solo tendrá que firmar y le acompañaré de nuevo a la abadía.

Nil se secó una lágrima que resbalaba lentamente por su mejilla. Luego se fijó en el puño crispado del cadáver, que parecía maldecir al cielo en un último gesto desesperado. Con dificultad, abrió los dedos helados del muerto: en la palma había un pedacito de papel arrugado.

Nil volvió la cabeza: el gendarme estaba inclinado sobre el salpicadero del coche. Despegó el papelito de la palma de su amigo y vio unas líneas escritas a lápiz.

Nadie le miraba. Con un gesto rápido se metió el papel en el bolsillo del abrigo.

6

Evangelios de Mateo y Juan

Unos días antes de que celebraran la última cena, Pedro le había esperado fuera de las murallas. El judeo franqueó la puerta, saludado por los guardas, que le reconocieron como el propietario de una de las villas del barrio. Dio unos pasos. La silueta del pescador surgió de la sombra.

—*Shalom!*

—*Ma shalom lek'ha.*

No tendió la mano al galileo. Desde hacía una semana le atormentaban los malos presagios: cuando se encontraba con ellos en la colina fuera de la ciudad, donde pasaban la noche en la oscuridad cómplice de un vasto campo de olivos, los Doce solo hablaban del inminente asalto al Templo. Las circunstancias nunca serían tan favorables como entonces: miles de peregrinos acampaban por todas partes en las inmediaciones de la ciudad. La multitud, excitada por los zelotes, estaba dispuesta a todo. Había que utilizar la popularidad de Jesús como detonante.

Ahora.

Fracasarían, era evidente. Y Jesús corría el riesgo de perder la vida estúpidamente en una desbandada a la judía. El Maestro merecía más que eso, él valía infinitamente más que todos ellos, había que ponerlo a resguardo de sus fanáticos discípulos. En su cabeza había madurado un plan. Faltaba convencer a Pedro.

—El Maestro pregunta si puede ir a cenar a tu casa, en la sala alta. Este año le será imposible celebrar la Pascua, la vigilancia en torno a nosotros es demasiado estrecha. Será solo una comida un poco solemne, según el rito esenio.

—¡Estáis completamente locos! ¡Venir a hacer esto a mi casa, a doscientos metros del palacio del gran sacerdote, en este barrio donde vuestro acento galileo hará que os detengan inmediatamente!

El pescador del lago sonrió con aire astuto.

—Exactamente, en ningún lugar estaremos más seguros que en tu casa. ¡A la policía nunca se le ocurrirá buscarnos en pleno barrio protegido, y además en la casa de un amigo del gran sacerdote!

—Amigo… eso es mucho decir. Solo una relación de vecindad, no hay amistad posible entre un antiguo esenio como yo y el más alto dignatario del clero. ¿Y para cuándo será?

—El jueves, al caer la noche.

La idea era insensata pero astuta: refugiados en el interior de su casa, los galileos pasarían inadvertidos.

—Está bien. Dile al Maestro que me siento honrado de recibirle en mi morada; todo estará listo para una cena solemne. Uno de mis sirvientes os ayudará a pasar esquivando a las patrullas. Lo reconoceréis por el cántaro de agua que llevará para las abluciones rituales de vuestra cena. Ahora ven por aquí, tenemos que hablar un poco.

Pedro le siguió y levantó la pierna para pasar por encima de un montón de ladrillos. Un destello metálico brilló bajo su manto: la *sica*, la espada corta que los zelotes utilizaban para destripar a sus víctimas. ¡De modo que ya no se separaba de ella! Los apóstoles de Jesús estaban dispuestos a todo…

En pocas palabras le informó de su plan. ¿Decía que la acción debía tener lugar aprovechando la fiesta? Excelente idea, la multitud de peregrinos sería fácil de manipular. Pero Jesús era solo un predicador del perdón y de la paz: ¿cómo reaccionaría en el fuego de la acción? Corría el riesgo de salir herido o algo peor. Si moría por la espada de un legionario, su golpe habría fracasado.

Pedro escuchaba, de pronto interesado.

—¿Tenemos que pedirle entonces que vuelva a Galilea, donde no corre ningún peligro? Todo irá muy deprisa; no podemos tenerle a cuatro días de camino de aquí...

—¿Y quién te habla de alejarlo de Jerusalén? Al contrario, hay que introducirlo en el corazón de la acción, pero en un lugar donde ninguna flecha romana pueda alcanzarle. Queréis celebrar vuestra cena en el barrio del palacio de Caifás porque pensáis que en ningún otro lugar estaréis mejor escondidos: me parece una idea acertada. Y yo te digo: justo antes de la acción, colocad del mismo modo a Jesús a resguardo en el interior mismo de ese palacio. Que lo arresten y sea conducido a casa de Caifás la víspera de la Pascua. Lo encerrarán en el sótano, y ya sabes que no puede celebrarse ningún proceso durante la fiesta. Cuando haya acabado..., ¡el poder habrá cambiado de manos! Iréis a buscarle en un cortejo triunfal, él aparecerá en el balcón del palacio, y la multitud aullará de alegría por haberse liberado por fin de la casta de los sacerdotes...

Pedro le interrumpió, estupefacto:

—¿Hacer arrestar al Maestro por nuestros enemigos jurados?

—Necesitáis a Jesús sano y salvo. La acción violenta corre a vuestro cargo; para él queda, luego, la palabra que arrastre al pueblo como solo él sabe hacerlo. ¡Ponedlo a cubierto de los peligros de una insurrección violenta e id a buscarle después!

«Y cuando fracasen —porque fracasarán frente a las tropas romanas—, Jesús, al menos, seguirá con vida. El final no será el que sueñan. Israel necesita a un profeta, no a un jefe de banda.»

Dieron unos pasos en silencio por la arista rocosa que dominaba el valle de la Gehenna.

De repente, Pedro levantó la cabeza.

—Tienes razón: nos estorbaría en una acción violenta que no aprobará. Pero ¿cómo hacer que sea arrestado en el momento justo? ¡En una hora podría cambiar todo!

—Ya he pensado en eso. Sabes que Judas siente devoción por el Maestro. Tú eres un antiguo zelote como él, y se lo explicarás: tiene que traer a la guardia del Templo en el momento preciso, al lugar preciso donde estén seguros de encontrarle separado de la multitud que le protege continuamente. Por ejemplo, justo después de vuestra cena en mi casa, en la noche del jueves al viernes, en el Huerto de los Olivos.

—¿Aceptará Judas? ¿Y cómo se pondrá en contacto con las autoridades judías? ¡Él, un simple galileo, entrando en el palacio del gran sacerdote! ¿Negociar con él cuando solo piensa en eliminarlo? ¿Por qué crees que estuvo con los zelotes? Yo le conozco: ¡ellos solo negocian con «esto»!

Con la palma de la mano golpeó la *sica* que rozaba su muslo izquierdo.

—Dile que es por la causa, para proteger al Maestro. Encontrarás las palabras adecuadas, te escuchará. Y seré yo quien le conduzca a casa de Caifás. Entro y salgo libremente del palacio; dejarán pasar a Judas si va conmigo. Caifás tragará el anzuelo: ¡los sacerdotes temen tanto a Jesús…!

—Bien… si tú te encargas de introducirlo ante Caifás, si crees que puede simular una traición para proteger a Jesús… Es arriesgado, pero ¿qué no es arriesgado en este momento?

Al volver a pasar bajo la puerta de la ciudad, el judeo saludó amistosamente con la mano a los guardas. Al cabo de unos días, la mayoría de aquellos hombres estarían muertos o heridos, los romanos reprimirían eficazmente la revuelta. En cuanto a aquella banda de los Doce, la tierra de Israel pronto se habría desembarazado de ella para siempre.

Y la misión de Jesús, su verdadera misión, podría por fin comenzar.

7

Durante toda la mañana, desde que el gendarme le había llevado de vuelta a la abadía, Nil había permanecido sentado en su taburete, abatido, sin abrir su trabajo sobre las circunstancias de la muerte de Jesús. La celda de un monje no incluía una silla en que pudiera apoyar la espalda y dejar volar libremente sus pensamientos; sin embargo, eso hacía Nil entonces, invadido por el pasado. La abadía, silenciosa, estaba como sumergida en algodón: acababan de suspender todos los cursos de escolasticado hasta las exequias del padre Andrei. Aún faltaba una hora para la misa conventual.

Andrei... El único a quien podía hablar de sus investigaciones. El hombre que parecía comprender, y a veces incluso adelantar, sus conclusiones:

—No debe temer nunca la verdad, Nil. Para encontrarla precisamente, para saber, entró en esta abadía. La verdad le convertirá en un solitario, incluso podría causar su perdición: no olvide nunca que llevó a Jesús a la muerte, y a otros después de él. Yo me he acercado a ella en los manuscritos que descifro desde hace cuarenta años. Como muy poca gente puede seguirme en mi especialidad, y como nunca hablo de mis conclusiones, confían en mí. Pero usted ha descubierto... ciertas cosas en los mismos Evangelios. Vigile: si estas cosas han permanecido tanto tiempo sepultadas en las catacumbas de la Iglesia, es que es peligroso hablar abiertamente de ellas.

—El Evangelio de san Juan está en el programa del escolasticado este año. No puedo eludir la pregunta sobre quién era realmente su autor, y sobre el papel que desempeñó el misterioso «discípulo bienamado» en el complot y el período crucial que siguió a la muerte de Jesús.

Andrei, hijo de emigrados rusos convertido al catolicismo, poseía un prodigioso don para las lenguas que le había llevado a ser el responsable de las tres bibliotecas de la abadía, un puesto delicado reservado a un hombre de confianza. Cuando sonreía, el bibliotecario recordaba a un viejo *staretz*, un maestro de la Iglesia ortodoxa.

—Amigo mío… Desde el origen se ha eludido esta cuestión. Y usted empieza a comprender por qué, ¿no es cierto? De modo que haga lo mismo que los que le precedieron: no diga todo lo que sabe. Sus estudiantes del escolasticado no lo soportarían… ¡y en ese caso temería por usted!

Andrei tenía razón. Desde hacía treinta años, la Iglesia católica experimentaba una crisis sin precedentes. Los laicos desertaban para unirse a las sectas o al budismo, un profundo malestar invadía al pueblo cristiano. Ya no se encontraban profesores «seguros» para enseñar la sana doctrina en unos seminarios por otra parte despoblados.

Roma había decidido entonces reagrupar al núcleo más sólido de los seminaristas que quedaban en una escuela monástica, un «escolasticado», como en tiempos de la Edad Media. Una veintena, confiados a la abadía y a la enseñanza de sus eruditos. Los monjes, que habían elegido huir de un mundo podrido, proporcionarían a los jóvenes del escolasticado la coraza de las verdades indispensables para su supervivencia.

Al padre Nil le fue confiada la enseñanza de la exégesis, es decir, la explicación de los Evangelios. Dado que él no era realmente un especialista en lenguas antiguas, trabajaría en colaboración con el padre Andrei, que leía el copto, el siríaco y muchas otras lenguas como un libro abierto.

De aquel modo, aquellos dos solitarios se convirtieron de colaboradores en amigos: lo que la vida monástica hacía difícil, lo había logrado el amor por los textos antiguos.

Nil acababa de perder a aquel único amigo en circunstancias trágicas. Y aquella muerte le llenaba de angustia.

En ese mismo instante, una mano nerviosa marcaba un número internacional que empezaba por el 390, la línea privada (y altamente confidencial) del Estado del Vaticano. Un anillo adornado con un ópalo muy sencillo rodeaba su anular: el arzobispo de París debía dar ejemplo de modestia.

—*Pronto?*

A la sombra de la cúpula de Miguel Ángel, una mano de uñas bien cuidadas descolgó el auricular. Su anillo episcopal estaba coronado por un curioso jaspe verde: un rombo asimétrico que formaba una especie de cubierta sobre la montura de plata cincelada en que se encontraba engarzado. Una joya de gran valor.

—Buenos días, monseñor, aquí el arzobispo de París… Ah, ¿iba a llamarme ahora?… Sí, una historia muy lamentable, realmente, pero… ¿ya está al corriente?

«¿Cómo es posible? El accidente ha tenido lugar esta misma noche.»

—¿Discreción total? Será difícil, la investigación ha sido confiada al Quai des Orfèvres; parece que es de naturaleza criminal… ¿El cardenal? En efecto, comprendo… Suicidio, ¿no? Sí… en fin, me resulta penoso, el suicidio es un pecado contra el que la misericordia divina siempre ha sido impotente. Dice… ¿que dejemos a Dios decidir sobre esta cuestión?

El arzobispo apartó el auricular y esbozó una sonrisa. En el Vaticano no es inusual dar órdenes a Dios.

—Sí. Le escucho… ¿Que es momento de hacer entrar en juego mis relaciones? Desde luego, nos encontramos en excelentes términos con el Ministerio del Interior. Bien… Ya me ocuparé de ello. Tranquilice al cardenal; se tratará, sin duda, de un suicidio, y el caso quedará archivado. *Arrivederci, monsignore!*

El arzobispo siempre estaba muy atento a no despilfarrar el crédito que tenía ante el gobierno. ¿Cómo podía justificar la muerte de un monje, un inofensivo erudito, una petición de archivo definitivo? Lanzó un suspiro. No se discute una orden que proviene de monseñor Calfo, sobre todo cuando la transmite a demanda explícita del cardenal prefecto.

Llamó a su centralita:

—¿Puede comunicarme con el ministro del Interior? Gracias, espero…

8

Evangelios de Mateo y Juan

La noche del jueves al viernes llegaba al final, el alba apuntaba ya. El judeo se acercó a las llamas y tendió las manos hacia
el benéfico calor. Debido al frío, los guardias habían encendi-
do un fuego en el patio del palacio de Caifás; los hombres le
dejaron aproximarse con respeto: un rico propietario de la
zona, un conocido del gran sacerdote... Se volvió: Pedro se
ocultaba tan bien como podía en un rincón del patio, aterrorizado, sin duda, por verse allí, en el corazón de un poder que proyectaba derribar por la violencia al cabo de unas
horas. Si seguía comportándose como un conspirador cogido
en falta, el galileo despertaría sospechas.

Le indicó con un gesto que se acercara al fuego. El pescador dudó, y luego se incorporó tímidamente al círculo de sirvientes que disfrutaban del calor.

Todo se había desarrollado a la perfección. Hacía dos días que
había arrastrado tras de sí a un Judas pasmado de encontrarse
por primera vez en el interior del barrio de los dignatarios
judíos. La entrevista con Caifás había empezado bien: el gran
sacerdote parecía encantado de que le proporcionaran una

ocasión de poner a Jesús a la sombra sin escándalo, sin ruido. Luego Judas había mostrado su recelo. ¿Se había dado cuenta de pronto de quién era su interlocutor, de que iba a entregar a su Maestro al poder judío?

—¿Y quién me asegura que, una vez Jesús esté en vuestras manos, no le daréis muerte?

El gran sacerdote levantó solemnemente su mano derecha.

—Galileo, lo juro ante el Eterno: Jesús el nazareno será juzgado equitativamente según nuestra ley, que no condena a muerte a un predicador ambulante. Su vida no estará amenazada. Para que estés seguro de ello, te ofrezco una prenda por la palabra dada aquí: el Eterno es ahora testigo entre tú y yo.

Con una sonrisa, tendió a Judas una treintena de monedas de oro.

Sin decir palabra, Judas guardó el oro. El gran sacerdote acababa de comprometerse solemnemente: Jesús sería arrestado, pero habría un proceso. Aquello llevaría tiempo, y al cabo de tres días Caifás ya no sería el dirigente supremo del país. Ya no sería nada.

Pero ¿qué estaban haciendo allá arriba? ¿Por qué Jesús no estaba ya a la sombra en alguno de los calabozos del sótano? A la sombra y seguro.

El judeo había visto a algunos miembros del Sanedrín que subían refunfuñando las escaleras que conducían al primer piso del palacio, adonde habían conducido a Jesús al llegar.

Desde entonces no había llegado ninguna noticia abajo, al patio. No le gustaba el cariz que tomaban las cosas. Para ocultar su nerviosismo, se dirigió hacia la salida y dio unos pasos por la calle.

Tropezó con una sombra pegada al muro.

—¿Judas… qué haces aquí?

El hombre temblaba como una hoja de higuera al viento de Galilea.

—Yo… he venido a ver. ¡Temo por el Maestro! ¿Se puede confiar en la palabra de Caifás?

—Vamos, cálmate: todo sigue su curso normal. No te quedes aquí, te arriesgas a que te arreste la primera patrulla. Ve a mi casa, en la sala alta estarás seguro.

Se dirigió hacia la puerta del palacio. Al volverse vio a Judas, inmóvil: no se movería de allí.

Los gallos empezaban a cantar. De pronto la puerta de la sala se abrió y la luz de las antorchas iluminó la galería. Caifás se adelantó y echó una ojeada al patio. Rápidamente el judeo se apartó de la luz de la hoguera; no era momento de llamar la atención. Luego, cuando la revuelta hubiera fracasado, iría a ver al gran sacerdote y le reclamaría la libertad del Maestro.

Después Jesús salió, descendió por la escalera. Iba fuertemente atado y dos guardias le sostenían por los codos.

¿Por qué las ligaduras? ¡No tenían por qué atarlo para encerrarlo en el sótano!

El grupo pasó al otro lado del fuego y oyó la voz aguda de Caifás:

—¡Llevadlo ante Pilatos sin perder un instante!

Un sudor helado bañó su frente.

¡Ante Pilatos! El hecho de que le condujeran a la casa del procurador romano solo podía tener una explicación: Caifás había traicionado su juramento.

Judas no había abandonado su puesto de observación. Primero solo vio una antorcha, que le deslumbró: se apretó contra el hueco de una puerta y contuvo la respiración. ¿Una patrulla?

No era una patrulla. En el centro de un pelotón de guardias del Templo distinguió a un hombre que caminaba a trompicones, con los brazos amarrados a la espalda. El oficial que iba al frente lanzó una orden breve justo en el momento en que pasaba ante Judas, oculto en la sombra.

—¡Vamos, rápido, al palacio de Pilatos!

Con horror distinguió con claridad el rostro del hombre que hacían avanzar a puñetazos: era Jesús.

El Maestro estaba muy pálido y parecía agotado. Pasó por delante de la puerta sin ver nada; su mirada parecía vuelta hacia el interior. Asustado, Judas observó sus muñecas: las ligaduras estaban muy apretadas, un poco de sangre manchaba la cuerda y las manos retorcidas estaban azules.

La visión de pesadilla se desvaneció: el grupo armado acababa de girar a la derecha, en dirección a la fortaleza Antonia, donde residía Pilatos cuando estaba en Jerusalén.

Todo judío conocía la Ley: en Israel, el blasfemo era castigado con la muerte, con la lapidación inmediata. Si Jesús no había sido lapidado en el patio, significaba que había rehusado proclamarse el igual de Dios, blasfemia suprema. Los jefes de la nación judía buscaban, pues, una condena por motivos políticos, y con el nerviosismo de los romanos durante la fiesta de la Pascua, sin duda la obtendrían.

Con paso titubeante, Judas salió de la ciudad. Jesús no sería juzgado, Caifás había traicionado su juramento y decidido su muerte. Y para que muriera —ya que no habían podido acusarlo de blasfemia—, lo entregaban a los romanos.

Ellos no se preocupaban por una cruz de más o de menos.

Llegó frente a la imponente masa del Templo. En el fondo de su bolsillo aún tintineaban las treinta monedas de oro, prenda irrisoria de un acuerdo cerrado entre él y el gran sacerdote que acababa de ser roto con desprecio de la palabra dada. Caifás se había burlado de él.

Iría a enfrentarse con el gran sacerdote en el interior del

Templo, le recordaría su promesa. Y si persistía en su felonía, Judas apelaría al Eterno, que Caifás había tomado por testigo.

«¡Sacerdotes del Templo, ha llegado para vosotros la hora del juicio de Dios!»

9

Nil se sobresaltó: la primera llamada para la misa, pronto tendría que bajar a la sacristía para prepararse.

Leyó una vez más el papel que había arrancado unas horas antes del puño rígido de Andrei:

Decir a Nil: manuscrito copto (Apoc).
Carta del Apóstol.
M M M.
Losa de G.
Relacionar. Ahora.

Apartando de su pensamiento la investigación sobre el papel desempeñado por Judas en la muerte de Jesús, Nil volvió bruscamente a la realidad presente. ¿Qué significaba aquello? Un recordatorio, estaba claro. Andrei quería hablarle de un manuscrito copto. ¿El de Roma, u otro? En el mueble de su despacho había varios centenares de fotocopias clasificadas: ¿cuál de entre ellas podría ser? Había escrito entre paréntesis: «(Apoc)». ¿Un manuscrito copto del apocalipsis? Era un indicio muy vago, existían decenas de apocalipsis judíos o cristianos. Y aunque sabía leer el copto, se sentía incapaz de traducir correctamente un texto difícil.

La línea siguiente despertaba en él el recuerdo de una de

sus conversaciones con el bibliotecario. ¿Se trataba de la carta apostólica que Andrei había mencionado un día como de paso, con reticencia, como si fuera una simple conjetura, una hipótesis para la que no disponía de ninguna prueba? Luego su amigo se había negado a decir más sobre ella.

¿Y qué significaba debajo la triple letra *M*?

Solo la penúltima línea resultaba clara para Nil. Sí, tenía que volver a fotografiar la losa de Germigny, tal como había prometido a su amigo justo antes de su partida.

En cuanto a la última línea, «relacionar», habían hablado a menudo de aquello: para Andrei constituía lo esencial de su trabajo de historiador. Pero ¿por qué «ahora», y por qué había subrayado aquella palabra?

Reflexionó intensamente. Por un lado, sus investigaciones en los Evangelios, sobre las que Andrei le preguntaba con frecuencia. Luego la convocatoria del bibliotecario en relación con el manuscrito copto, y finalmente el descubrimiento realizado en Germigny, que le había turbado profundamente: todo aquello parecía haber tomado de pronto para su amigo un significado tan especial que quería hablar urgentemente de ello con Nil a su vuelta.

¿Había descubierto Andrei algo en Roma? ¿Alguna cosa que hubieran mencionado en el curso de sus múltiples conversaciones a solas? ¿O había acabado por hablar, allí, de lo que es preciso callar?

El gendarme había utilizado la palabra crimen. Pero ¿con qué móvil? Andrei no poseía nada, vivía recluido en su biblioteca, ignorado por todos. Por todos, sí, pero no por el Vaticano. Sin embargo, Nil no podía aceptar la idea de un asesinato ordenado por Roma. La última vez que el Papa había ordenado asesinar deliberadamente a sus propios sacerdotes, el hecho se había producido en Paraguay, y aquello había ocurrido en 1760. La política de la época había hecho necesario ese asesinato colectivo de inocentes; eran otros tiempos.

¡A finales del siglo XX, el Papa no haría desaparecer a un erudito inofensivo!

«Roma ya no vierte sangre. ¿El Vaticano en el origen de un crimen? Imposible.»

Recordó las llamadas de alerta de su amigo. La inquietud que le invadía desde hacía un tiempo le encogió el estómago.

Dirigió una mirada al reloj: cuatro minutos para la misa; si no bajaba enseguida a la sacristía, llegaría con retraso. Abrió el cajón de su escritorio y dejó la nota en el fondo, bajo un montón de cartas. Sus dedos palparon el cliché de la fotografía tomada un mes antes en la iglesia de Germigny. «La última voluntad de Andrei...»

Se levantó y salió de su celda.

Ante él, el pasillo oscuro y helado del segundo piso —el «pasillo de los padres»— le recordó dónde estaba: en la abadía, y ahora solo. La sonrisa cómplice del bibliotecario nunca volvería a iluminar aquel pasillo.

10

—Siéntese, monseñor.

Calfo reprimió una mueca y dejó que su cuerpo rollizo se amoldara a las mullidas formas del sillón situado frente al imponente escritorio. No le gustaba que Emil Catzinger, el poderosísimo cardenal prefecto de la Congregación para la Doctrina de la Fe, le convocara formalmente. Los asuntos realmente importantes, todo el mundo lo sabe, no se tratan ante un escritorio, sino compartiendo una pizza o deambulando, tras una *spaghettata*, por un jardín sombreado con un buen puro entre el índice y el corazón.

Alessandro Calfo había nacido en el *quartiere spagnolo*, el corazón popular de Nápoles, en el seno de una familia que vegetaba miserablemente en la promiscuidad de una habitación única que daba a la calle. Inmerso en una población de sensualidad volcánica que nutre el sol generoso de la Campania, muy pronto fue consciente de la irreprimible necesidad de la voluptuosidad. La carne estaba ahí, blanda, trémula, pero inaccesible para el chico pobre, que aprendió a soñar sus deseos y a desear sus sueños.

Alessandro iba en camino de convertirse en un verdadero napolitano, obsesionado por el culto tributado al dios Eros, única forma posible de olvidar la miseria del *quartiere* natal. Pero, en una sociedad patriarcal, pasar al acto en este campo es aún más aleatorio que la constatación de los milagros prometidos anualmente por san Gennaro.

Entonces su padre le envió al norte inhóspito. Demasiados niños que alimentar en la única habitación: ese *figlio* se convertiría en un hombre de Iglesia, pero no en cualquier parte. Apasionado admirador de Mussolini, el padre había oído decir que *là sù** unos auténticos patriotas estaban reconstituyendo seminarios dentro del espíritu del fascismo. Siendo Dios un buen italiano, no era cuestión de ir a otro lado para formarse a su servicio. A partir de los diez años, Alessandro se revistió, en la llanura del Po, de una sotana que ya no abandonaría nunca.

Esa sotana albergaba, sin embargo, sin poder contenerlas, las frustraciones permanentes de ese hijo del Vesubio que ansiaba la erupción.

En el seminario, Alessandro hizo su segundo descubrimiento: el confort, la holgura. Misteriosamente, los fondos afluían al lugar desde las innumerables redes de la extrema derecha europea. El chico pobre del *quartiere* aprendió la importancia del dinero, y que este lo puede todo.

A los diecisiete años le enviaron a la sombra del Vaticano para que aprendiera la fe en la lengua de Dios, el latín. Allí hizo su tercer descubrimiento: el poder. Y que su ejercicio, más que la obsesión por el placer, puede llenar una vida y darle un sentido. Sin duda el culto a Eros es una de las aproximaciones al misterio de Dios, pero el poder convierte al que lo posee en el igual de Dios mismo.

Su inclinación natural por el fascismo le llevó un día hasta la Sociedad San Pío V. Entonces comprendió que sus tres descubrimientos sucesivos encontrarían allí un terreno ideal para desarrollarse. Sus ansias de poder florecerían en el totalitarismo ideológico de la Sociedad. Su sotana bordada de violeta le

---

* Allá arriba.

recordaría unas aspiraciones espirituales nacidas tardíamente y al mismo tiempo proporcionaría una elegante cobertura al cumplimiento de sus deseos voluptuosos. El dinero, en fin, afluiría a sus manos gracias a los cientos de expedientes cuidadosamente actualizados por la Sociedad, que no perdonaban a nadie.

Dinero, poder y placer: Alessandro Calfo estaba preparado. A los cuarenta años, el napolitano fue promovido a *monsignore* y se convirtió en rector de la muy misteriosa y muy influyente Sociedad, una prelatura que dependía directamente del Papa y se encontraba sometida a su sola autoridad. Y entonces se produjo lo inesperado: Calfo se sintió dominado por una verdadera pasión por la misión ligada a su cargo, y se convirtió en defensor encarnizado de los dogmas fundacionales de una Iglesia a la que debía todo.

A partir de ese momento dejó de reprimir sus ardores sensuales. Pero al dejar que se expresaran, les dio una dimensión compatible con su sacerdocio: en adelante vio en ellos el medio más rápido para acceder, por la transfiguración carnal, a la unión mística.

Dos personas —solo dos— sabían que el todopoderoso rector era ese hombrecillo de voz untuosa: el Papa y el cardenal Emil Catzinger. Para el resto, *urbi et orbi*, era solo uno de los humildes minutantes de la Congregación.

En principio.

—Siéntese. Dos cuestiones, una externa y otra interna.

Esta distinción es habitual en los dicasterios* del Vaticano: se llama «cuestiones internas» a lo que ocurre en la Iglesia, mundo amistoso, normal y controlable. Y «cuestiones externas» a lo que ocurre en el resto del planeta, mundo

* Ministerios.

hostil, anormal y que hay que controlar en la medida de lo posible.

—Ya le he hablado de este problema preocupante que concierne a una abadía benedictina francesa...

—Sí, me pidió que hiciera lo necesario. Pero no ha sido preciso que interviniéramos, ya que el desgraciado padre Andrei se suicidó, creo, y el caso se ha archivado.

Su eminencia no soportaba que le interrumpieran: por más que Calfo tratara de hacerlo olvidar, el jefe, allí, era él. Pero le pondría en su lugar dentro de un instante.

El austríaco Catzinger había sido elegido por el Papa, seducido por su reputación de teólogo brillante. Pero el cardenal se había revelado pronto, además, como un temible conservador, y dado que esa era también la naturaleza profunda del nuevo sucesor de Pedro, la luna de miel entre los dos hombres se había transformado en una unión duradera.

—El suicidio es un pecado abominable, ¡que Dios guarde su alma! Pero me parece que hay otra oveja descarriada en ese monasterio donde el rebaño debería ser, supuestamente, irreprochable. Vea esto. —Tendió un expediente a Calfo—. Denuncia del padre abad, etc. Tal vez no tenga importancia: júzguelo usted mismo y volveremos a hablar de ello. No es urgente, al menos de momento.

Las relaciones del cardenal con su pasado eran conflictivas. Su padre había sido oficial de la Wehrmacht austríaca, división Anschluss. Y aunque él personalmente se había distanciado de forma decidida del nazismo, había conservado, con todo, un reflejo: su convicción de ser el poseedor exclusivo de la única verdad capaz de unificar el mundo, en torno a una fe católica que no podía ser discutida.

—La cuestión interna le concierne directamente, monseñor...

Calfo cruzó las piernas y esperó a que continuara.

—Ya conoce el proverbio romano: *una piccola avventura non*

fà male, una pequeña aventura no hace daño, siempre que el prelado mantenga la dignidad de su rango, empezando por una discreción de buen tono. Pero ahora me entero de que una… criatura amenaza con ceder a las proposiciones de los *paparazzi* de la prensa anticlerical, que le prometen fortunas a cambio de sus revelaciones concernientes a ciertas… ¿cómo decirlo?, a ciertas entrevistas privadas que usted habría tenido con ella.

—Espirituales, eminencia: progresamos juntos en el camino de la experiencia mística.

—No lo dudo. Pero lo cierto es que las sumas mencionadas son importantes. ¿Qué piensa hacer?

—El silencio es la primera de las virtudes cristianas: Nuestro Señor mismo se negó a responder al gran sacerdote Caifás, que le calumniaba. Puede decirse, pues, que no tiene precio: pienso que con algunos cientos de dólares…

—¿Está bromeando? Esta vez habrá que añadir un cero. Estoy dispuesto a ayudarle, pero que sea la última vez: el Santo Padre no podrá dejar de ver el suelto publicado en *La Stampa* que nos sirve de aviso. ¡Todo esto es deplorable!

Emil Catzinger introdujo la mano en su sotana púrpura y sacó del bolsillo interior una pequeña llave de plata dorada. Se inclinó hacia delante, introdujo la llave en el último cajón de su escritorio y lo abrió.

El cajón contenía una veintena de sobres abultados. De todas las parroquias del imperio católico, por pequeñas que sean, se recoge un impuesto con destino a la sede apostólica. Catzinger dirigía una de las tres congregaciones que aseguran la recolección de este maná tan regular —e inodoro— como un calabobos.

Catzinger cogió delicadamente el primer sobre, lo abrió y contó rápidamente con la punta de los dedos. Luego tendió el sobre a Calfo, que lo entreabrió y no tuvo necesidad de hundir la mano en él para conocer el importe exacto: un napolitano evalúa un fajo de billetes verdes con un simple vistazo.

—Eminencia, su gesto me conmueve profundamente, ¡puede contar con toda mi gratitud y mi absoluta entrega!

—No lo dudo. El Papa y yo apreciamos su celo por la causa más sagrada que pueda existir, ya que afecta a la propia persona de Nuestro Señor Jesucristo. *Va bene, monsignore*: calme los ardores mediáticos de esta muchacha y en adelante condúzcala por las vías del espíritu… de forma menos onerosa, se lo ruego.

Unas horas más tarde, Catzinger se encontraba en el despacho que domina la columnata de Bernini, en el lado derecho, y cuya ventana da directamente a la plaza de San Pedro. Desde su proclamación, el Papa había elegido viajar, dejando la gestión de los asuntos cotidianos a hombres en la sombra del Vaticano, personajes de los que nadie habla pero que guían la barca de Pedro en la buena dirección, la de la restauración del orden antiguo.

Su eminencia Emile Catzinger dirigía secretamente —y con mano de hierro— la Iglesia católica.

Un brazo tembloroso tendió un ejemplar de *La Stampa* al cardenal, respetuosamente erguido ante el sillón del anciano, que preguntó con pronunciación dificultosa:

—Y esta historia en que aparece el nombre de Calfo…, emmm…, ¿es nuestro monseñor Calfo?

—Sí, Santo Padre, es él. Le he visto hoy: hará lo necesario para impedir que estas odiosas calumnias salpiquen a la Santa Sede.

—Y… cómo evitar, pues….

—Se ocupará personalmente de ello. Y ya sabe que, a través de nuestra Banca del Vaticano, controlamos al grupo de prensa del que depende *La Stampa*.

—No, desconocía este detalle. Bien, vele por que la paz vuelva, *eminenza*. ¡La paz, mi preocupación de cada instante!

El cardenal se inclinó sonriendo. Aunque por su pasado se encontraba separado de aquel hombre en todas las fibras de su ser, Catzinger había aprendido a querer al viejo pontífice. Cada día se sentía conmovido por su combate contra la enfermedad, por su valor en el sufrimiento.

Y admiraba la fuerza de su fe.

11

El padre abad entró en último lugar en el vasto refectorio, mientras los monjes esperaban respetuosamente ante sus taburetes impecablemente alineados. Con su voz aflautada dio inicio al ritual. Después del canto del *Edent pauperes*, cuarenta manos sujetaron los taburetes y los deslizaron con un gesto idéntico bajo los sayales. Los dedos se cruzaron sobre el borde de las mesas de madera blanca y cuarenta cabezas se inclinaron para escuchar en silencio el principio de la lectura.

La comida del mediodía acababa de empezar.

Frente al prelado, al otro extremo del refectorio, los estudiantes del escolasticado ocupaban toda una mesa. *Clergymans* impecables, algunas sotanas para los más integristas, rostros tensos y ojerosos: la élite del futuro clero francés se disponía a sujetar las fuentes metálicas, que desbordaban de lechuga recogida por la mañana por el hermano Antonio. El año escolar se había iniciado; habría que aguantar hasta junio.

Al padre Nil le gustaba ese principio de otoño, en que los frutos del huerto le recordaban que vivía en el jardín de Francia. Pero desde hacía varios días no tenía apetito. Su curso de escolasticado se desarrollaba en un ambiente que le hacía sentirse incómodo.

—Es evidente, pues, que el Evangelio de san Juan, con su mezcla de estilos, es fruto de una larga elaboración literaria. ¿Quién es su autor? O mejor dicho, ¿quiénes son sus autores? Las comparaciones que acabamos de hacer entre diferentes pasajes de este texto venerable muestran un vocabulario e incluso un contenido extremadamente diferentes. El mismo hombre no pudo escribir a la vez las escenas vivaces, arrancadas de la realidad, de las que manifiestamente fue testigo ocular, y al mismo tiempo los largos discursos en griego elegante donde se trasluce la ideología de los gnósticos, esos filósofos orientales.

Nil había autorizado que sus estudiantes intervinieran durante sus exposiciones siempre que sus preguntas fueran breves. Pero desde que había entrado en el núcleo del tema, tenía ante sí a una veintena de bloques petrificados.

«Sé que salimos de los caminos trillados, que no es eso lo que aprendisteis en el catecismo. Pero el texto manda... ¡Os esperan otras sorpresas!»

Su curso era el resultado de años de estudio solitario y de reflexión. En varias ocasiones había buscado en vano en la biblioteca de la abadía a la que tenía acceso ciertas obras de aparición reciente que conocía por una revista especializada que recibía el padre Andrei.

—Mire, padre Nil: ¡por fin han sacado del olvido un nuevo lote de manuscritos del mar Muerto! Ya no contaba con ello... Hace cincuenta años que descubrieron las jarras en las grutas de Qumran, y no se ha publicado nada desde la muerte de Ygaël Yadin. Más de la mitad de estos textos siguen siendo desconocidos para el público. ¡Es un escándalo increíble!

Nil sonrió. En la intimidad de aquel despacho había descubierto a un padre Andrei apasionado, al corriente de todo. El exegeta disfrutaba de sus largas conversaciones a puerta cerrada. Andrei le escuchaba, con la cabeza ligeramente inclinada, mientras le explicaba sus investigaciones. Luego, con una palabra, a veces con un silencio, aprobaba o bien orientaba a su discípulo en medio de las hipótesis más atrevidas.

¡El hombre que veía allí era tan diferente del bibliotecario envarado, guardián riguroso de las tres llaves, que conocía desde siempre la abadía de las orillas del Loira!

El edificio había sido reconstruido después de la guerra sin que llegara a terminarse el claustro, que ahora formaba una U abierta sobre la llanura. Las bibliotecas ocupaban el último piso de las tres alas, central, norte y sur, hasta los techos.

Cuatro años antes, el padre Andrei había visto afluir sumas de dinero considerables acompañadas de la orden de hacer compras precisas en los campos del dogma y de la historia. Encantado con la propuesta, el bibliotecario había puesto su competencia al servicio de aquellos capitales milagrosos. Las estanterías se cubrieron de libros raros, de ediciones inencontrables o agotadas, en todas las lenguas antiguas y modernas. La apertura del escolasticado especial, seguida de muy cerca por el Vaticano, era evidentemente responsable de la creación de aquella maravillosa herramienta de investigación.

Sin embargo, existía una restricción desacostumbrada. Cada uno de los ocho monjes profesores asignados al escolasticado poseía *una sola llave*, la llave de la biblioteca correspondiente a la materia que enseñaba. Nil, encargado del Nuevo Testamento, había recibido la llave del ala central, cuya puerta de entrada estaba coronada por un cartel de madera grabado: Ciencias bíblicas. Las bibliotecas del ala norte, Ciencias históricas, y del ala sur, Ciencias teológicas, permanecían obstinadamente cerradas para él.

Solo Andrei y el padre abad poseían las llaves de las tres bibliotecas, agrupadas en un llavero especial del que no se separaban nunca.

Desde el inicio de sus investigaciones, Nil había pedido permiso a su amigo para acceder a la biblioteca histórica.

—En el ala central no encuentro algunas obras que necesito para avanzar. Usted me dijo un día que estaban clasificadas en el ala norte: ¿por qué ahora no puedo acceder a ella? ¡Es ridículo!

Por primera vez, Nil vio que el rostro de su amigo se ensombrecía. Andrei, que parecía sentirse terriblemente incómodo, acabó por decirle con lágrimas en los ojos:

—Padre Nil... Si le dije eso, me equivoqué, olvídelo. Le ruego que no me pida nunca la llave de una de las dos bibliotecas a las que ya no tiene acceso. Compréndalo, amigo mío; yo no hago lo que quiero. Las órdenes del padre abad son terminantes, y vienen... de más arriba. Nadie puede acceder a la vez a las tres alas de nuestra biblioteca. Es un asunto que me tiene angustiado: no es ridículo, es trágico. Yo tengo acceso a las tres alas, y a menudo me he tomado tiempo para revolver y leer. Por la paz de su alma, en nombre de nuestra amistad, se lo suplico: conténtese con lo que encuentre en el ala central.

Luego se había encerrado en un pesado silencio, poco habitual en él cuando se encontraba solo con Nil.

Desconcertado, el profesor de exégesis había tenido que contentarse con los tesoros a que le daba acceso su única llave.

—Su relato muestra que el autor principal del Evangelio de san Juan conoce bien Jerusalén, que tiene relaciones en ella: es un judeo acomodado, cultivado, mientras que el apóstol Juan vive en Galilea y es pobre e iletrado..., ¿cómo podría ser el autor del texto que lleva su nombre?

Frente a él, las caras se ensombrecían a medida que hablaba. Algunos sacudían la cabeza con aire desaprobador, pero nadie intervenía. Aquel silencio de su auditorio era lo que más inquietaba a Nil. Sus alumnos procedían de las familias más tradicionalistas del país, habían sido cuidadosamente elegidos para constituir el día de mañana la punta de lanza de la Iglesia conservadora. ¿Por qué le habían nombrado para ese puesto? ¡Se sentía tan feliz cuando trabajaba tranquilamente para sí mismo!

Nil sabía que no podría revelarles todas sus conclusiones. Nunca había imaginado que la enseñanza de la exégesis pudiera convertirse un día en un ejercicio acrobático y peligroso. Cuando era estudiante en Roma, junto a un Rembert Leeland cálido y fraternal, todo parecía tan fácil…

La primera llamada para la misa empezó a sonar lentamente.

—Gracias por vuestra atención; hasta la semana próxima.

Los estudiantes se levantaron y guardaron sus apuntes. En el fondo de la sala, un seminarista con sotana, con el cráneo rapado casi al cero, se detuvo un instante a escribir unas líneas en un pedacito de papel, de esos que los monjes utilizan para comunicarse entre sí sin romper el silencio.

Mientras doblaba el papel en dos, apretando los labios, Nil observó distraídamente que se mordía las uñas. Finalmente el estudiante se levantó y pasó por delante de su profesor sin dirigirle una mirada.

Mientras Nil se revestía con los ornamentos sacerdotales en la sacristía, que olía agradablemente a cera fresca, una sotana se deslizó al interior de la sala común y se acercó a los casilleros reservados a los sacerdotes. Después de echar un vistazo para asegurarse de que no había nadie en la habitación, una mano de uñas martirizadas deslizó un pedazo de papel doblado en dos en la casilla del reverendo padre abad.

12

Si no hubiera sido por los apliques venecianos, que difundían una cálida luz tamizada, la sala habría podido parecer siniestra. La estancia estaba amueblada únicamente, a todo lo largo, con una mesa de madera encerada detrás de la cual se alineaban trece asientos adosados al muro. En el centro, una especie de trono de estilo napolitano-angevino, tapizado de terciopelo púrpura, y a uno y otro lado seis sillones más sencillos con reposabrazos con cabezas de león.

La preciosa talla de la puerta de entrada ocultaba un grueso blindaje.

Unos cinco metros separaban la mesa de la pared de enfrente, totalmente desnuda. ¿Totalmente? No. Un panel de madera oscura estaba empotrado en la obra del muro. Destacándose con su palidez en la caoba de la madera, un crucifijo ensangrentado de inspiración jansenista formaba una mancha casi obscena bajo el fuego cruzado de dos focos disimulados justo por encima del trono central.

Aquel trono nunca había sido ocupado, y nunca se ocuparía: el sitial recordaba a los miembros de la asamblea que la presencia del Maestro de la Sociedad San Pío V era exclusivamente espiritual, pero eterna. Desde hacía cuatro siglos, Jesucristo, Dios resucitado, se encontraba presente allí en espíritu y en verdad, rodeado de doce apóstoles fieles, seis a su derecha y seis a su izquierda. Exactamente como en la última cena que había celebrado con sus discípulos, dos mil años antes, en la sala alta del barrio oeste de Jerusalén.

Cada uno de los doce sillones estaba ocupado por un hombre revestido con un alba muy amplia, con la cabeza cubierta por la capucha. Ante cada rostro, un simple paño blanco, sujeto con dos botones a presión a la altura de los pómulos, ocultaba la parte baja del rostro, de modo que solo podían verse los ojos y el inicio de la frente.

Al estar colocados en línea frente al muro, cada uno de los hombres hubiera tenido que inclinarse hacia delante y girar la cabeza cuarenta y cinco grados para distinguir la silueta de sus compañeros de mesa. Esa contorsión estaba, evidentemente, proscrita, y del mismo modo se esperaba que las manos se mostraran lo menos posible. Con los antebrazos cruzados sobre la mesa, las aberturas de las amplias mangas estaban previstas para encajar una en otra de forma natural, recubriendo las muñecas y las manos de los participantes.

Cuando hablaban, los miembros de aquella asamblea nunca se dirigían, pues, directamente a los otros, sino a la imagen ensangrentada que tenían enfrente. Si cada uno podía oír —sin volver la cabeza— lo que se decía, era porque el Maestro, mudo en su crucifijo, consentía en ello.

En aquella habitación de la que el común de los mortales ignora incluso la existencia, la Sociedad San Pío V celebraba su reunión tres mil seiscientos tres desde su fundación.

Un solo participante, situado a la derecha del trono desocupado, había dejado a la vista, planas sobre la mesa totalmente vacía, sus manos regordetas: en su anular derecho un jaspe verde oscuro lanzó destellos cuando se levantó y se alisó maquinalmente el alba sobre un abdomen ligeramente prominente.

—Hermanos, hoy deben retener nuestra atención tres cuestiones externas que ya hemos debatido antes aquí mismo, y una cuarta, interna y... dolorosa para cada uno de nosotros.

Un silencio absoluto siguió a aquella declaración: todos esperaban a que continuara.

—A demanda del cardenal prefecto de la Congregación, fuisteis informados sobre un pequeño problema surgido recientemente en Francia, en una abadía benedictina sometida a una vigilancia muy estricta. Entonces me disteis carta blanca para resolverlo. Pues bien, tengo el placer de anunciaros que el problema ha sido tratado de forma satisfactoria: el monje que había realizado recientemente esas declaraciones que tanto nos inquietaban ya no está en situación de perjudicar a la Iglesia católica.

Un asistente levantó ligeramente los antebrazos, juntos bajo las mangas, para indicar que iba a hablar:

—¿Quiere decir que ha sido... suprimido?

—Yo no emplearía ese término *offensivum auribus nostris.** Sabed que sufrió una desgraciada caída en el expreso de Roma que le conducía a la abadía y que murió al instante. Las autoridades francesas han concluido que se trata de un suicidio. Le encomiendo, pues, a vuestras oraciones: el suicidio, ya lo sabéis, es un crimen terrible contra el creador de toda vida.

—Pero... hermano rector, ¿no era peligroso recurrir a un agente extranjero para... hacer posible el suicidio? ¿Estamos realmente seguros de su discreción?

—Conocí al palestino hace años, durante mi estancia en El Cairo: desde entonces siempre ha demostrado ser muy fia-

---

* Que ofende a nuestros oídos.

ble. Sus intereses coinciden con los nuestros en esta ocasión, y él lo ha comprendido perfectamente. Ha contado con la ayuda de un viejo conocido suyo, un agente israelí: los hombre de Hamas y del Mosad se combaten ferozmente, pero a veces saben apoyarse para afrontar una causa común; y ese es precisamente el caso, lo que resulta útil para nuestros proyectos. Solo cuenta el resultado: los medios empleados deben ser eficaces, rápidos, definitivos. Y garantizo personalmente la discreción absoluta de estos dos agentes. Están muy bien remunerados

cierne a la Congregación, y este monje no es el primero que tiene que ser llamado al orden…

Se adivinaron algunas sonrisas bajo los velos que cubrían los rostros.

—… pero las circunstancias aquí son especiales. El difun-

—¿Dónde estabas tú cuando tendieron a Jesús sobre el madero, cuando le hundieron los clavos en las muñecas? Ayer al mediodía yo estaba allí, oculto entre la multitud. Oí el ruido horrible de los martillazos, vi la sangre y el agua que corrían por su torso cuando el legionario lo remató de una lanzada. Soy el único aquí que puede dar testimonio de que Jesús el nazareno murió como un hombre, sin una queja, sin un reproche hacia nosotros, que le habíamos hecho caer en esa trampa. ¿Dónde estabais todos vosotros?

Pedro no res... ... ición de Caifás Jesús entregado

sepultura decente. Y José de Arimatea no aceptaría que el cuerpo de Jesús permaneciera mucho tiempo en su panteón familiar. Había que encontrar otra salida.

—Tal vez haya una solución… Los esenios siempre han considerado a Jesús como uno de los suyos, aunque él nunca aceptara ser miembro de su secta. Yo formé parte durante mucho tiempo de su comunidad laica: les conozco bien. Sin duda aceptarán depositar el cadáver en una de sus necrópolis del desierto.

—¿Puedes ponerte en contacto con ellos enseguida?

—Eliezer vive muy cerca de aquí, ya me ocuparé. ¿Y el segundo problema?

Pedro clavó la mirada en los ojos de su interlocutor; la luna surgió en ese instante de una nube y acentuó la rudeza de sus rasgos. Fue el anciano zelote quien respondió con voz dura:

—El otro problema es Judas. Y de ese me encargo yo.

—¿Judas?

—¿Sabes que esta mañana ha organizado un escándalo en el Templo? ¿Sabes que ha acusado al gran sacerdote de felonía y que ha tomado a Dios por testigo entre Caifás y él ante la multitud? Según las supersticiones judías, uno de los dos debe morir ahora a manos de Dios. Caifás lo sabe y ordenará que le arresten: entonces hablará. Tú y yo, yo sobre todo, seremos desenmascarados. Para los sacerdotes esto no tiene importancia. Pero piensa en los simpatizantes: si se enteran de que Jesús fue capturado por culpa nuestra, aunque nuestra única intención fuera garantizar su seguridad, no habrá ningún futuro. ¿Comprendes?

El judeo contempló al galileo, estupefacto: «¿Qué futuro, miserable superviviente de una aventura abortada? ¿Qué porvenir te queda sino el de volver a tus redes de pesca, que nunca hubieras debido abandonar?».

No respondió nada. Pedro bajó la cabeza y su rostro entró en la sombra.

14

Hechos de los Apóstoles

Dejando al judeo pasmado, Pedro abandonó la sala, cruzó el *impluvium* y salió al exterior. En el alba incierta del sábado de Pascua, las calles estarían vacías: sabía dónde encontrar a Judas.

Entró en la ciudad baja. Un dédalo de callejuelas, cada vez más estrechas, ninguna estaba ya pavimentada: la arena crujía bajo sus sandalias.

Golpeó a una puerta.

El rostro asustado de una mujer con velo apareció en el marco.

—¡Pedro! Pero… ¿a esta hora?

—No es a ti a quien vengo a ver, mujer. Es al iscariote. ¿Está aquí?

La mujer le dejó afuera y bajó la voz:

—Sí, ha llegado esta noche, enloquecido. Parecía realmente fuera de sí… Me ha suplicado que le ocultara hasta el final de la fiesta. Dice que ha acusado públicamente al gran sacerdote Caifás de felonía, y que ha tomado a Dios por testigo: uno de los dos debe morir ahora.

—Tú no crees en todo eso, ¿no es cierto?

—Yo soy una discípula de Jesús, como tú: él nos liberó de todas estas fábulas que esclavizan al pueblo.

Luego doce tribus habían llevado una vida nómada en el desierto, antes de fijarse en Canaán: el antiguo Israel, que había llegado sin aliento. Un Nuevo Israel debía nacer, conducido esta vez por doce apóstoles. ¿Ya solo eran once? Pues bien, el propio Dios nombraría al sustituto de Judas.

Pero nunca el judeo, el pretendido discípulo bienamado, formaría parte de los Doce.

Nunca.

Pedro pasó por encima del cuerpo de Judas. Cuando lo descubrieran, todo el mundo pensaría en un ajuste de cuentas entre zelotes: el destripamiento de los enemigos era su firma habitual. Dirigió una última mirada al cadáver:

«Ahora yo soy la piedra sobre la que se construirá la Iglesia, y la muerte no tendrá poder contra nosotros. No ha terminado todo, Judas».

Orleans, la carretera pasa por delante de Germigny-des-Prés...

Aparcaron en la plaza del pueblecito. A Nil le gustaba aquella iglesia: el arquitecto de Carlomagno había querido reproducir en miniatura la catedral de Aquisgrán, construida hacia el año 800. En el interior, los preciosos vitrales de alabastro creaban una atmósfera de intimidad y recogimiento que producía impresión.

Avanzaron hasta el umbral del santuario.

—¡Qué aire de misterio envuelve todavía este lugar!

El susurro de Andrei era casi inaudible debido al ruido de los martillos que atacaban la pared del fondo: para apartar los vitrales, los obreros habían tenido que retirar el revoque que los rodeaba. Entre dos aberturas, justo en la prolongación de la nave, se distinguía en la penumbra un agujero abierto. Andrei se acercó.

—Perdónenme, señores, me gustaría echar una ojeada a una losa que han encontrado, según me han dicho, mientras efectuaban sus trabajos.

—¡Ah, la piedra! Sí, apareció bajo una capa de revoque. La descalzamos del muro y la hemos dejado en el transepto a la izquierda.

—¿Podemos examinarla?

—Desde luego, son las primeras personas que se interesan por ella.

Los dos monjes avanzaron unos pasos y descubrieron en el suelo una losa cuadrada, en cuyos bordes se distinguía una marca de sellado. Andrei se inclinó y luego apoyó la rodilla en el suelo.

—Vaya..., el sellado es manifiestamente original. Situada tal como estaba, esta losa se encontraba directamente ante los ojos de los fieles. Revestía, pues, una importancia particular... Luego, vea, la recubrieron de un revoque que parece más reciente.

Nil compartía la excitación de su compañero. Los dos monjes nunca pensaban en la historia como en una época remota: el pasado era su presente. En ese instante preciso oían una voz, más allá de los siglos: la del emperador que dio la orden de grabar esa piedra y quiso que la empotraran en un emplazamiento tan especial.

Andrei sacó su pañuelo y limpió con delicadeza la superficie de la piedra.

—El revoque es del mismo tipo que el de las iglesias románicas. Así pues, esta losa fue recubierta dos o tres siglos después de haber sido colocada: un día creyeron necesario ocultar la inscripción al público. ¿Quién podría tener interés en esconderla así?

Unos caracteres aparecían bajo el revoque, que saltaba convertido en polvo.

—Una escritura carolingia. Pero... ¡si es el texto del símbolo de Nicea!

—¿El texto del Credo?

—En efecto. Me pregunto por qué habrán querido colocarlo así a la vista de todos en esta iglesia imperial. Sobre todo me pregunto...

Andrei permaneció un buen rato agachado ante la inscripción; luego se levantó, se sacudió el polvo de la ropa y puso la mano en el hombro de Nil.

—Amigo mío, en esta reproducción del símbolo de Nicea hay algo que no entiendo: nunca he visto algo así.

Rápidamente hicieron una fotografía de frente de la losa, y salieron en el momento en que los trabajadores cerraban la obra para el descanso del mediodía.

Andrei se mantuvo en silencio hasta Orleans. Mientras Nil preparaba la cámara para su sesión de trabajo, el bibliotecario le detuvo:

—No, con este carrete no, es el de la losa. Guárdelo y utilice otro carrete para esos manuscritos, por favor.

Nil abrió los ojos. En cuanto pudiera, iría a cumplir la última voluntad de su amigo. Aunque sin él, ¿para qué serviría una nueva fotografía de la inscripción?

La llamada resonó lúgubremente, anunciando a todo el valle que al día siguiente un monje sería conducido solemnemente a su última morada. Nil entreabrió el cajón de su mesa y deslizó la mano bajo la pila de cartas.

Su corazón se puso a palpitar muy deprisa. Sacó todo el cajón: LA FOTO TOMADA EN GERMIGNY HABÍA DESAPARECIDO, Y LA NOTA DEL PADRE ANDREI TAMBIÉN.

«¡Imposible! ¡Es imposible!»

Había esparcido sobre la mesa el contenido del cajón inútilmente: la foto y la nota no estaban allí.

Los monjes hacen voto de pobreza: no poseen, pues, absolutamente nada, no pueden cerrar nada, y ninguna de las habitaciones de la abadía tenía cerradura. Excepto el despacho del ecónomo, el del padre abad y las tres bibliotecas, cuyas llaves habían sido distribuidas con cuentagotas, como se ha dicho.

Pero la celda de un monje es el dominio inviolable de su soledad; nadie puede entrar nunca en ausencia de su ocupante o sin su permiso formal. Salvo el padre abad, que desde su elección había puesto énfasis en el mantenimiento de aquella regla intangible, garante de la elección que sus monjes habían hecho de vivir en comunidad pero solos ante Dios.

Y no solo habían violado el santuario del padre Nil, sino que habían registrado su habitación y habían robado. Lanzó una ojeada a los expedientes esparcidos desordenadamente sobre la mesa. Efectivamente, no se habían contentado con revolver en el cajón: el más voluminoso de sus expedientes, el del Evangelio de san Juan, no se encontraba en su sitio habitual. Lo habían desplazado ligeramente, y lo habían abierto.

Cogió el pantalón, deslizó la mano en el bolsillo izquierdo: sus dedos se cerraron sobre un objeto de cuero. Rápidamente lo sacó del bolsillo: ¡un llavero! Sin dudar, abrió el cierre de presión.

Tres llaves. La más larga, idéntica a la suya, era la del ala central: las otras dos debían de ser las de las alas norte y sur. Era el llavero especial, el que solo poseían el bibliotecario y el abad. Trastornado por los acontecimientos dramáticos que afectaban a su abadía, el padre abad no había pensado todavía en recuperar el llavero, que entregaría al sucesor de Andrei cuando hubiera tomado una decisión sobre tan delicada nominación.

Nil tuvo un momento de duda. Luego volvió a ver el rostro de su amigo, sentado ante él en aquel sillón. «La verdad, Nil: ¡para conocerla entró en esta abadía!». Se metió el llavero en el bolsillo y recorrió los metros de pasillo que le separaban del ala norte y de su biblioteca.

Ciencias históricas: si franqueaba esa puerta, se habría convertido en un rebelde.

Miró un momento hacia atrás: los dos pasillos del ala central y del ala norte estaban vacíos.

Resueltamente introdujo una de las dos llaves pequeñas en la cerradura. La llave giró sin ruido.

El padre Nil, apacible profesor de exégesis, monje observante que nunca había transgredido la menor regla de la abadía, abrió la puerta y dio un paso adelante: al entrar en la biblioteca norte, entraba en la disidencia.

mayoría duerme ahora. Dime, ¿los esenios están dispuestos a ayudarnos?

—Sí, traigo buenas noticias. Los esenios consideran que Jesús es un justo de Israel y están dispuestos a ofrecerle una sepultura en uno de sus cementerios. El traslado no puede tener lugar antes de que suene el shofar que anuncia el fin de la Pascua: ya sabes que los esenios son muy estrictos en las cuestiones de impureza ritual; no tocarán nunca un cadáver antes de que la fiesta haya terminado oficialmente. Dentro de una hora.

Pedro le dirigió una mirada circunspecta.

—¿Dónde le enterrarán? ¿En Qumran?

El judeo se tomó tiempo antes de responder. Miró al apóstol a la cara, y dijo:

—No lo sé, no me lo han dicho.

«Me lo dirán, pero tú no lo sabrás.

»*Tú no, nunca.*»

17

Y sus ojos se dilataron por la sorpresa.

Hacía solo cuatro años, dos espacios bastaban para contener los materiales del siglo I, clasificados por origen geográ-
fico: Palestina, resto de Oriente Próximo, Occidente latino,
Occidente griego… Pero aho~ ~en~~ ~nte los ojos m~ ~~ia do-

19

portando ciertos cadáveres para volver a inhumarlos en sus cementerios.

Dos de ellos se dispusieron a transportar el cuerpo. Pero el viernes por la noche todo se había desarrollado muy deprisa, y sin duda los allegados vendrían para terminar los arreglos mortuorios. Si descubrían la tumba vacía, estallaría el pánico: tenían que prevenirlos.

Dos de los hombres, revestidos aún con sus ropas blancas, se instalaron, pues, cómodamente, uno a la cabeza y el otro a los pies de la losa sepulcral, mientras los compañeros que transportaban el cadáver iniciaban el largo viaje hacia una de las necrópolis esenias del desierto.

No tuvieron que esperar mucho tiempo: el sol todavía estaba bajo sobre el horizonte cuando oyeron pasos furtivos. Mujeres del entorno de Jesús.

Al ver la pesada piedra sepulcral apartada a un lado, las mujeres se sobresaltaron. Una de ellas dio un paso adelante y lanzó un alarido de terror: dos seres vestidos de blanco se encontraban de pie en el antro sombrío de la tumba y parecían esperarlas. Aterrorizada, balbuceó una pregunta, a la que ellos respondieron pausadamente. Cuando hicieron el gesto de salir para darles más detalles, las mujeres giraron sobre sus talones y huyeron piando como una bandada de pájaros.

Los dos esenios se encogieron de hombros. ¿Por qué habían enviado los apóstoles de Jesús a unas mujeres, en lugar de acudir ellos mismos? Después de todo, su misión había terminado. Solo faltaba poner en orden el lugar antes de partir.

Se sacaron sus vestiduras blancas y trataron de hacer rodar la piedra sepulcral: no lo consiguieron, ahora solo eran dos, y la piedra era demasiado pesada. Dejando la tumba abierta, salieron del huerto y se sentaron al sol. El judeo que lo había organizado todo debía ir a verles: tenían que esperar.

20

Calfo hizo girar una vez más el látigo, que se estrelló contra sus omoplatos. La disciplina metálica, que se prescribía a la Sociedad solo en ocasiones excepcionales, es una trenza de cuerdecillas salpicada de pequeñas esferas de aluminio. Normalmente, en el versículo 17 del salmo del *Miserere*, que sirve en cierto modo de reloj de arena para esta penitencia, deben aparecer ya gotitas de sangre sobre la piel. En el versículo vigésimo primero y último, es de buen tono que algunas gotas rojas reboten contra la pared a espaldas del flagelante.

Esta mortificación recordaba los treinta y nueve latigazos recibidos por Jesús antes de la crucifixión. Administrado por un robusto legionario, el látigo romano, que incluía bolas de plomo del tamaño de una aceituna, hendía la carne hasta el hueso y a menudo era mortal.

Alessandro Calfo no tenía en absoluto la intención de sucumbir a la flagelación que se infligía: sería otro el que moriría pronto; con aquel sufrimiento Calfo le ofrecía místicamente un testimonio de solidaridad fraterna. De hecho, ni siquiera tenía intención de lesionar la delicada piel de su rolliza espalda: la mujer debía volver el sábado por la noche.

«Tres días antes del "final de la misión" de nuestro hermano, que se ha vuelto senil.»

Cuando se la había enviado, su agente palestino le había informado:

—Sonia es rumana, monseñor, es una chica segura. Con ella no tendrá que temer que surjan problemas como los causados por la precedente... ¡Desde luego, con toda certeza, *bismillah*, en nombre de Dios!

Sus años de nuncio apostólico en Egipto le habían enseñado a establecer el necesario compromiso entre urgencias contradictorias. Con una mueca, se dispuso a lanzar de nuevo la disciplina contra sus omoplatos: porque negociar no es ceder. A pesar del fin de semana voluptuoso que se anunciaba con Sonia, no suprimiría el ejercicio de la disciplina, prueba tangible de su solidaridad hacia uno de los miembros de la Sociedad. Transigiría entre su amor fraternal y ese otro imperativo, la integridad de su piel aterciopelada: la penitencia duraría solo el tiempo de un *De profundis*.

Salmo de penitencia como el *Miserere*, lo que confería un valor muy satisfactorio al sufrimiento que se infligía por virtud cristiana, el *De profundis* no constaba, sin embargo, más que de ocho versículos, y duraba, así, tres veces menos que el interminable *Miserere*.

21

Nil se quitó las gafas, se restregó los ojos, que le ardían, y se pasó la mano por los cabellos grises cortados al rape. ¡Toda una noche ocupada examinando las fotocopias del M M M! Corrió el taburete hacia atrás, se levantó y fue a retirar la toalla que tapaba la ventana. Estaban a punto de tocar a laudes, el primer oficio de la mañana: ya nadie se extrañaría de ver luz en su celda.

A través de los cristales, contempló un instante el cielo negro del valle del Loira en invierno. Todo estaba oscuro, tanto fuera como en su interior.

Volvió junto a su mesa y se sentó pesadamente. Su cuerpo era delgado y pequeño; sin embargo, le pareció que tenía un peso desmesurado. Ante él se amontonaban varias pilas de notas manuscritas, tomadas en el curso de aquella larga noche, clasificadas cuidadosamente en montones separados. Suspiró.

Sus investigaciones sobre el Evangelio de san Juan le habían llevado a descubrir a un actor oculto, un judeo que aparecía furtivamente en el texto y desempeñaba un papel esencial en los últimos días de la vida de Jesús. No se sabía nada de él, ni siquiera su nombre, pero se llamaba a sí mismo el «discípulo bienamado», y decía haber sido el primero en encontrar a Jesús a orillas del Jordán, antes que Pedro. Y que se encontraba entre los invitados a la última cena, en la sala alta. Sin duda esa sala estaba situada en su propia casa. Explicaba que estaba tendido al lado del Maestro, en el puesto de honor. Describía la crucifixión, la tumba vacía, con el estilo y el tono verosímil de un testigo ocular.

Un hombre esencial para el conocimiento de Jesús y de los inicios del cristianismo, un hombre próximo al Nazareno cuyo testimonio tenía una importancia extrema. Curiosamente, la existencia de aquel testigo fundamental había sido cuidadosamente eliminada de *todos* los textos del Nuevo Testamento. Ni los otros Evangelios, ni Pablo en sus cartas, ni los Hechos de los Apóstoles mencionaban su existencia.

¿Por qué aquel empeño encarnizado en suprimir a un testigo de tanta importancia? Solo un motivo extremadamente grave podía haber causado su radical eliminación de la memoria del cristianismo. ¿Y por qué los esenios no se mencionaban nunca en los inicios de la Iglesia? Todo aquello tenía que estar relacionado; Nil estaba convencido de ello, y Andrei le animaba a seguir el hilo misterioso que unía entre sí los acontecimientos que habían marcado para siempre la historia de Occidente.

—Este personaje que ha descubierto en el estudio de los Evangelios, creo haberlo encontrado también en mi campo, en los manuscritos de los siglos III al VII.

Nil, sentado frente a él en su despacho, dio un respingo al oírle.

—¿Quiere decir que ha encontrado el rastro del «discípulo bienamado» en los textos posteriores a los Evangelios?

Andrei había entrecerrado los ojos y unas pequeñas arrugas habían surgido en su rostro redondo.

—¡Oh, son indicios que no me habían llamado la atención si usted no me hubiera puesto al corriente de sus propios descubrimientos! Rastros casi infinitesimales, hasta que el Vaticano me envió ese manuscrito copto descubierto en Nag Hamadi —dijo, señalando con un gesto al fichero.

El bibliotecario miró pensativamente a su compañero.

—Nosotros proseguimos nuestras investigaciones cada uno por nuestro lado. Decenas de exegetas e historiadores hacen lo propio sin ser inquietados para nada. Pero con una condición: que sus trabajos permanezcan encasillados, que nadie trate de enlazar estas informaciones entre sí. ¿Por qué cree que el acceso a nuestras bibliotecas está limitado? Mientras cada uno se acantone en su propia especialidad, no corre el riesgo de ser censurado ni sancionado. Y así todas las Iglesias pueden afirmar, orgullosas, que en ellas la libertad de pensamiento es total.

—¿Todas las Iglesias?

—Además de la Iglesia católica, está la vasta constelación de las protestantes, y entre ellas, las fundamentalistas, cuyo poder aumenta actualmente, sobre todo en Estados Unidos. Luego están los judíos y el islam…

—Los judíos si acaso, aunque no veo cómo la exégesis de un texto del Nuevo Testamento podría concernirles, a ellos que solo reconocen el Antiguo; pero ¿los musulmanes?

—Nil, Nil… ¡Usted vive en el siglo I y en Palestina, pero yo navego hasta el siglo VII! Mahoma dio los últimos toques al Corán en 632. Es importantísimo que estudie este texto sin tardar. Entonces descubrirá que está estrechamente ligado a los avatares y al destino del hombre cuyo rastro busca, ¡si es que existió!

Hubo un silencio. Nil reflexionaba, sin saber muy bien por dónde continuar.

—«Si es que existió»… ¿Acaso duda de la existencia de ese hombre junto a Jesús?

—Dudaría si no hubiera seguido paso a paso su propia investigación. Sin saberlo, me ha empujado a escudriñar, en la literatura de la Antigüedad, pasajes que hasta este momento habían pasado inadvertidos. Sin darse cuenta, usted me ha permitido comprender el significado de un oscuro manuscrito copto sobre el que debo proporcionar un diagnóstico a Roma (hace seis meses que he recibido la fotocopia, y me siento tan confuso que sigo sin saber cómo componer mi informe). Roma ya me ha llamado al orden una vez, y temo que me convoquen si tardo más tiempo.

Andrei había sido convocado a Roma.

Y nunca volvió a aquel apacible despacho.

El tañido de la campana resonó en la noche de noviembre. Nil bajó y ocupó su lugar habitual en el coro monástico. A unos metros a su derecha, una silla permanecía obstinadamente vacía: Andrei… Su mente, ocupada por completo en los manuscritos que había estado descifrando durante toda la noche, no conseguía concentrarse en los lentos melismas de la melodía gregoriana. Desde hacía un tiempo, lo que había sido su fe a lo largo de toda una vida se descomponía pedazo a pedazo.

Sin embargo, a primera vista los manuscritos del M M M no ofrecían nada sensacional. La mayoría procedían de la biblioteca dispersada de los esenios de Qumran: comentarios de la Biblia a la manera rabínica, fragmentos de explicaciones sobre la lucha entre el Bien y el Mal, los hijos de la luz y los hijos de las tinieblas, el papel central desempeñado por un Maestro de Justicia… Ahora se sabía que Jesús no podía haber sido ese Maestro de Justicia. El gran público, que momentáneamente se había apasionado por los descubrimientos del mar Muerto, pronto se había visto decepcionado. Nada espectacular…, y los textos sobre los que había permanecido inclinado toda la noche no constituían una excepción.

Pero, para un espíritu advertido como el suyo, lo que acababa de leer confirmaba todo un conjunto de indicaciones cuidadosamente consignadas en sus notas. Unas notas que no salían de su celda y de las que nadie conocía la existencia con excepción de Andrei, para quien no tenía secretos.

Esas notas ponían en cuestión de una forma radical lo que se había dicho hasta ese momento sobre los orígenes cristianos, es decir, sobre los orígenes de la cultura y la civilización de todo el Occidente.

«De San Francisco a Vladivostok, todo descansa sobre un postulado único: Cristo es el fundador de una religión nueva. Su divinidad fue revelada a los apóstoles por las lenguas de fuego que se posaron sobre ellos el día de Pentecostés. Habría un antes de ese día, el Antiguo Testamento, y un después: el Nuevo Testamento. Pues bien, esto no es exacto, ¡es incluso falso!»

Nil se encontró de repente erguido en la iglesia cuando todos sus hermanos de comunidad acababan de prosternarse para el canto del *Gloria Patri*. Rápidamente se unió a la posición inclinada de su fila de sillas: en el coro de enfrente, el padre abad había levantado la cabeza y le observaba.

Trató de seguir mejor el desarrollo del oficio, pero su mente galopaba como un caballo desbocado: «He descubierto, en los manuscritos del mar Muerto, las nociones a partir de las cuales se efectuó la divinización de Jesús. Los apóstoles, incultos, eran del todo incapaces de realizar semejante operación: solo recogieron lo que se decía en torno a ellos, algo que desconocíamos por completo hasta los descubrimientos de Qumran».

Esta vez se encontró solo mirando hacia el coro opuesto cuando toda la comunidad acababa de volverse en bloque hacia el altar para el canto del *Padrenuestro*.

El padre abad tampoco miraba al altar: había girado la cabeza hacia la derecha y observaba a Nil con aire pensativo.

Al salir de laudes, le retuvo un estudiante empeñado en recibir consejo sobre la memoria que preparaba. Tras haberse librado por fin del importuno, Nil entró como un ciclón en su celda, cogió el M M M de la mesa cubierta de papeles y lo deslizó rápidamente bajo su escapulario. Luego, aparentando naturalidad, se dirigió hacia la biblioteca del ala central.

El pasillo estaba vacío. Con el corazón palpitante, pasó por delante de la puerta de las ciencias bíblicas, dejó atrás la del despacho de Andrei y siguió hasta el ángulo de las dos alas de la abadía: tampoco había nadie en el largo pasillo del ala norte.

Nil se acercó a la puerta que no estaba autorizado a franquear —la de las ciencias históricas—, sacó de su bolsillo el llavero del padre Andrei e introdujo una de las dos llaves pequeñas en la cerradura. Una última ojeada al pasillo: seguía vacío.

Entró.

Nadie acudiría a la biblioteca tan temprano. Sin embargo, no quiso correr el riesgo de encender la iluminación general, que hubiera señalado su presencia. Algunas lamparillas que difundían una pálida luz amarillenta permanecían encendidas de forma permanente. Se dirigió hacia el fondo de la biblioteca: tenía que llegar a los cubículos del siglo I para volver a guardar rápidamente el M M M en el lugar de donde lo había cogido la víspera. Y luego desaparecer sin ser visto.

Había llegado al nivel del siglo III, tanteando con la máno derecha para guiarse, cuando se escuchó el ruido sordo de la puerta, que se abría al otro extremo. Casi inmediatamente una luz cruda inundó toda la biblioteca.

Nil se encontraba en medio de la calle central, con el brazo derecho tendido hacia delante y un libro prohibido bajo el brazo izquierdo, en un lugar donde nunca hubiera debido entrar y del que no podía tener la llave. Le pareció que los cubículos se apartaban a ambos lados para dejarlo aún más solo y expuesto a las miradas. Los focos, implacables, sobresalían del muro y le abrumaban con reproches: «¿Padre Nil, qué hace aquí? ¿Cómo ha conseguido esta llave? ¿Qué libro es ese? ¿Y por qué, sí, por qué motivo se lo llevó prestado ayer? ¿Qué busca, padre Nil? ¿Ha dormido realmente esta noche? ¿Por qué estas distracciones en el oficio de la mañana?».

Iban a descubrirle, y de pronto volvió a pensar en las frecuentes advertencias de Andrei.

Y en su cuerpo, rígido por la muerte, sobre el balasto del expreso de Roma, con el puño apuntando rabiosamente al cielo.

Como para acusar a su asesino.

22

Evangelio de Juan

Aquel domingo por la mañana las mujeres volvieron temprano de la tumba, trastornadas por haberla encontrado vacía, y
explicaron a los apóstoles, incrédulos, una historia de hombres de blanco tan misteriosos que solo podían ser ángeles.
Pedro las redujo al silencio: «¡Ángeles! Necedades de mujeres
simples». El judeo le hizo una señal. Discretamente, salieron
de la casa.

Primero caminaron en silencio, y luego se pusieron a correr. Pedro, que pronto había quedado distanciado, llegó sin
aliento al huerto: los dos esenios se habían ido sin esperarlo,
pero su compañero, que había llegado primero, dijo al apóstol que había podido hablar con ellos. Una vez más le tomaba la delantera, una vez más era el testigo privilegiado.

Furioso, Pedro volvió solo a la sala alta: sin una palabra de
explicación, el judeo se había desviado a medio camino y se
dirigía a una casa señorial del barrio oeste.

La secta de los esenios había nacido dos siglos antes. La her-
mandad comprendía comunidades monásticas que vivían separadas del mundo, como en Qumran, y comunidades laicas

normalmente integradas en la sociedad judía. La de Jerusalén era la más importante, e incluso había dado nombre al barrio oeste de la ciudad. Eliezer Ben-Akkai era su jefe.

El hombre acogió calurosamente al visitante.

—Durante mucho tiempo fuiste de los nuestros; si no te hubieras convertido en discípulo de Jesús, sin duda habrías sido mi sucesor. Ya sabes que los judíos del Templo nos detestan y no aceptan que enterremos a nuestros muertos en necrópolis distintas de las suyas. Algunas de ellas están escondidas en medio del desierto. Debemos impedir que nuestras tumbas puedan ser profanadas jamás por manos impuras.

—Lo sé, rabí, y comparto tu preocupación por preservar la última morada de los Justos de Israel.

—Jesús el nazareno era uno de esos Justos. El lugar de su sepultura final debe permanecer secreto.

—Eliezer... ya eres un hombre mayor. No puedes ser el único en saber dónde se encuentra la tumba de Jesús.

—Mis dos hijos, Adón y Osías, transportan su cuerpo en este mismo momento. Ellos lo saben, igual que yo, y transmitirán el secreto de la tumba.

—¿Y si les ocurriera algo? Debes confiarme este secreto a mí también.

Eliezer Ben-Akkai acarició largamente su barba rala. Su visitante tenía razón, la paz con Roma era extremadamente frágil, todo podía explotar en cualquier instante. Le puso las manos en los hombros.

—Hermano, siempre te has mostrado digno de nuestra confianza. ¡Pero debes saber que si entregaras los restos de nuestros muertos al odio de nuestros enemigos, el Eterno mismo sería juez entre nosotros y tú!

Eliezer lanzó una ojeada a la sala, donde algunos esenios iban y venían, y acercándose al hueco de una ventana, indicó con un gesto a su interlocutor que le siguiera.

Allí se inclinó hacia su oído y murmuró unas frases.

Cuando se separaron en silencio, los dos hombres se miraron largamente; sus rostros tenían una expresión particularmente grave.

Mientras volvía a su casa, el judeo sonrió. La tumba de Jesús no se convertiría en una baza para obtener poder.

23

Deslumbrado todavía por la intensa luz que acababa de inundar la biblioteca, Nil lanzó una ojeada al tramo más próximo: su centro estaba vacío y liso como la palma de la mano. Dio un paso: al fondo del tramo del siglo II habían depositado dos grandes cajas de cartón, libros que esperaban a ser clasificados. Rápidamente se escurrió tras ellas, mientras oía el roce característico de un vestido que se acercaba. ¿Un sayal monástico, o la sotana de uno de los estudiantes integristas? Si venían a buscar un libro en el espacio del siglo II, estaba perdido. Aunque tal vez el que se acercaba no venía a buscar un libro. Tal vez le había visto entrar y alimentaba otras intenciones.

Nil hundió la cabeza entre los hombros.

El visitante pasó ante el cubículo del siglo II sin detenerse. Agazapado en la zona en sombra del fondo, detrás de las cajas de cartón, Nil aguantaba la respiración. Oyó que alguien entraba en el del siglo I, de donde se había llevado el M M M el día anterior, y de pronto lamentó no haber caído en la cuenta de desplazar los libros vecinos en el estante para que el agujero abierto en la fila fuera un poco menos visible.

Hubo un tiempo muerto, y luego escuchó los pasos del visitante que volvían a pasar ante él y se alejaban hacia la entrada de la biblioteca. No le habían descubierto. ¿Quién era el intruso? El paso de un monje se reconoce entre mil: no ataca nunca el suelo por el talón, sino que desliza el pie hacia delante y camina como sobre un cojín de aire.

No era uno de los estudiantes.

La iluminación central se apagó bruscamente y Nil oyó el ruido del cierre automático de la puerta. Esperó un instante, con la frente húmeda, y luego se levantó. Todo estaba oscuro y silencioso.

Cuando salió, después de haber devuelto el M M M a su lugar, el pasillo del ala norte estaba vacío. Ahora tenía que volver a colocar las llaves donde las había encontrado. La puerta del despacho del bibliotecario seguía abierta. Nil entró y encendió la luz del techo: las ropas de Andrei seguían sobre el respaldo de su sillón. Con el corazón palpitante, cogió el pantalón y hundió el llavero en un bolsillo. Sabía que nunca volvería a ese despacho, nunca como lo hiciera antes. Por última vez recorrió con la mirada las estanterías donde Andrei amontonaba los libros recibidos antes de llevarlos a la biblioteca.

En lo alto de una pila, distinguió un libro que no llevaba la etiqueta con la signatura. El título le llamó la atención:

ÚLTIMOS APÓCRIFOS COPTOS DE NAG HAMADI
Edición crítica establecida
por el Rev. P. Andrei Sokolwski, O. S. B.
Gabalda ed., París.

«¡La edición de los apócrifos en que trabajaba desde hace diez años, por fin ha aparecido!»

Nil abrió el libro: un trabajo de erudición notable editado con ayuda del CNRS.* En la página de la izquierda, el texto copto pacientemente reconstruido por Andrei, y en la página de la derecha su traducción. La última obra de su amigo, un testamento.

Ya se había quedado demasiado rato en aquel despacho, y tomó una decisión repentina. Habían robado de su celda la última nota de Andrei, dirigida a él únicamente, como un mensaje de ultratumba. Pues bien, aquel libro que su amigo había recibido justo antes de partir, la obra en que había puesto toda su ciencia y su amor, le pertenecía a él, a Nil. Aún no llevaba etiqueta, y por tanto no estaba registrado en el catálogo de la abadía: nadie en el mundo podría saber que aquel día se lo apropiaba. Quería aquel libro para él solo. Por encima de la muerte, era como una mano tendida por aquel que nunca más publicaría nada, nunca más ocuparía su lugar en el sillón para escucharle, con la cabeza inclinada, con un brillo malicioso en la estrecha rendija de sus ojos.

Con gesto resuelto deslizó la edición de los apócrifos de Nag Hamadi bajo su escapulario y salió de nuevo al pasillo.

Mientras se dirigía a la escalera, con la mente invadida por la soledad que en adelante iba a ser su compañera, Nil no percibió la sombra aplastada contra el muro, resguardada por la alta puerta de las ciencias bíblicas. Era la sombra de un sayal monástico.

Sobre la tela lisa destacaba una cruz pectoral que una mano derecha apretaba nerviosamente. En su anular, el anillo, muy sencillo, de metal, no lanzaba ningún reflejo.

Nil volvió a su celda, cerró la puerta tras de sí y se detuvo en seco. Al bajar hacía un rato para el oficio de laudes, había dejado su trabajo de la noche meticulosamente clasificado en

* Centro Nacional de Investigaciones Científicas de Francia. *(N. del T.)*

pequeñas pilas diferenciadas. Ahora las hojas estaban dispersas, como por una corriente de aire.

En aquel día de noviembre, su ventana estaba cerrada. Cerrada desde la víspera.

De nuevo habían entrado en su celda. Y la habían registrado. Tal vez habían robado incluso algunas de sus notas.

24

Hechos de los Apóstoles

—Pedro, ¿qué ha ocurrido con el cuerpo de Jesús?

Pedro lanzó una mirada circular. Hacía ya tres semanas que Jesús había muerto, y durante todo ese tiempo no había salido de la sala alta. Aquella mañana, casi un centenar de simpatizantes se habían reunido allí, y la misma pregunta saltaba en todas partes.

En el otro extremo de la habitación su anfitrión era el único que estaba de pie, apoyado contra la pared. Una veintena de hombres sentados le rodeaban, volviendo alternativamente los ojos hacia él y luego hacia la ventana, al pie de la cual los Once formaban un bloque. ¿Adeptos suyos, tal vez? «Ahora —pensó Pedro— es él o yo.»

El apóstol miró a sus diez compañeros. Andrés, su hermano, que se mordisqueaba el labio inferior, Juan y Santiago, los hijos de Zebedeo, Mateo, el antiguo aduanero... Ninguno de ellos tenía la talla de un jefe.

Alguien tenía que levantarse en medio de aquella multitud desorientada. Levantarse y tomar la palabra en aquel instante preciso era tomar el poder.

Pedro aspiró profundamente y se levantó. La luz de la ventana le iluminaba de espaldas, dejando el rostro en la sombra.

—Hermanos…

A pesar de todos sus esfuerzos no había conseguido saber dónde habían enterrado los esenios el cadáver de Jesús, después de haberlo sacado de la tumba. «¿Y él, el único testigo conmigo, lo sabe? Debo desviar la atención de esta gente y afirmar de una vez por todas mi autoridad.» Pedro decidió no hacer caso de la pregunta de la multitud y observó al grupo de simpatizantes desde arriba. Desde ese mismo momento sabrían que era él quien había cumplido el juicio de Dios. Dios se había servido de él, y Dios se serviría de él en el futuro.

—Hermanos, el destino de Judas debía cumplirse. Él formaba parte de los Doce y cometió traición. Cayó hacia delante, con el vientre abierto, y sus entrañas se desparramaron sobre la arena.

Un silencio de muerte se hizo en la sala. Solo el asesino de Judas podía conocer esos detalles. Pedro acababa de confesar públicamente que la mano que sostenía el puñal no era la de un zelote cualquiera: era la suya.

El apóstol miró uno por uno a los que habían pedido ruidosamente explicaciones sobre la suerte del cadáver de Jesús: bajo su mirada, uno tras otro bajaron los ojos.

En el otro extremo de la habitación, el discípulo bienamado seguía sin decir nada. Pedro levantó la mano.

—Debemos reemplazar a Judas. Que otro, elegido entre los que acompañaron al Maestro desde el encuentro en el Jordán hasta el final, ocupe su puesto.

Un murmullo de aprobación recorrió la asamblea y todos los ojos se volvieron hacia el discípulo bienamado. Porque solo él podía completar el colegio de los doce apóstoles: había sido el primero en conocer al Maestro a orillas del Jordán y había sido su íntimo hasta el final. Él era el sucesor más indicado para Judas.

Pedro comprendió lo que sentía la multitud.

—¡No seremos nosotros los que elijamos! Dios deberá designar al duodécimo apóstol a través de la suerte. Mateo, coge tu cálamo y escribe dos nombres en estos pedazos de corteza.

Antes de que lo hiciera, Pedro se inclinó hacia Mateo y le murmuró algo al oído. El antiguo aduanero le miró con aire sorprendido. Luego inclinó la cabeza, se sentó y escribió rápidamente. Los dos pedazos de corteza se colocaron sobre un pañuelo y Pedro levantó los cuatro extremos.

—Tú, acércate, saca uno de estos dos nombres. ¡Y que Dios hable en medio de nosotros!

Un muchacho se levantó, alargó la mano, la hundió en el pañuelo y sacó una de las cortezas.

Pedro la cogió y se la entregó a Mateo.

—Yo no sé leer: dinos lo que está escrito aquí.

Mateo carraspeó, miró el pedazo de corteza y proclamó:

—¡Está escrito el nombre de Matías!

Se levantaron protestas entre la multitud.

—Hermanos —tuvo que gritar Pedro para hacerse oír—, ¡el propio Dios acaba de designar a Matías para ocupar el puesto de Judas! ¡Somos doce de nuevo, como en la última cena que Jesús tomó aquí mismo antes de morir!

Aquí y allá se levantaron algunos hombres, mientras Pedro atraía hacia sí a Matías, lo abrazaba y lo sentaba en medio de los Once. Luego el apóstol clavó la mirada en el discípulo bienamado, del que le separaba la multitud sentada. Un grupo compacto de simpatizantes le rodeaba ahora, de pie, con cara sombría. Dominando el ruido, Pedro exclamó:

—Doce tribus hablaban por Dios: doce apóstoles hablarán por Jesús, en su lugar o en su nombre. Doce y ni uno más: ¡nunca habrá un decimotercer apóstol!

El discípulo bienamado le sostuvo la mirada largo rato; luego se inclinó y murmuró unas palabras al oído de un adolescente de cabellos ensortijados. Pedro, de pronto inquieto, deslizó la mano por la abertura de su túnica y sujetó la empuñadura de la *sica*. Pero su rival hizo una seña a los que le rodeaban y se dirigió en silencio hacia la puerta. Una treintena de hombres le siguieron, con rostro grave.

En cuanto llegó a la calle, se volvió: el adolescente se deslizó a su lado y le tendió la otra corteza, la que había caído del pañuelo abandonado por Pedro después de la proclamación de la elección divina. Preguntó al muchacho:

—Iojanan, ¿nadie ha podido ver esta corteza?

—Nadie, *abbu*. Nadie excepto Mateo, que ha escrito el nombre, Pedro, que se lo ha dictado, y ahora tú.

—Vamos, hijo, dámela y olvídala para siempre.

Dirigió la mirada a la segunda opción ofrecida para el voto de Dios y sonrió a Iojanan: el nombre inscrito no era el suyo.

«¡De modo, Pedro, que has decidido apartarme para siempre del Nuevo Israel! Una guerra se inicia ahora entre nosotros. Esperemos que no aplaste a este niño y a los que vendrán tras él.»

25

El universo estable y apacible del padre Nil, brutalmente arrancado de sus estudios y de la paciente reconstrucción del pasado, se desplomaba: por segunda vez habían registrado su celda. Y habían vuelto a desaparecer papeles de su mesa.

Las notas sustraídas aquella mañana daban cuenta del estado de sus investigaciones sobre los inicios de la Iglesia. Nil era consciente de que se estaba aventurando en una dirección prohibida, desde siempre, a los católicos. Y ahora alguien, en el monasterio, sabía lo que buscaba, lo que ya había encontrado. Alguien que le espiaba, que se introducía en su celda durante sus ausencias y que no dudaba en robar. El peligro difuso que detectaba a su alrededor se hacía cada vez más presente, y no sabía de dónde venía ni por qué.

¿Era posible que el estudio pudiera convertirse en algo peligroso?

Con la mente en otra parte, volvió maquinalmente las páginas de la última obra publicada por su amigo. A cada instante medía el vacío creado por su desaparición: ya nadie estaría allí para escucharle, para guiarle… Entregado a sí mismo en la inmensa soledad de un monasterio, una sensación desconocida le invadía: el miedo.

El último pensamiento de Andrei había sido para él; su amigo le había transmitido un mensaje: había que sobreponerse a ese miedo y continuar la investigación a partir de una simple nota. Su primera línea hablaba de un manuscrito del Apocalipsis copto. Sin duda se encontraba entre todos los que su amigo guardaba en el mueble de su despacho. Pero seguro que el misterioso visitante de la biblioteca norte, que había estado a punto de sorprenderle aquella mañana, había descubierto el hueco que había dejado en el estante el préstamo del M M M. Aquel libro solo podía haber sido cogido por un monje que no tuviera acceso a la biblioteca: en otro caso hubiera dejado en su lugar un fantasma con su firma, como exigía la norma.

Pronto descubrirían el llavero olvidado en el pantalón de Andrei y atarían cabos: inmediatamente colocarían una cerradura en el despacho, y Nil perdería cualquier esperanza de poder entrar en él para encontrar el misterioso manuscrito.

Desanimado, cerró el libro, y deslizó maquinalmente el índice entre la cubierta y la página de guarda.

Se sobresaltó. Acababa de notar un bulto en la cara interna de la cubierta.

¿Un defecto de fabricación?

Acercó el libro a la lámpara y lo abrió bajo la luz: no era un fallo de encuadernación. El reborde de la cubierta había sido despegado y vuelto a pegar. En el interior podía palparse un objeto fino rectangular.

Con infinitas precauciones cortó en toda su anchura el papel de guarda que recubría el cartón, lo separó e inclinó el libro para que penetrara la luz brillante de la lámpara: en el interior había un documento, doblado en cuatro.

Justo antes de su partida, Andrei había deslizado en su última obra maestra un papel que se había tomado el trabajo de esconder con mucho cuidado.

Nil cogió unas pinzas de depilar, y empezó a extraer con suma precaución el papel de su escondite.

26

Aquella noche, el reverendo padre abad, sentado en su despacho, estuvo a punto de ceder a un arranque de malhumor.

Había pedido que le comunicaran con el cardenal Catzinger, en Roma, pero el prefijo 390 parecía saturado. Finalmente llegó hasta él la voz queda del prelado:

—Espero no molestarle, eminencia... Me he decidido a pedirle consejo, y tal vez ayuda, a propósito de ese monje del que ya hemos hablado... el padre Nil, profesor de exégesis en el escolasticado. Recordará que le alerté sobre... sí, eso es. Estos últimos tiempos he notado un cambio notable en su comportamiento. Siempre fue un monje buen cumplidor de las reglas, perfectamente atento en los oficios litúrgicos. Pero, desde la muerte del desdichado padre Andrei, ya no es el mismo. Y acaba de producirse un acontecimiento inaudito: mientras permanece vacante el puesto de bibliotecario, yo mismo verifico qué libros se cogen en préstamo en nuestra biblioteca; pues bien, esta mañana temprano he podido constatar que el padre Nil había sustraído, en el ala norte, una obra delicada. ¿Cómo? Sí, se trata del famoso M M M de los norteamericanos...

Tuvo que apartar el auricular de la oreja. La línea privada del Vaticano, habituada a una mayor untuosidad, transmitía fielmente la cólera cardenalicia:

—Comparto su inquietud, eminencia: recibirá sin tardar una pequeña muestra de las notas redactadas por el propio padre Nil... Sí, he podido procurarme algunas. Así estará en situación de juzgar si hay que tomar medidas o si se puede permitir que este buen padre continúe en paz sus trabajos científicos. ¿Se ocupará personalmente? Gracias, eminencia... *Arrivederci*, eminencia.

Con un suspiro de alivio, el padre abad colgó el aparato. Había aceptado sin entusiasmo la compra de obras tan peligrosas como el M M M, pero ¿cómo luchar contra los ataques del adversario si no se conocen las armas que utiliza?

Él se sabía responsable ante Dios de sus monjes, tanto de su vida espiritual como de la intelectual, pero violar por dos veces el santuario sagrado de la celda de uno de sus hijos era algo que no le agradaba en absoluto.

En su despacho del Vaticano, Emil Catzinger apoyó un dedo iracundo en el botón de su centralita.

—Páseme a monseñor Calfo. Sí, enseguida. ¡Sé muy bien que es sábado por la noche! Debe de estar en su piso del Castel Sant'Angelo; encuéntrele.

27

La mano del padre Nil temblaba ligeramente. Acababa de extraer de la cubierta del libro de Andrei una fotocopia. La acercó a la lámpara y reconoció inmediatamente la elegante escritura del copto antiguo.

Un manuscrito copto.

La foto, perfectamente legible, mostraba un fragmento de pergamino en buen estado. Muy a menudo Nil había examinado los tesoros que Andrei sacaba de su mueble para hacérselos admirar. Así se había familiarizado con la grafía de los grandes manuscritos de Nag Hamadi, cotejados por primera vez por el egiptólogo Jean Doresse después de su descubrimiento, en 1945, en la orilla izquierda del Nilo Medio. Habituado a los manuscritos hebreos o griegos, Nil sabía que las caligrafías evolucionan con el tiempo, con tendencia a simplificarse.

La escritura de aquel pergamino era del mismo tipo que la de los célebres apócrifos, como el Evangelio de Tomás de finales del siglo II, que había atraído la atención del mundo entero. Pero, con toda seguridad, era posterior.

Seguramente aquel fragmento, de muy pequeño tamaño, había sido juzgado poco interesante u oscuro por Doresse, que se había desprendido de él. Y había acabado por aterrizar en Roma, como tantos otros, para ser exhumado un día por un empleado de la Biblioteca Vaticana y enviado a la abadía.

Andrei, reconocido experto en la materia, recibía a menudo documentos de este tipo con el fin de que los analizara.

Nil sabía que los apócrifos de Nag Hamadi databan de los siglos II y III, y que a partir del siglo IV ya no se había escrito nada en copto. Aquel fragmento tardío era, pues, de finales del siglo III.

Un manuscrito copto del siglo III.

¿Sería el manuscrito que había colocado a Andrei en una situación tan incómoda que no se atrevía a enviar a Roma su informe final? Pero, en ese caso, ¿por qué se había preocupado de ocultar aquella fotocopia, en lugar de archivarla en su mueble como las otras?

Andrei ya no estaba allí para responder a aquellas preguntas. Nil hundió la frente entre las palmas de las manos y cerró los ojos.

Le pareció que volvía a ver la primera línea de la nota descubierta en la mano de su amigo: «Manuscrito copto (Apoc)». Espontáneamente había traducido «Apoc» por «Apocalipsis»: era la abreviatura tradicional de las ediciones de la Biblia. Nil quiso verificarlo y abrió la última traducción de la Biblia ecuménica, que Andrei utilizaba. En aquella versión reciente, que servía ahora de referencia, la abreviatura del libro del Apocalipsis no era «Apoc» sino «Ap».

Si Andrei, meticuloso y siempre al corriente de todo, hubiera querido hacer alusión al libro del Apocalipsis, hubiera escrito «Ap», y no «(Apoc)». ¿En qué debía de pensar, pues?

Y de pronto Nil comprendió: ¡«(Apoc)» no quería decir «apocalipsis», sino «apócrifo»!

Lo que Andrei había querido decir era: «Debo hablar con Nil de un manuscrito copto que he ocultado justo antes de partir en mi edición de los apócrifos». La que él había cogido aquella mañana en su despacho y que ahora tenía entre las manos. Un manuscrito cuyo contenido era tan importante que Andrei había querido hablarle de él inmediatamente después de su viaje al Vaticano.

«¡Es el manuscrito copto enviado por Roma!»

Nil sostenía entre sus dedos el texto que había motivado la convocatoria del bibliotecario de la abadía de Saint-Martin.

Volvió a coger la hoja y la examinó de cerca. El fragmento era muy pequeño. Nil no era un especialista en copto antiguo, pero lo leía sin dificultad, y la escritura era tan nítida que no tendría problemas para descifrarlo.

¿Podría traducirlo? Sin duda no con una traducción elegante. Pero sí podía realizar una transliteración, una traducción palabra por palabra, aproximativa. Encontrar cada uno de los términos en un diccionario y luego juntarlos. De ahí se desprendería el sentido.

Se levantó. Tras un momento de duda, colocó la preciosa hoja en lo alto de la tabla que sirve a los monjes de armario ropero y salió al pasillo. No entrarían en su celda durante los pocos minutos de ausencia que necesitaba.

Rápidamente se dirigió hacia la única biblioteca a la que tenía acceso: ciencias bíblicas.

En el primer cubículo, el de los libros de uso corriente, encontró el diccionario etimológico copto-inglés de Cerny. Lo cogió, colocó en su lugar un fantasma con su nombre y volvió a su celda con el corazón palpitante. El precioso papel estaba en el lugar donde lo había dejado.

Sonó la primera llamada a vísperas: colocó el diccionario sobre la mesa, se guardó la fotocopia en el bolsillo interior del hábito y bajó a la iglesia.

Se anunciaba para él una nueva noche en vela.

28

Hechos de los Apóstoles, Epístola a los gálatas, año 48

—¡*Abbu*, no puedes dejarles hacer sin decir nada!

Habían pasado dieciocho años desde la muerte de Jesús. Iojanan, de pie junto al discípulo bienamado, ardía de impaciencia. Los representantes de los «cristianos» —como los llamaban desde hacía poco— acababan de reunirse por primera vez en Jerusalén para reventar un absceso: la lucha entre los creyentes «judíos», que se negaban a abandonar las prescripciones de la Ley —sobre todo la circuncisión—, y los «griegos», que no querían esa cirugía, sino un dios nuevo para una religión nueva. Un dios que sería Jesús, rebautizado «Cristo». La idea estaba en el ambiente, se comentaba entre murmullos cada vez con más frecuencia.

Aquella lucha ideológica ocultaba un combate feroz por el primer puesto: los judíos seguidores de Santiago, hermano pequeño de Jesús y estrella ascendente, contra los discípulos de Pedro, mayoría que el viejo jefe conducía con mano de hierro. Y contra todos ellos, los griegos de Pablo, un recién llegado que soñaba con transformar la casita construida por los apóstoles en un edificio de talla mundial. Se habían insultado, se habían lanzado a la cabeza injurias terribles —«falso hermano, intruso, espía»— y casi habían llegado a las manos.

La Iglesia cristiana que estaba naciendo celebraba su primer concilio en Jerusalén, la ciudad que mata a los profetas.

—¡Mírales, Iojanan! ¡Pelean en torno a un cadáver y solo piensan en despedazar su memoria!

El joven de cabellos ensortijados le cogió del brazo.

—Tú conociste a Jesús antes que todos ellos. ¡Debes hablar, *abbu*!

El hombre se levantó con un suspiro. A pesar de haber sido apartado del grupo de los Doce, el prestigio de que gozaba todavía era considerable: todos callaron y se volvieron hacia él.

—Desde ayer os oigo discurrir y tengo la impresión de que se habla de un Jesús distinto al que yo conocí. Cada uno lo recrea a su manera: unos pretenden que solo fue un judío piadoso, otros querrían convertirlo en un dios. Yo lo recibí en mi mesa, y éramos trece en torno a él esa noche, en la sala alta de mi casa. Pero por la mañana yo fui el único que estuvo para oír el ruido de los clavos, para ver la lanzada y asistir a su muerte: todos vosotros habíais huido. Y yo doy testimonio de que ese hombre no era un dios: Dios no muere, Dios no sufre la agonía que Jesús vivió ante mis ojos. También fui el primero en su tumba, el día en que la encontraron vacía. Y sé lo que ocurrió con su cuerpo torturado; pero mantendré mi silencio, como el desierto que ahora le acoge.

Un concierto de imprecaciones le impidió continuar. Algunos aún dudaban en admitir la divinidad de Jesús, pero todos estaban de acuerdo en decir que había resucitado de entre los muertos. Aquella idea de resurrección atraía a las masas, que encontraban en ella el medio para soportar una vida que, por lo demás, carecía de esperanza. ¿Quería ese hombre, que tenía solo unos pocos discípulos, enviar a casa a millares de convertidos con las manos vacías?

Los puños se levantaron frente a él.

«¿Quieren servirse de Jesús para sus ambiciones? Pues bien, que lo hagan sin mí.»

Se apoyó en el hombro de Iojanan y salió.

Iojanan era solo un niño cuando las legiones romanas destruyeron Séforis, la capital de Galilea. Entonces había visto cómo se levantaban en las calles miles de cruces, y a los crucificados que agonizaban lentamente bajo el sol. Un día vinieron a buscar a su padre: horrorizado, vio cómo lo flagelaban y luego lo tendían sobre un madero. Los martillazos contra los clavos resonaron hasta el interior de su pecho, vio la sangre que saltaba de las muñecas, escuchó el aullido de dolor. Cuando levantaron la cruz en el cielo de Galilea, perdió el conocimiento. Su madre le envolvió en un chal y huyó al campo, donde se ocultaron.

A partir de aquel día el niño se negó a hablar; pero por la noche, en medio de un sueño agitado, repetía sin cesar: «*Abba!* ¡Papá!».

Cuando se recuperó un poco, fueron a instalarse en Jerusalén. Su madre le consagró a Dios por el voto del nazareato: no volvería a cortarse los cabellos. Ahora era un judío piadoso, pero seguía sin hablar.

Como todo el mundo en la ciudad, Iojanan se enteró luego de la crucifixión de Jesús. El horror que inspiraba al muchacho el suplicio de la cruz era tal que apartó a aquel hombre de su memoria. Se espera a un Mesías, que vendrá pronto, y ese no puede ser Jesús: el Mesías nunca se dejaría crucificar. El Mesías será fuerte, para expulsar a los romanos y restaurar el reino de David.

Después había conocido a ese judeo, reservado como él, que le había mirado con amistad sin extrañarse por su mutismo, que hablaba de Jesús como si hubiera vivido muy cerca de él, y parecía conocerle por dentro. A la muerte de su madre, aquel hombre que amaba tanto al Maestro y decía que era su discípulo bienamado, le acogió en su casa. Se convirtió en su *abbu*, el padre de su alma.

Un día, para mostrarle que había comprendido el nuevo mundo desvelado por Jesús, Iojanan cogió unas tijeras y se dejó muy cortas las largas trenzas sin apartar la vista de su *abbu*, porque seguía sin hablar y solo se expresaba con gestos.

Entonces el discípulo bienamado trazó con el pulgar sobre su frente, sus labios y su corazón una cruz inmaterial. De nuevo comprendió Iojanan, y silenciosamente tendió también su lengua, que fue marcada con el signo aterrorizador.

Esa noche, por primera vez durmió sin poner en el suelo su manta de lana virgen. Y al día siguiente su lengua habló de nuevo, desde la abundancia de su corazón curado por Jesús.

Al llegar a la casa, el discípulo bienamado le puso la mano en el hombro.

—Esta noche, Iojanan, irás a ver a Santiago, el hermano de Jesús. Dile que quiero hablar con él. Que venga a verme aquí.

El joven inclinó la cabeza y tomó la mano de su *abbu* en la suya.

29

Avanzada la noche, Nil dejó de nuevo el diccionario sobre su mesa cubierta de papeles. ¡Qué lejos se sentía ahora del dramático concilio de Jerusalén, cuyas peripecias había analizado en detalle unos días antes! Y sin embargo, ese día, dieciocho años después de la muerte de Jesús, el discípulo bienamado debía de haber sido excluido de forma definitiva de la Iglesia naciente.

Había podido traducir el fragmento de pergamino descubierto en el libro editado por su amigo. Dos cortas frases, sin relación aparente entre ellas:

La regla de fe de los doce apóstoles
contiene el germen de su destrucción.

Que la epístola sea destruida en todas partes
para que la morada demore.

Nil se rascó la frente: ¿qué podía significar aquello?

La «regla de fe de los doce apóstoles»: en la Antigüedad, así se llamaba al símbolo de Nicea, el Credo de las Iglesias cristianas. El que habían encontrado grabado en Germigny y que tanto había intrigado a Andrei. ¿En qué consistía aquel «germen de destrucción» que supuestamente contenía el Credo? Aquello no tenía ningún sentido.

«Que la epístola sea destruida en todas partes»: la palabra copta que acababa de traducir por «epístola» era la misma que designaba a las epístolas de san Pablo en el Nuevo Testamento. ¿Se trataba de una de esas epístolas? La Iglesia nunca había condenado una epístola de Pablo. ¿Habría sido redactado el manuscrito por un grupo de cristianos disidentes?

La última línea había planteado otro problema a Nil: «para que la morada demore». El diccionario daba varios sentidos para las dos palabras: «morada», «casa», o también «asamblea», y «demorar», «mantenerse en un lugar». Lo único seguro era que la misma raíz copta se había empleado dos veces seguidas. Había, pues, un juego de palabras voluntario: pero ¿cuál?

Acababa de descifrar el sentido de los términos, pero no el del mensaje. ¿Lo había comprendido Andrei? ¿Qué relación había podido establecer entre aquel mensaje y los otros indicios de su nota póstuma?

El bibliotecario había muerto después de haber sido convocado a Roma para dar cuenta de su traducción. ¿Tenían aquellas cuatro líneas algo que ver con su brutal desaparición?

Nil se encontraba ante un tablero de ajedrez en el que las piezas estaban distribuidas sin ningún orden. Andrei había reunido pacientemente esas piezas antes que él. Y a su vuelta de Roma, en el tren, había escrito: «ahora». Había hecho, pues, junto a la tumba del apóstol, un descubrimiento decisivo, pero ¿cuál?

Para él, nada sería ya nunca como antes. ¿Esa investigación, no ponía en cuestión toda su vida? ¿Puede uno seguir llamándose cristiano si pone en duda la divinidad de Jesús?

Quedaban algunas horas para el final de la noche. Nil apagó la luz y se acostó en la oscuridad.

«Nadie ha visto nunca a Dios. Y Jesús, aunque no fuera

Dios, sigue siendo el hombre más fascinante que he conocido. No, no me he equivocado al consagrarle mi vida.»

Unos minutos más tarde, el padre Nil, monje benedictino
depositario de secretos demasiado pesados para él, dormía
con un sueño confiado.

30

—Siéntese, monseñor.

El rostro rosado del cardenal, coronado por un casco de cabellos blancos, tenía una expresión preocupada. El religioso lanzó una ojeada a Calfo, que se instalaba suspirando en el amplio asiento.

Emil Catzinger había nacido al mismo tiempo que el nazismo. Como todos los niños de su edad, había acabado, sin quererlo, en las Juventudes Hitlerianas. Luego se había desligado valerosamente del Führer, escapando a las depuraciones de la Gestapo. Pero había quedado profundamente marcado por la huella recibida en su infancia.

—Le agradezco que haya interrumpido sus actividades un sábado por la noche.

El rector, que acababa de abandonar a la joven rumana en medio de un encuentro particularmente prometedor, inclinó gravemente la cabeza.

—¡El servicio de la Iglesia, eminencia, no conoce plazos ni momentos!

—Exacto. Bien, veamos… Esta tarde he mantenido una conversación telefónica con el padre abad de la abadía de Saint-Martin.

—Un excelente prelado, digno en todos sentidos de la confianza que le otorga.

—El abad me ha explicado que ese padre Nil, del que ya hemos hablado antes, ha «sustraído» de una biblioteca (a la que no tiene acceso) un volumen de textos publicados por disidentes.

Calfo se contentó con levantar una ceja.

—Y acaba de enviarme por fax una muestra de sus notas personales, que me preocupan seriamente. Tal vez sea capaz de aproximarse al secreto celosamente guardado por nuestra Santa Iglesia y por su Sociedad San Pío V.

—¿Cree que ese monje se encuentra en un punto avanzado en esta peligrosa vía?

—Aún no puedo decirlo. Pero se encontraba muy próximo a Andrei, que, por su parte, había progresado mucho en este camino prohibido. Ya sabe lo que está en juego aquí: la existencia misma de la Iglesia católica. Tenemos que descubrir qué sabe el padre Nil. ¿Qué propone usted?

Calfo esbozó una sonrisa satisfecha, se inclinó ligeramente hacia atrás y sacó de su sotana un sobre que tendió al cardenal.

—Si su eminencia quiere echar una ojeada a esto… En cuanto me habló del padre Nil, pedí una doble investigación a mis hermanos de la Sociedad. He aquí el resultado, y tal vez la respuesta a su pregunta.

Catzinger sacó del sobre dos carpetas marcadas con la palabra «*confidenziale*».

—Vea la primera de estas carpetas… En ella se explica que Nil estudió, con resultados brillantes, en la Universidad Benedictina de Roma. Que es un… cómo lo diría, un idealista; en otras palabras, que carece de toda ambición personal. Un monje observante, que encuentra su alegría en el estudio y la oración.

Catzinger le miró por encima de las gafas.

—Mi apreciado Calfo, no será usted quien me enseñe que los más peligrosos son los idealistas. Arrio era un idealista, Savonarola y Lutero también… Un buen hijo de la Iglesia cree en los dogmas sin cuestionarlos. Cualquier otro ideal puede revelarse extremadamente nocivo.

—*Certo, eminenza.* Durante sus estudios romanos, Nil trabó amistad con un benedictino estadounidense: Rembert Leeland.

—Vaya, vaya, ¿nuestro Leeland? ¡Esto sí que es interesante!

—Monseñor Leeland, en efecto. He buscado su expediente: la segunda carpeta. Músico por encima de todo y monje en Kentucky, en la abadía de Saint Mary, que posee una academia musical. Elegido abad de su monasterio. Luego, debido a ciertas tomas de posición controvertidas…

—Sí, conozco lo que sigue, ya era prefecto de la Congregación en esa época. Nombrado obispo *in partibus,** luego enviado a Roma según el excelente principio *promoveatur ut amoveatur.*** De hecho no era realmente peligroso: ¡un músico! Pero era preciso sofocar el escándalo de sus declaraciones públicas sobre los sacerdotes casados. Actualmente es minutante en algún sitio, ¿no?

—En el Secretariado para las Relaciones con los Judíos: después de Roma estuvo dos años en Israel, donde estudió mucha más música que hebreo. Leeland es, al parecer, un excelente pianista.

—¿Y eso qué tiene que ver con nuestro caso?

Calfo observó a su interlocutor con conmiseración.

—¿Cómo, *eminenza,* no se da cuenta?

Catzinger reprimió el furioso deseo de encender el puro que deformaba su bolsillo interior. El cardenal no fuma, no bebe. Pero la Sociedad San Pío V poseía cierto expediente sobre su pasado, atestado de cruces gamadas, que garantizaba la seguridad de su rector.

---

* Obispo sin diócesis.
** Elevar a alguien a un puesto honorífico para apartarlo de su cargo.

—Mientras el padre Nil se quede en Saint-Martin, no sabremos qué ronda por su cabeza. Tiene que venir aquí, a Roma. Pero él no se desahogará en mi despacho ni en el suyo, eminencia. En cambio, haga que, con un pretexto cualquiera, se encuentre con su amigo Leeland; deles tiempo para franquearse. Entre el artista y el místico brotarán las confidencias.

—¿Cuál sería el pretexto?

—Leeland se interesa mucho más por las músicas antiguas que por los asuntos judíos. Descubriremos que tiene una necesidad repentina de recibir la ayuda de un especialista en textos antiguos.

—¿Y cree que… cooperará?

—Déjelo a mi cargo. Ya sabe que lo tenemos bajo control: colaborará.

Se produjo un silencio. Catzinger sopesaba los pros y los contras. «Calfo es un napolitano. Habituado a las maniobras tortuosas. Tiene sentido.»

—Monseñor, le doy carta blanca: arrégleselas para convocar aquí a este James Bond de la exégesis. Y organícelo de modo que suelte la lengua.

Al salir de la Congregación, Calfo tuvo la visión fugitiva de una gruesa alfombra de billetes verdes que llegaba a Castel Sant'Angelo. Catzinger creía estar al corriente de todo, pero ignoraba lo esencial. Solo él, Alessandro Calfo, el pobrecillo convertido en rector de la Sociedad San Pío V, poseía una visión de conjunto.

Solo él sabría ser eficaz. Aunque tuviera que emplear los mismos medios que hicieron que los templarios ardieran en la hoguera en la Europa del siglo XIV.

Tal vez sin saberlo, Felipe el Hermoso y Nogaret habían salvado entonces a Occidente. A él y a la Sociedad San Pío V correspondía ahora aquella temible misión.

31

Jerusalén, año 48

—Gracias por haber venido tan deprisa, Jacob.

El discípulo bienamado llamaba a Santiago por su nombre familiar en hebreo. El sol poniente iluminaba el *impluvium* con una luz rojiza; estaban solos. El hermano de Jesús había dejado a un lado sus filacterias, pero iba envuelto en su mantón de oración. Parecía asustado.

—Pablo volvió ayer a Antioquía; el primer concilio de la Iglesia ha estado a punto de acabar mal: he tenido que imponer un compromiso, y Pedro ha salido muy disminuido. Te odia, igual que me odia a mí.

—Pedro no es un mal hombre. El encuentro con Jesús le puso bruscamente ante los ojos su destino de pobre: se niega a volver atrás, y detesta a todos los que podrían arrebatarle el primer puesto.

—Yo soy el hermano de Jesús: si uno de los dos debe quedar en segundo plano, será él. ¡Tendrá que instalar en otro sitio la sede de su primado!

—Lo hará, Santiago, lo hará. Cuando Pablo haya puesto en pie la nueva religión con que sueña, el foco se desplazará de Jerusalén a Roma. La carrera por el poder no ha hecho más que empezar.

Santiago bajó la cabeza.

—Desde que asesinó en público a Ananías y Safira, Pedro ya no va armado, pero algunos de sus fieles sí. Les oí ayer; consideran que eres un hombre del pasado, que te opones a los portadores del porvenir. «No puede haber un decimotercer apóstol», ya lo sabes: tu vida está en peligro. No puedes quedarte en Jerusalén.

—El asesinato de Ananías y su mujer ocurrió hace mucho tiempo y era una cuestión de dinero. Ahora el dinero afluye a Jerusalén desde todas las iglesias de Asia.

—No es un asunto de dinero. Tú cuestionas todo aquello por lo que luchan. Con Judas, eras el discípulo preferido de mi hermano Jesús. Sabemos cómo suprimió Pedro a Judas, cómo elimina los obstáculos en su camino. Si desapareces como el Iscariote, contigo desaparecerá todo un retazo de memoria. Debes huir, deprisa. Tal vez esta sea la última vez que nos veamos, de modo que te lo suplico, dime dónde enterraron los esenios el cuerpo de Jesús. ¡Dime dónde se encuentra su tumba!

Aquel hombre no tenía la ambición de Pedro ni el genio de Pablo; no era más que un judío corriente que pedía noticias de su hermano. El discípulo bienamado le respondió con calidez:

—Viví con Jesús mucho menos tiempo que tú, Jacob. Pero ninguno de vosotros puede comprender lo que yo comprendí de él. Tú porque estás visceralmente atado al judaísmo. Pablo porque siempre ha tenido en la mente a los dioses paganos del Imperio, y sueña con sustituirlos por una nueva religión basada en un Cristo reconstituido a su modo. Jesús no pertenece a nadie, amigo mío, ni a tus partidarios ni a los de Pablo. Ahora descansa en el desierto. Solo el desierto puede proteger su cadáver de los buitres judíos o griegos de la nueva Iglesia. Era el hombre más libre que he conocido nunca: quería reemplazar la ley de Moisés por una nueva ley, escrita no en unas tablas sino en el corazón del hombre. Una ley sin más dogma que el del amor.

El rostro de Santiago se ensombreció. La ley de Moisés es intocable, es la identidad misma de Israel. Prefirió cambiar de tema.

—Debes partir. Y llevarte lejos de aquí a mi madre María; parece tan feliz a tu lado...

—Nos profesamos un gran afecto, y yo venero a la madre de Jesús: tenerla a mi lado es para mí un motivo de continua alegría. Tienes razón, ya no tengo sitio en Jerusalén ni en Antioquía; me iré. En cuanto sepa dónde puedo levantar mi tienda de nómada, haré venir a María conmigo. Mientras tanto Iojanan nos servirá de contacto. Para él, María es como una segunda madre.

—¿Adónde piensas ir?

El discípulo bienamado miró alrededor. La sombra invadía ahora el *impluvium*, pero la ventana de la sala alta todavía estaba iluminada por el sol poniente. Era la sala de la última cena con Jesús, hacía dieciocho años. Tenía que abandonar aquel lugar que ya era solo una ilusión. Buscar la realidad donde el propio Jesús la había encontrado.

—Iré hacia el este, hacia el desierto: viviendo en el desierto, Jesús cumplió su transformación, allí comprendió cuál era su misión. A menudo le oí decir, sonriendo, que estaba rodeado de bestias salvajes y que las bestias habían respetado su soledad.

Miró de frente al hermano de Jesús.

—El desierto, Santiago... Tal vez en adelante sea la única patria de los discípulos de Jesús el nazareno. El único lugar donde se sientan en casa.

32

Mientras se despojaba del hábito del coro después del oficio de laudes, el padre abad se fijó en la expresión cansada y la palidez de Nil.

En el momento en que llegaba a su despacho, sonó el teléfono.

Veinte minutos más tarde, cuando colgó, estaba a la vez perplejo y aliviado. El padre abad había tenido la sorpresa de oír cómo el cardenal Catzinger en persona le informaba de una decisión que suponía un gran honor para su abadía: en el Vaticano se requerían con urgencia los talentos de uno de sus monjes. Un especialista de música antigua que trabajaba en el seno de la Curia necesitaba ayuda para sus estudios sobre el origen del canto gregoriano. Se trataba de unas investigaciones importantes de las que el Santo Padre esperaba mucho para la mejora de las relaciones entre el judaísmo y el cristianismo. En resumen, el padre Nil era esperado sin tardar en Roma, donde debía poner sus capacidades al servicio de la Iglesia universal. Su ausencia se prolongaría solo unas semanas, debía tomar el primer tren; se alojaría en San Girolamo, la abadía benedictina de Roma.

Igual que el difunto padre Andrei.

Las órdenes del cardenal Catzinger no se discutían, pensó el padre abad. Y el comportamiento reciente del padre Nil le preocupaba. Los problemas, cuanto más lejos están, mejor.

Monseñor Calfo había tenido que interrumpir un instante su domingo voluptuoso para pasarse un momento por su despacho, que se encontraba muy próximo, pero no había conseguido comunicarse con su contacto en El Cairo. El rector subió a buen paso los escalones del edificio: lo que le esperaba arriba le hacía olvidar los perniciosos efectos de una tripa muy napolitana y le daba alas.

> *Mi amada estaba desnuda y, conociendo mi corazón,*
> *había conservado solo sus sonoras joyas.*

De hecho, las únicas joyas sobre el cuerpo de Sonia dormida eran los reflejos de su cabellera. «¡Qué poeta, ese Baudelaire! —apreció Calfo—. Pero yo nunca les doy joyas, solo dinero en metálico.»

Muktar no le había mentido: Sonia no solo se había revelado extraordinariamente dotada para el arte erótico, sino que era también de una perfecta discreción. Aprovechando su sueño, cogió el teléfono y llamó de nuevo a El Cairo:

—Muktar al-Quraysh, por favor... Espero, gracias.

Esta vez habían podido encontrarle: acababa de salir de la oración en la mezquita al-Azhar.

—¿Muktar? *Salam aleikum.* Dime, ¿te dejan en este momento tus alumnos un poco de tiempo libre? Perfecto. Coge un vuelo a Roma y nos vemos. La continuación de esa pequeña misión que te confié por la buena causa... ¿Colaborar de nuevo con tu enemigo preferido? No, es demasiado pronto; si es necesario, contactarás con él en Jerusalén. ¡Oh, unas semanas a lo sumo! Eso es, en el Teatro di Marcello, como de costumbre: *discrezione, mi racommando!*

Colgó sonriendo. Su interlocutor era encargado de curso en la cátedra coránica de la célebre universidad al-Azhar: un fanático, ardiente defensor del dogma islámico. Hacer trabajar juntos a un árabe y un judío, dos agentes dormidos de los servicios especiales más temibles de Oriente Próximo, para proteger el secreto más precioso de la Iglesia católica: un ecumenismo bien comprendido.

Calfo se había cruzado con Muktar al-Quraysh en la época de su nunciatura en El Cairo. El diplomático y el dogmático habían descubierto entonces que un mismo fuego interno oculto les consumía, y ese reconocimiento había creado entre ellos un lazo inesperado. Pero el palestino no buscaba, como él, alcanzar la trascendencia por mediación de las celebraciones eróticas. El cristiano era solo un obseso sexual.

Sonia lanzó un gemido y abrió los ojos.

Calfo dejó el teléfono sobre el parquet y se inclinó hacia ella.

33

—Vuelve a Roma, Muktar. El Consejo de los Hermanos Musulmanes ha podido convencer a Hamas de la importancia de esta misión. Sus atentados no bastarían para proteger al islam si la naturaleza revelada del Corán fuera puesta en duda, o si la persona sagrada del Profeta (bendito sea su nombre) corriera el riesgo de verse manchada por la menor insinuación de duda. Pero hay algo que...

Muktar sonrió: lo esperaba. Su piel morena, su potente musculatura y su pequeña talla acentuaban, por contraste, la espigada figura de Mustafa Mashlur, venerada por todos los estudiantes de la universidad al-Azhar de El Cairo.

—Son tus relaciones con el judío. El hecho de que seas amigo suyo...

—Me salvó la vida durante la guerra de los Seis Días, en el 67. Me encontré solo y desarmado ante su carro en el desierto, nuestro ejército estaba derrotado: hubiera podido pasar sobre mi cuerpo, es la ley de la guerra. Se detuvo, me dio de beber y me dejó con vida. No es un judío como los otros.

—¡Pero es un judío! Y no un judío cualquiera, como tú ya sabes.

Se detuvieron a la sombra del minarete de al-Ghari. Incluso en ese final de noviembre, la piel translúcida del anciano soportaba mal la mordedura del sol.

—No olvides las palabras del Profeta: «Los judíos y los cristianos dicen: "Somos hijos de Allah y sus predilectos"». Diles: «¿Por qué, pues, os castiga por vuestros pecados?».*

—Conoces el santo Corán mejor que nadie, *murshid*. —Muktar le dio el título de «maestro» para mostrar su respeto—. El Profeta en persona no dudó en aliarse con sus enemigos por una causa común, y su actitud crea jurisprudencia, incluso en el caso del Yihad. Ni a los judíos ni a los árabes les interesa que los fundamentos seculares del cristianismo se conmuevan en sus cimientos.

El maestro le miró sonriendo.

—Hemos llegado a esta conclusión mucho antes que tú, y por eso te autorizamos a seguir adelante. Pero no olvides nunca que surgiste de la tribu que vio nacer al Profeta (bendito sea su nombre). Compórtate, pues, como corresponde a un portador del glorioso patronímico de los Quraysh: que tu amistad con este judío no te haga olvidar nunca quién es y para quién trabaja. El aceite y el vinagre pueden encontrarse temporalmente en contacto, pero nunca se mezclarán.

—No te preocupes, *murshid*, el vinagre de un judío nunca morderá a un Quraysh; tengo la piel dura. Conozco a este hombre; si todos nuestros enemigos se parecieran a él, la paz reinaría tal vez en el Oriente Próximo.

—La paz… Nunca habrá paz para un musulmán mientras la tierra entera no se incline cinco veces al día ante la *quibla*.**

Los dos hombres abandonaron la sombra protectora del minarete y se dirigieron en silencio hacia la entrada de la madraza, cuya cúpula resplandecía al sol. Antes de entrar en el recinto, el anciano posó la mano sobre el brazo de Muktar.

—¿Y la muchacha? ¿Confías en ella?

* Corán, 5, 18.
** Punto de la mezquita que indica la dirección de La Meca. *(N. del T.)*

—¡Está mejor en Roma que en el burdel de Arabia Saudí de donde la saqué! Por el momento se comporta bien. Y sobre todo no tiene ningunas ganas de que la devuelvan a su familia, en Rumanía. Esta misión es sencilla, no empleamos ningún medio complicado; solo los viejos y probados métodos artesanales.

—*Bismillah al-Rahman al-Rahim.* Pronto será la hora de la oración, déjame purificarme.

Porque el maestro de los Hermanos Musulmanes, sucesor de su fundador Hasan al-Banna, no es, frente a Alá, más que un *muslim* —un sometido— como los demás.

Muktar se apoyó contra un pilar y cerró los ojos. ¿Era por la caricia del sol? Revivió la escena: el hombre había saltado del carro de combate y avanzaba hacia él, con la mano derecha levantada para que su ametrallador no disparase. En torno a ellos, el desierto del Sinaí había reencontrado su silencio; los egipcios, aplastados, huían. ¿Por qué se encontraba todavía él con vida? ¿Y por qué ese judío no le mataba enseguida?

El oficial israelí parecía dudar, con el rostro petrificado. De pronto sonrió y le tendió una cantimplora. Mientras bebía, Muktar se fijó en la marca de la cicatriz, que alcanzaba sus cabellos rubios cortados al rape.

Años más tarde, la Intifada estalló en Palestina. En una callejuela de Gaza, Muktar limpiaba una manzana de casas en ruinas que los israelíes, en dificultades, acababan de abandonar para replegarse. Entró en un patio reventado por las granadas. Un judío desplomado al pie de un murete gemía débilmente sosteniéndose la pierna. No llevaba el uniforme del Tsahal —sin duda era un agente del Mosad—. Muktar apuntó hacia él su kalashnikov y se dispuso a disparar. Cuando vio la boca del arma dirigida contra su pecho, el rostro crispado por el sufrimiento del judío se animó y esbozó una sonrisa. De su oreja partía una cicatriz que desaparecía bajo la gorra.

¡El hombre del desierto! El árabe volvió a levantar lentamente el cañón de su arma. Se aclaró la garganta y escupió ante él. Luego se llevó la mano izquierda a la camisa y lanzó al judío una bolsita de vendas de emergencia.

Después le dio la espalda y lanzó a sus hombres una orden breve: adelante, en esta casa no hay nada ni nadie.

Muktar suspiró: Roma es una hermosa ciudad, donde es fácil encontrar mujeres. Más que en el desierto, sin duda.

Volvería encantado a Roma.

34

Tres días más tarde, Nil trataba de ponerse cómodo en los nada confortables asientos del expreso de Roma.

Se había quedado estupefacto al enterarse de aquella convocatoria a Roma sin explicaciones. ¡Manuscritos de música antigua! El padre abad le había tendido un billete de tren para el día siguiente; era imposible volver a Germigny para tomar la segunda foto de la losa. Junto con sus expedientes —no dejar nada comprometedor en la celda—, Nil había colocado en el fondo de su maleta el negativo sustraído del despacho de Andrei. ¿Podría sacar algo de él?

El monje observó con sorpresa que su compartimiento estaba casi vacío, aunque todas las plazas vacantes estaban reservadas. Un solo viajero, un hombre delgado de mediana edad, parecía dormir, hundido en el rincón del pasillo. En el momento de la partida, en París, se habían limitado a intercambiar una inclinación de cabeza. Una cabeza aureolada de cabellos rubios, atravesados por una larga cicatriz.

Nil se quitó la chaqueta del *clergyman* y la colocó —doblada para no arrugarla— en el asiento de su derecha.

Cerró los ojos.

El objetivo de la vida monástica es acorralar las pasiones y eliminarlas en su raíz. En este sentido, desde su entrada en el noviciado Nil había tenido buenos maestros: la abadía de Saint-Martin se había revelado como una excelente empresa de renuncia personal. Orientado por completo a la búsqueda de la verdad, Nil no había sufrido mucho por ello. En cambio, apreciaba haber quedado liberado de las pulsiones que, para su gran dolor, esclavizan a la humanidad.

Desde hacía mucho tiempo no recordaba haber sucumbido a la cólera, pasión degradante. Por eso dudaba en identificar lo que sentía desde hacía algunos días. Andrei muerto; la investigación, concluida a toda prisa; el caso archivado: suicidio, vergüenza para quien había sido su amigo. En el monasterio le espiaban, registraban su celda, le robaban. Lo expedían a Roma como un paquete.

¿Cólera? En todo caso una irritación creciente, tan embarazosa para él como la epidemia repentina de una enfermedad desaparecida hace tiempo a fuerza de vacunas.

Decidió dejar para más tarde el examen de aquel acceso patológico: «En Roma. La ciudad ha sobrevivido a todo».

Había reconstruido pacientemente los acontecimientos que rodearon la muerte de Jesús, partiendo de la recuperación de la figura del discípulo bienamado. Después del concilio de Jerusalén, aquel hombre había seguido viviendo. La hipótesis de su huida al desierto le parecía la más verosímil: allí se había refugiado el propio Jesús en varias ocasiones. En el desierto se habían guarecido los esenios y luego los zelotes hasta la revuelta de Bar Kojba.

El rastro de sus pasos se perdía en la arena del desierto. Para encontrarlo era preciso que Nil escuchara una voz de ultratumba, la del amigo desaparecido.

Proseguir con aquella investigación serviría de vía de escape a la cólera que sentía crecer en su interior.

Trató de encontrar una postura confortable para dormir un poco.

Lentamente se fue adormeciendo, acompañado por el ruido monótono del tren. Las luces de Lamotte-Beuvron desfilaron a toda velocidad.

Entonces todo ocurrió muy deprisa. El hombre del rincón del pasillo abandonó su asiento y se acercó, como para coger algo de la malla que tenía encima. Nil levantó maquinalmente los ojos: la red estaba vacía.

No tuvo tiempo de reflexionar: los cabellos dorados se inclinaban ya hacia él y vio que la mano del hombre se tendía hacia su chaqueta del *clergyman*.

Nil se disponía a protestar por los modales bruscos de su compañero de viaje («¡parece un autómata!»); pero en aquel momento la portezuela del compartimiento se abrió ruidosamente.

Con un movimiento rápido, el hombre volvió a incorporarse: su mano cayó a lo largo del cuerpo, los rasgos de su rostro se animaron, y sonrió a Nil.

—Perdonen las molestias, señores. —Era el revisor—. Los viajeros que ocupaban los asientos vacíos de su compartimiento no se han presentado. Estas dos religiosas no han podido conseguir plazas contiguas en el tren. Instálense donde quieran, hermanas, aquí hay espacio libre. ¡Buen viaje!

Mientras las religiosas entraban y saludaban ceremoniosamente al padre Nil, el viajero volvió a ocupar su sitio sin decir nada. Un instante después dormitaba con los ojos cerrados.

«¡Qué tipo tan raro! ¿Qué le ha dado de repente?»

Pero la instalación de las recién llegadas movilizó toda su atención. Había que subir una maleta a la malla, deslizar unas voluminosas cajas de cartón bajo la banqueta, y después tuvo que soportar un parloteo que no terminaba nunca.

Al inicio de la noche, mientras buscaba el sueño, Nil observó que su misterioso vecino no se movía un centímetro, hundido en su rincón.

Al despertar con la luz del alba, Nil abrió los ojos y vio que la plaza del rincón del pasillo estaba vacía. Para ir a tomar el desayuno tuvo que recorrer todo el tren: no había ni rastro del hombre.

De vuelta en su compartimiento, donde una hermana le forzó a probar un café espantoso sacado de un termo, tuvo que rendirse a la evidencia: el pasajero enigmático había desaparecido.

SEGUNDA PARTE

35

Pella (Jordania), año 58

—¿Cómo van tus piernas, *abbu*?

El discípulo bienamado lanzó un suspiro. Sus cabellos habían encanecido y su rostro estaba surcado de arrugas. Miró al hombre en la flor de la vida que se encontraba a su lado.

—Hace veintiocho años que Jesús murió y diez desde que abandoné Jerusalén. Mis piernas me han traído hasta aquí, Iojanan, y tal vez deban llevarme a otro lugar, si lo que me dices es cierto...

Los dos hombres aprovechaban la sombra del peristilo, con el suelo recubierto de un espléndido mosaico que representaba a Dionisos. Desde allí se distinguían las dunas del cercano desierto.

Pella, fundada por veteranos de Alejandro Magno en la orilla oriental del Jordán, había sido destruida casi por completo por un terremoto. Cuando el discípulo bienamado tuvo que huir de Jerusalén ante la amenaza de los partidarios de Pedro, le había parecido que aquella ciudad situada fuera de Palestina le ofrecería suficiente seguridad. Se había instalado en ella con la madre de Jesús, y pronto un pequeño grupo de discípulos se les habían unido. Iojanan iba y venía desde Pella hasta la vecina Palestina, e incluso hasta Siria, pues Pablo había establecido su cuartel general en Antioquía, una de las capitales de Asia Menor.

—¿Y María?

El afecto que Iojanan sentía por la madre de Jesús era conmovedor. «Este muchacho ha adoptado a la madre de un crucificado, y me ha adoptado para reemplazar a su propio padre crucificado.»

—La verás luego. Ahora dame más noticias: aquí estoy tan lejos de todo…

—Datan de algunas semanas: Santiago, el hermano de Jesús, ha acabado por salirse con la suya. Se ha convertido en el jefe de la comunidad de Jerusalén.

—¡Santiago! Pero… ¿y Pedro?

—Pedro resistió tanto como pudo. Incluso intentó destronar a Pablo en sus tierras, en Antioquía, ¡pero solo consiguió acabar expulsado indignamente! Al final ha embarcado para Roma.

Los dos hombres rieron. Visto desde allí, en las fronteras del desierto y de su inmensa desnudez, la lucha por el poder en nombre de Jesús parecía irrisoria.

—Roma… Estaba seguro. Si Pedro ya no es el primero en Jerusalén, el único destino para su ambición es Roma. En Roma, Iojanan, en el centro del Imperio, la Iglesia con que sueña se volverá poderosa.

—Hay algo más: tus discípulos, los que han permanecido en Judea, se encuentran cada vez más marginados, a veces incluso han sido hostigados. Te preguntan si deben huir como tú y reunirse aquí contigo.

El anciano cerró los ojos. También esperaba aquello. Los nazareos no eran judaizantes, como Santiago, ni estaban dispuestos a divinizar a Jesús, como Pablo: atrapados entre las dos tendencias que se oponían violentamente en la Iglesia naciente, sin querer integrarse en ninguna, se arriesgaban a ser aplastados.

—Que los que no soporten ya estas presiones se unan a nosotros en Pella. Aquí estamos seguros por el momento.

Iojanan se sentó familiarmente a su lado y señaló el fajo de pergaminos dispersos sobre la mesa.

—¿Has leído, *abbu*?

—Toda la noche. Sobre todo esta recopilación que dices que circula hasta Asia.

Mostró la treintena de hojas, atadas con un cordón de lana, que sostenía entre las manos.

—Durante todos estos años —dijo Iojanan—, los apóstoles han transmitido oralmente las palabras de Jesús. Para que la memoria que guardan de ellas no se pierda tras su muerte, las han consignado aquí en desorden.

—Son, sin duda, sus enseñanzas tal como yo las oí. Pero los apóstoles son hábiles. No hacen decir a Jesús lo que nunca dijo: se contentan con transformar una palabra aquí y añadir allá un matiz. Inventan comentarios o se atribuyen a sí mismos declaraciones que nunca hicieron. Por ejemplo, he leído que Pedro cayó un día de rodillas ante Jesús y proclamó: «¡Verdaderamente tú eres el Mesías, el Hijo de Dios!».

Lanzó el libro sobre la mesa.

—¡Pedro decir algo así! Jesús nunca lo hubiera aceptado, ni de él ni de ningún otro. Debes comprenderlo, Iojanan: al exiliarme, los apóstoles se han atribuido la exclusividad del testimonio. El Evangelio, entre sus manos, se convierte en una baza de poder. La transformación de Jesús se acentuará, es evidente. ¿Hasta dónde llegarán?

Iojanan se arrodilló a sus pies y le colocó familiarmente las manos sobre las rodillas.

—No puedes dejar que hagan eso. Ellos escriben sus recuerdos: escribe tú también los tuyos. Pon por escrito lo que enseñas aquí a tus discípulos y haz circular ese texto como ellos hacen circular el suyo. Cuenta, *abbu*: relata el primer encuentro a orillas del Jordán, la curación del tullido en la piscina de Siloé, los últimos días de Jesús… ¡Narra la historia de Jesús como me la has narrado a mí, para que no muera por segunda vez!

Iojanan mantenía los ojos clavados en el rostro de su padre adoptivo, que cogió un segundo fajo de la mesa.

—En cuanto a Pablo, es muy diestro. Sabe que las gentes solo pueden soportar sus vidas miserables gracias a la fe en la resurrección. Les explica: resucitaréis, ya que Jesús resucitó el primero. Y si resucitó… es que es Dios: solo un Dios puede resucitarse a sí mismo.

—Pues bien, padre… Si Pablo escribe cartas a sus discípulos, haz tú otro tanto. Además de tu relato, escribe una carta para nosotros. Una epístola para restablecer la verdad, para decir que Jesús no era Dios. Y la prueba… sería la existencia de la tumba.

Su rostro se ensombreció, y Iojanan cogió sus manos entre las suyas.

—No quería decírtelo: Eliezer Ben-Akkai, el jefe de los esenios de Jerusalén, ha muerto. ¿Se llevará con él el secreto de la tumba de Jesús?

Los ojos del anciano se llenaron de lágrimas. La muerte del esenio era toda su juventud borrada.

—Los propios hijos de Eliezer, Adón y Osías, transportaron el cuerpo. Ellos saben: somos, pues, tres; es suficiente. Tú has aprendido de mí cómo encontrar a Jesús más allá de su muerte. ¿Qué ganarías con conocer el lugar de su sepultura final? Su tumba es respetada por el desierto, pero no lo sería por los hombres.

Iojanan se levantó rápidamente y se ausentó un instante. Cuando volvió, llevaba en la mano un fajo de pergaminos vírgenes, y en la otra una pluma de cuerno de búfalo y un tintero de tierra. Los dejó sobre la mesa.

—Entonces escribe, *abbu*. Escribe para que Jesús siga vivo.

36

—Declaro abierta esta sesión solemne.

El rector de la Sociedad San Pío V observó con satisfacción que algunos de sus hermanos no se apoyaban contra el respaldo de sus sillones: habían utilizado sin duda el largo salmo *Miserere* para medir la aplicación de la disciplina metálica.

La habitación seguía tan vacía como siempre, con dos excepciones: frente a él, al pie del crucifijo ensangrentado, habían colocado una simple silla. Y sobre la mesa desnuda, un vaso de licor contenía un líquido incoloro que desprendía un ligero olor a almendras amargas.

—Ocupe, por favor, su lugar para el proceso.

Uno de los participantes se levantó, dio la vuelta a la mesa y fue a sentarse en la silla. El velo que le ocultaba el rostro temblaba, como si le costara respirar.

—Hermano, durante largos años ha servido de forma irreprochable en el seno de nuestra Sociedad; pero recientemente ha cometido una falta grave: ha hecho confidencias referentes al asunto en curso, capital para nuestra misión.

El hombre levantó las manos hacia los asistentes en un gesto de súplica.

—¡La carne es débil, hermanos míos, os suplico que me perdonéis!

—No se trata de eso —replicó el rector en tono cortante—. Con el sacramento de la penitencia se obtiene la remisión del pecado de la carne, como Nuestro Señor redimió de sus pecados a la mujer adúltera. Pero al hablar a esta muchacha de nuestras inquietudes recientes...

—¡Ella ya no está en situación de perjudicarnos!

—En efecto. Se ha debido actuar de modo que ya no pudiera perjudicar, lo que es siempre lamentable y debería permanecer como algo excepcional.

—Entonces... ya que ha tenido la bondad de resolver este problema...

—No lo comprende, hermano.

El rector se dirigió a la asamblea.

—En esta misión nos enfrentamos a un reto de importancia considerable. Hasta mediados del siglo XX, la Iglesia conservó el control de la interpretación de las Escrituras. Sin embargo, desde que el funesto papa Pablo VI suprimió en 1967 la Congregación del Índice, ya no controlamos nada. Cualquiera puede publicar cualquier cosa, y el Índice, que relegaba las ideas perniciosas a los infiernos de las bibliotecas, ha caído como un dedo alcanzado por la lepra del modernismo. Un simple monje, desde el fondo de su abadía, puede hoy amenazar gravemente a la Iglesia aportando la prueba de que Jesús era solo un hombre ordinario.

Un estremecimiento recorrió la asamblea.

—Desde la creación de nuestra Sociedad por el santo papa Pío V, hemos luchado para preservar la imagen pública de Nuestro Salvador y Dios hecho hombre. Y siempre hemos triunfado.

Los hermanos inclinaron la cabeza.

—Los tiempos cambian, y exigen medios considerables. Dinero, para aislar el mal, para crear seminarios «sanos», para controlar los medios de comunicación en todo el planeta e impedir ciertas publicaciones. Mucho dinero para tener fuerza frente a los gobiernos en materia de política cultural, de educación, para impedir que el Occidente cristiano sea invadido por el islam o por las sectas. La fe mueve montañas, pero su palanca es el dinero. El dinero lo puede todo; utilizado por manos puras puede salvar a la Iglesia, que se encuentra hoy amenazada en lo que le es más precioso: el dogma de la Encarnación y el de la Trinidad.

Un murmullo aprobador se dejó oír en la sala. El rector miró intensamente al crucifijo, bajo el que temblaba el acusado.

—Pero el dinero se nos escatima miserablemente. ¿Recordáis la fortuna súbita, inmensa, de los templarios? Nadie ha sabido nunca de dónde procedía. Pues bien, tal vez hoy la fuente inagotable de esta fortuna se encuentre a nuestro alcance. Si la poseyéramos, dispondríamos de medios ilimitados para cumplir nuestra misión. A condición de que…

Bajó la mirada hacia el desgraciado hermano, que parecía disolverse en su silla, violentamente iluminado por los focos que apuntaban al crucifijo.

—A condición de que ninguna indiscreción comprometa nuestra empresa. Y usted, hermano, ha cometido esta indiscreción: solo en el último momento hemos podido arrancar la espina plantada en la carne de Nuestro Señor. Ya no goza de nuestra confianza; su misión termina, pues, hoy. Pido a los diez apóstoles presentes que confirmen, con su voto, mi decisión soberana.

Diez manos se tendieron al unísono hacia el crucifijo.

—Hermano, nuestro afecto le acompaña. Ya conoce el procedimiento.

El condenado se soltó el velo. El rector se había encontrado a menudo con él a rostro descubierto, pero los otros nunca habían visto más que sus manos.

El velo cayó, descubriendo los rasgos de un hombre mayor. Sus ojos mostraban grandes ojeras, pero la mirada ya no imploraba: aquel último acto formaba parte de la misión que había aceptado al hacerse miembro de la Sociedad. Su devoción hacia Cristo-Dios era total, y no flaquearía ese día.

El rector se levantó, imitado por los diez apóstoles. Todos extendieron lentamente sus brazos hasta que sus dedos se tocaron.

Frente al crucifijo marcado de sangre, los diez hombres, con los brazos en cruz, observaron a su hermano, que se levantó. Ya no temblaba: Jesús, al tenderse sobre el madero, no había temblado.

El rector exclamó con voz neutra:

—Hermano, las tres personas de la Trinidad conocen la entrega con que sirvió a la causa de una de ellas y le acogen en su seno, en esa luz divina que no ha dejado de buscar durante toda su vida.

Lentamente cogió el vaso de licor colocado sobre la mesa, lo levantó un instante como un cáliz y lo presentó al anciano.

Con una sonrisa, este último dio un paso adelante y tendió su mano descarnada hacia el vaso.

37

—¡Bienvenido a San Girolamo! Soy el padre Jean, el hospedero.

Al salir del expreso de Roma, Nil reencontró sus referencias de estudiante y se dirigió sin dudar hacia la parada del autobús que conduce a las catacumbas de Priscila. Feliz de volver a ver la ciudad, ya no pensaba en las peripecias del viaje.

Bajó casi al final del recorrido, en lo alto de una cuesta de la vía Salaria. Situada en un marco aún verdeante, la abadía de San Girolamo es una creación del papa Pío XI, que quiso reunir allí a benedictinos del mundo entero para establecer una versión revisada de la Biblia, pero en latín. La Sociedad San Pío V había vigilado de cerca a cada uno de esos monjes, hasta que se vieron obligados a admitir que ya solo se hablaba latín en el Vaticano: el mundo moderno hacía estéril su labor. Desde entonces San Girolamo vivía de recuerdos.

Nil dejó la maleta en la entrada de un claustro de color amarillo sucio, provisto, en su centro, de una pila sobre la que se inclinaba tristemente un ramillete de bambúes. Solo un vago olor a pasta y a adelfas recordaba que se encontraban en Roma.

—La Congregación me avisó ayer de su llegada. A principios de mes recibimos la misma demanda para su padre Andrei, que se alojó aquí varios días…

El padre Jean era tan locuaz como un romano del Trastevere.

—Deme su maleta… ¡Uf! ¡Cómo pesa! —continuó mientras le guiaba hacia la escalera que conducía a los pisos—. Pobre padre Andrei, no sabemos qué le pasó por la cabeza, pero una mañana se marchó sin avisar. Y haciendo la maleta a toda prisa, porque olvidó varios objetos en su habitación. Los dejé allí, es la que ocupará usted. Nadie ha puesto los pies en ella desde la partida precipitada de su infortunado compañero. ¿De modo que viene a trabajar en unos manuscritos gregorianos?

Nil ya no escuchaba aquella catarata de palabras. ¡Iba a alojarse en la habitación de Andrei!

Después de haberse librado por fin del padre Jean, echó una ojeada a la habitación. Al contrario que las celdas de su abadía, aquella estaba cargada de muebles de todo tipo. Un gran armario, dos estanterías para libros, una cama con colchón y somier, una mesa grande con silla, un sillón… En el aire flotaba el olor indefinible de los monasterios, un tufo a polvo seco y encáustico.

En uno de los estantes habían dejado los objetos olvidados por Andrei. Útiles para afeitarse, pañuelos, un plano de Roma, una agenda… Nil sonrió: la agenda de un monje, ¡no había mucho que anotar!

Con esfuerzo, dejó la maleta sobre la mesa. Estaba casi completamente llena con sus preciosas notas. Primero pensó en ordenarlas en el estante, pero luego cambió de opinión: el armario tenía llave. Colocó los papeles y empujó al fondo el negativo de Germigny. Dio una vuelta a la llave y se la metió en el bolsillo sin convicción.

Entonces se detuvo: sobre la mesa había un sobre. A su nombre.

Querido Nil:

Vienes a ayudarme en mis investigaciones. *Welcome in Rome!* A decir verdad, no entiendo nada: ¡yo nunca he pedido que te hicieran venir! Pero en fin, estoy encantado de volver a verte. Pasa por mi despacho en cuanto puedas: Secretariado para las Relaciones con los Judíos, en el edificio de la Congregación. *See you soon!*

Tu viejo amigo, Rembert Leeland.

Su rostro se iluminó con una gran sonrisa: ¡Remby! ¡Así que él era el músico a quien iba a ayudar! Hubiera podido adivinarlo, pero hacía más de diez años que no veía a su compañero de estudios romanos, y la idea de que le convocara a Roma no se le había pasado por la cabeza. ¡Remby, qué alegría! Aquel viaje tendría al menos algo de bueno, ya que permitiría que volvieran a verse.

Luego releyó la carta: Leeland parecía tan sorprendido como él. «Yo nunca he pedido…» No era él quien le había convocado allí.

Pero entonces ¿quién?

38

El anciano con alba blanca cogió el vaso que le tendía el rector, se lo acercó a los labios y bebió de un trago el líquido incoloro. Hizo una mueca y volvió a sentarse en su silla.

Todo acabó enseguida. Ante los once apóstoles, con los brazos aún extendidos en cruz, lanzó un hipido y se dobló en dos con un gemido. Su rostro se puso violáceo, se contrajo en un horrible rictus y el hombre se desplomó. Los espasmos duraron un minuto más o menos; luego se quedó definitivamente rígido. De su boca abierta como para aspirar, caía una baba viscosa que le resbalaba por el mentón. Los ojos, desmesuradamente dilatados, estaban fijos en el crucifijo que tenía encima.

Lentamente los apóstoles bajaron los brazos y volvieron a sentarse. Ante ellos, en el suelo, la forma blanca yacía inmóvil.

El hermano más alejado del rector en el lado derecho se levantó. Llevaba un paño en la mano.

—¡Aún no! Nuestro hermano debe pasar la llama a aquel que le suceda. Abra la puerta, por favor.

Con el paño todavía en la mano, el hermano fue a abrir la puerta blindada del fondo.

En la penumbra, una forma blanca, de pie, parecía esperar.

—¡Adelante, hermano!

El recién llegado iba revestido con la misma alba que los asistentes, con la capucha cubriéndole la cabeza y el velo blanco sujeto a ambos lados del rostro. Dio tres pasos adelante y se detuvo, horrorizado.

«Antonio —pensó el rector—, ¡un joven tan encantador! Lo lamento por él, pero debe recibir la llama: es la regla de la sucesión apostólica.»

Los ojos del nuevo hermano seguían dilatados ante el espectáculo del anciano convulsionado por una muerte brutal. Eran unos ojos muy curiosos: el iris era casi perfectamente negro, y las pupilas dilatadas por la repulsión le daban una mirada extraña, que acentuaba una frente mate y pálida.

El rector le indicó con un gesto que se acercara.

—Hermano, le corresponde ahora cubrir personalmente el rostro de este apóstol cuya sucesión asume hoy. Mire bien su cara: es la de un hombre entregado por completo a su misión. Cuando dejó de estar en disposición de cumplirla, voluntariamente puso fin a su tarea. Reciba de él la llama para servir como él sirvió y morir como él murió, en la alegría de su Maestro.

El recién llegado se volvió hacia el que le había abierto la puerta y ahora le tendía el paño. Lo cogió, se arrodilló junto al muerto y contempló largamente su rostro violáceo. Luego limpió de espuma la boca y el mentón y, prosternándose, besó largamente los labios azulados del muerto.

Volvió a levantarse, cubrió con el paño el rostro, que se hinchaba poco a poco, y finalmente se volvió hacia los hermanos inmóviles.

—Bien —dijo el rector con voz cálida—. Acaba de pasar la última prueba, que le convierte en el duodécimo de los apóstoles que rodeaban a Nuestro Señor en la habitación alta de Jerusalén.

Antonio había tenido que huir de su Andalucía natal: el Opus Dei no acepta fácilmente que sus miembros lo abandonen, y le había parecido prudente alejarse un poco. En Viena, los colaboradores del cardenal Catzinger se habían fijado en aquel joven taciturno de mirada muy sombría. Después de varios años de observación, su expediente había sido entregado al prefecto de la Congregación, que lo dejó sin comentarios sobre el escritorio de Calfo.

Se necesitaron aún dos años más de investigación minuciosa conducida por la Sociedad San Pío V. Dos años de seguimientos, de escuchas telefónicas, de vigilancia de su familia y de los amigos que se habían quedado en Andalucía… Cuando Calfo le dio cita en su piso de Castel Sant'Angelo para una serie de entrevistas, el rector de la Sociedad conocía, sin duda, mejor a Antonio de lo que el andaluz se conocía a sí mismo. En Viena, ciudad voluptuosa, lo habían tentado de todos los modos posibles, y se había comportado bien. El placer y el dinero no le interesaban, sino solo el poder y la defensa de la Iglesia católica.

El rector le hizo una señal con la mano. «Andaluz, de sangre mora. Criticaba los métodos del Opus Dei. Melancolía árabe, nihilismo vienés, desencanto meridional: ¡excelente fichaje!»

—Ocupe su lugar entre los Doce, hermano.

Frente a la pared desnuda sobre la que destacaba la imagen sangrienta del crucificado, los Doce estaban reunidos de nuevo al completo en torno a su Maestro.

—Ya conoce nuestra misión. Contribuirá a ella desde ahora vigilando de cerca a un monje francés que ha llegado hoy a San Girolamo. Acabo de enterarme de que un agente extranjero ha estado a punto de interrumpir un proceso de importancia capital concerniente a este monje en el expreso de Roma. Un incidente lamentable, no había recibido ninguna orden en este sentido, yo no lo controlo de forma directa.

El rector suspiró. No había visto jamás a ese hombre, pero disponía de un expediente completo sobre él: «Imprevisible. Necesidad compulsiva de evadirse en la acción. Cuando no es el desafío musical, es la excitación del peligro. El Mosad le ha retirado su autorización para matar».

—Estas son sus primeras instrucciones. —Tendió un sobre al nuevo hermano—. Las siguientes le llegarán en su momento. ¡Y recuerde a quién sirve!

Con la mano derecha señaló al crucifijo, que resaltaba sobre el panel de caoba. El jaspe verde de su anillo lanzó un destello.

«¡Señor! Tal vez nunca, desde los templarios, te has encontrado en semejante peligro. ¡Pero cuando tus Doce posean la misma arma que ellos, la utilizarán para protegerte!»

39

Con un gesto, el cardenal Emil Catzinger invitó a sentarse a un hombre alto, espigado, con gafas rectangulares encajadas bajo una frente amplia.

—Por favor, monseñor...

Detrás de las gafas, los ojos de Rembert Leeland chispeaban. Un rostro alargado de anglosajón, pero los labios carnosos de un artista. Leeland dirigió una mirada interrogativa a su eminencia.

—Supongo que se preguntará por qué le he convocado... Dígame primero: ¿las relaciones con nuestros hermanos judíos ocupan la totalidad de su tiempo?

Leeland sonrió, lo que le confirió un cierto aire de estudiante travieso.

—En realidad no, eminencia. ¡Suerte que tengo mis trabajos de musicología!

—Justamente de eso quería hablarle. El propio Santo Padre está muy interesado en sus investigaciones. Si puede demostrar que el canto gregoriano tiene sus orígenes en la salmodia de las sinagogas del Alta Edad Media, ese sería un elemento importante de acercamiento con el judaísmo. Así pues, le hemos asignado un ayudante, un especialista en el desciframiento de los textos antiguos que estudia... Un monje francés, excelente exegeta. El padre Nil, de la abadía de Saint-Martin.

—Ayer recibí la noticia. Estudiamos juntos.

El cardenal sonrió.

—De modo que se conocen, ¿no? Así podrán asociar lo agradable con lo útil; me alegran estos encuentros entre amigos. Acaba de llegar: véalo tan a menudo como quiera. Y escúchele: el padre Nil es un pozo de ciencia, tiene mucho que decir, y aprenderá mucho a su lado. Déjele hablar de lo que le interesa. Y luego... de vez en cuando, me hará un informe sobre el contenido exacto de sus conversaciones. Por escrito: yo seré el único destinatario. ¿Me ha comprendido?

Leeland abrió mucho los ojos, estupefacto. «¿Qué significa esto? ¿Me pide que haga hablar a Nil y que venga a informarle luego? ¿Por quién me ha tomado?»

El cardenal observó el rostro expresivo del estadounidense. Leyó lo que ocurría en su interior como en un libro abierto, y añadió con una sonrisa campechana:

—No tema, monseñor, no le pido que cometa ninguna delación. Solo que me informe sobre las investigaciones y los trabajos de su amigo. Personalmente estoy muy ocupado y no tendría tiempo de recibirle. Pero también yo siento curiosidad por los avances más recientes de la exégesis... Me hará un servicio contribuyendo a mi información.

Cuando vio que no había convencido a Leeland, su tono se volvió más seco:

—Le recuerdo igualmente cuál es su situación. Tuvimos que sacarle de Estados Unidos, nombrándolo aquí con rango de obispo, para cortar en seco la escandalosa polémica que había provocado en su país. El Santo Padre no tolera que se ponga en cuestión su rechazo (absoluto y justificado) a la ordenación de hombres casados; luego les tocaría el turno a las mujeres, imagino. Y aún tolera menos que un abad benedictino, a la cabeza de la prestigiosa abadía de Saint Mary, le dé públicamente consejos sobre este tema. Esto le ofrece, monseñor, una ocasión de redimirse a los ojos del Papa. Cuento, pues, con su colaboración discreta, eficaz y sin fallos. ¿Me ha comprendido?

Leeland, con la cabeza baja, no respondió nada. El cardenal recuperó entonces la entonación de su padre en otra época, cuando volvía del frente del Este:

—Lamento tener que recordarle, monseñor, que también hubo «otra razón» que nos obligó a hacerle abandonar su país con urgencia y revestirle con esta dignidad episcopal que le protege tanto como le honra. ¿Queda comprendido ahora?

Esta vez Leeland levantó hacia el cardenal unos ojos de niño triste y le indicó con un gesto que había comprendido. Dios perdona todos los pecados, pero la Iglesia hace que sus miembros los espíen.

Largamente.

40

Pella, finales del año 66

—¡Padre, creí que nunca podría llegar hasta aquí!

Los dos hombres se abrazaron efusivamente. Iojanan parecía agotado.

—La XII legión romana ha asolado la costa. Acaba de batirse en retirada ante Jerusalén, con pérdidas considerables. Dicen que el emperador Nerón hará venir de Siria al general Vespasiano para reforzar el dispositivo con la V y la X legión, la temible Fretensis. Miles de soldados aguerridos convergen hacia Palestina: ¡es el principio del fin!

—¿Y Jerusalén?

—Salvada temporalmente. Allí Santiago luchó tanto como pudo contra la divinización de su hermano, pero acabó por admitirla públicamente: para las autoridades judías era un blasfemo, y el Sanedrín le hizo lapidar. Los cristianos están inquietos.

«¡Santiago! Con él desaparece el último freno a las ambiciones de las Iglesias.»

—¿Hay noticias de Pedro?

—Sigue en Roma, de donde llegan rumores de persecuciones. Nerón incluye en un mismo odio a judíos y cristianos. La propia Iglesia de Pedro se encuentra amenazada. Tal vez también allí haya llegado el fin.

Iojanan mostró su bolsa, que contenía algunos pergaminos.

—Santiago, Pedro... Ellos pertenecen al pasado, *abbu*. Ahora circulan varios Evangelios, y también otras epístolas de Pablo...

—He recibido todo eso gracias a nuestros refugiados —dijo tendiendo la mano hacia la mesa del peristilo, cargada de documentos—. Mateo ha rehecho su texto. He visto que se inspiraba en Marcos, que fue el primero en redactar una especie de historia de Jesús, desde el encuentro a orillas del Jordán hasta la tumba vacía. Aunque de hecho no ha sido Mateo quien lo ha escrito, ya que, como puedes ver, es griego. Seguramente lo redactó en arameo y lo hizo traducir.

—Exacto. Y circula un tercer Evangelio, también en griego. Las copias vienen de Antioquía, donde he podido encontrar al autor, Lucas, un íntimo de Pablo.

—He leído estos tres Evangelios. Cada vez más, hacen decir a Jesús lo que nunca dijo: que se consideraba el Mesías, o incluso Dios. Era inevitable, Iojanan. ¿Y... y mi relato?

Había acabado por aceptar escribir, no un Evangelio construido como el de Marcos y los otros, sino un relato, que Iojanan había hecho copiar y difundir. En él narraba primero sus propios recuerdos: el encuentro a orillas del Jordán, el deslumbramiento de los primeros días. Pero él no había abandonado Judea, mientras que Jesús había vuelto a vivir y a enseñar más al norte, en Galilea. Sobre lo que había ocurrido allí no decía casi nada. Su relato volvía a iniciarse con la vuelta de los Doce y de su Maestro a Jerusalén, unas semanas antes de la crucifixión. Hasta la tumba vacía.

Por descontado no se hablaba de lo que había seguido, de la retirada del cadáver por Adón y Osías, los dos hijos de Eliezer Ben-Akkai. El papel desempeñado por los esenios en la desaparición del cuerpo torturado debía seguir constituyendo un secreto para todos.

Igual que el emplazamiento de la tumba de Jesús.

Entre aquellos dos períodos, los inicios y el final, el discípulo bienamado había añadido los recuerdos de sus amigos de Jerusalén: Nicodemo, Lázaro, Simón el leproso. Un relato escrito directamente en griego, que describía al Jesús que él había conocido: judío ante todo, pero fulgurante cuando se mostraba habitado por su Padre, ese Dios al que llamaba *abba*. Nunca antes un judío se había atrevido a utilizar ese término familiar para designar al Dios de Moisés. Repitió:

—¿Y mi relato, Iojanan?

El rostro del joven se ensombreció.

—Circula. Entre tus discípulos, que se lo saben de memoria, pero también en las iglesias de Pablo, hasta Bitinia, según parece.

—Y allí no es acogido del mismo modo, ¿no es verdad?

—No. En Judea, los judíos te reprochan que describas a Jesús como un profeta superior a Moisés. Y entre los griegos tu Jesús parece demasiado humano. Nadie se atreve a destruir el testimonio del «discípulo bienamado», pero antes de leerlo en público lo corrigen, o lo «completan», como dicen, y lo hacen cada vez más.

—No pueden destriparme como a Judas, de modo que me eliminan por la pluma. Mi relato se convertirá en un cuarto Evangelio conforme a sus ambiciones.

Como en otro tiempo, Iojanan se arrodilló ante su *abbu* y cogió sus manos entre las suyas.

—Entonces, padre, escribe una epístola para nosotros, tus discípulos. La pondré en lugar seguro, ahora que aún es posible: los judíos fanatizados de Jerusalén no resistirán mucho tiempo. Escribe la verdad sobre Jesús, y para que nadie pueda tergiversarla, di lo que sabes sobre su tumba. No la de Jerusalén, que está vacía, sino sobre la tumba verdadera, la del desierto, donde descansan sus restos.

Los refugiados afluían ahora a Pella de todas partes. Sentado en el borde del peristilo, el anciano contempló el valle. Del otro lado del Jordán ya se veían ascender los penachos de humo de las granjas que ardían.

Los saqueadores que acompañan a todos los ejércitos de invasión. Aquello era el final. Tenía que transmitir lo que sabía a las generaciones futuras.

Se sentó resueltamente a la mesa, cogió una hoja de pergamino y empezó a escribir: «YO, EL DISCÍPULO BIENAMADO DE JESÚS, EL DECIMOTERCER APÓSTOL, A TODAS LAS IGLESIAS...».

El día siguiente se acercó a Iojanan, que ensillaba una mula:

—Si consigues pasar, trata de entregar esta epístola a los nazareos de Jerusalén y de Siria.

—¿Y tú?

—Yo me quedaré en Pella hasta el último momento. Cuando los romanos se acerquen, llevaré a nuestros nazareos hacia el sur. En cuanto vuelvas, ve directamente a Qumran: ellos te dirán dónde encontrarme. Ve con cuidado, hijo mío.

Con un nudo en la garganta, tendió en silencio a Iojanan una caña hueca, que el joven deslizó en su cinturón. En el interior había una simple hoja de pergamino enrollada, sujeta por un cordón de lino.

La epístola del decimotercer apóstol a la posteridad.

41

Después de bordear la villa Doria Pamphili, Nil cogió la vía Salaria Antica, encajada entre sus muros. Le gustaba pisar el pavimento desigual de las antiguas vías imperiales, en las que aún podía verse el enlosado romano. Durante sus años de estudio había explorado con pasión aquella ciudad, la *Mater Praecipuae*, la madre de todos los pueblos. Llegó a la vía Aurelia, que desemboca en la Ciudad del Vaticano por detrás, y se dirigió sin dudar hacia el inmueble de la Congregación para la Doctrina de la Fe.

El Secretariado para las Relaciones con los Judíos se encuentra en un anexo del edificio, del lado de la basílica de San Pedro. Nil tuvo que subir tres pisos antes de llegar a un pasillo de celdillas instaladas directamente bajo el armazón del tejado: los despachos de los minutantes.

«Monseñor Rembert Leeland, O. S. B.» Golpeó discretamente a la puerta.

—¡Nil! *God bless, so good to see you!*

El despacho de su amigo, separado de sus vecinos por una simple mampara, era minúsculo. Nil tuvo el espacio justo para deslizarse sobre la única silla frente a la mesa extrañamente desnuda. Al percibir su sorpresa, Leeland le sonrió con aire incómodo.

—Solo soy un pequeño minutante de un secretariado sin

importancia… De hecho trabajo sobre todo en casa, aquí apenas tengo aire para respirar.

—¡Esto debe de ser un cambio después de tus llanuras de Kentucky!

El rostro del estadounidense se ensombreció.

—Estoy exiliado, Nil, por haber dicho en voz alta lo que muchos piensan…

Nil le miró con afecto.

—No has cambiado, Remby.

Estudiantes en Roma durante los años del inmediato pos-concilio, los dos hombres habían compartido las esperanzas de toda una juventud que creía en la renovación de la Iglesia y de la sociedad: las ilusiones desvanecidas habían dejado huella en ellos.

—Desengáñate, Nil, he cambiado mucho, más de lo que podría decir: ya no soy el mismo. Pero ¿y tú? El mes pasado recibimos la noticia de la muerte brutal de uno de vuestros monjes en el expreso de Roma; oí hablar de suicidio, y te veo llegar aquí cuando yo no he pedido nada. ¿Qué está pasando, *friend*?

—Yo conocía bien a Andrei: ese hombre no era un suicida; al contrario, le apasionaba la investigación que desarrollábamos desde hacía años, no en conjunto sino en paralelo. Había descubierto cosas que no quería (o no podía) decirme claramente, pero tengo la impresión de que me empujaba para que las encontrara por mí mismo. Fui yo quien hizo el reconocimiento oficial del cuerpo, y descubrí en su mano una notita, escrita justo antes de su muerte. Andrei había anotado cuatro puntos de los que quería hablarme a su vuelta: no era el mensaje de alguien que va a suicidarse, sino la prueba de que tenía proyectos para el futuro y de que quería asociarme a ellos. No mostré a nadie esa nota; sin embargo, la robaron de mi celda, y no sé quién lo hizo.

—¿La robaron?

—Sí, y eso no es todo: también me han robado algunas notas personales.

—¿Y la investigación sobre la muerte del padre Andrei?

—En el periódico local publicaron un encarte que hablaba de muerte accidental, y en *La Croix*, una simple nota necrológica. No recibimos ningún otro diario, no oímos la radio ni la televisión; los monjes solo saben lo que el padre abad tiene a bien decirles en el capítulo. El gendarme que descubrió el cuerpo decía que se trataba de un asesinato, pero lo apartaron de la investigación.

—¡Un asesinato!

—Sí, Remby. Yo tampoco consigo hacerme a la idea. Quiero saber qué ocurrió, quiero saber por qué mi amigo está muerto. Su último pensamiento fue para mí, y tengo la sensación de que me legó en depósito algo que debo transmitir. Las últimas voluntades de un muerto son sagradas, sobre todo cuando es un hombre de la envergadura del padre Andrei.

Después de dudar un momento, Nil acabó por explicarle sus investigaciones en el Evangelio de san Juan, su descubrimiento del discípulo bienamado. Luego describió sus frecuentes entrevistas con Andrei, el malestar de este último en Germigny, el fragmento de manuscrito copto oculto en la encuadernación de su última obra.

Leeland le escuchó sin interrumpirle.

—Nil, nunca he sabido hacer más que una cosa, música. E informática, para el tratamiento de los manuscritos que estudio. Pero no comprendo que una investigación erudita pueda provocar acontecimientos tan dramáticos y causarte semejante angustia.

Prudentemente omitió hablarle de la petición del cardenal prefecto.

—Andrei no dejó de decirme con palabras encubiertas que nuestras investigaciones afectaban a algo mucho más importante que se me escapa. Es como si tuviera ante mí los hilos de una tapicería y no conociera el motivo del cañamazo. Pero ahora, Rembert, estoy decidido a ir hasta el final: quiero saber por qué murió Andrei, quiero saber quién se oculta tras este misterio en torno al que doy vueltas desde hace años.

Leeland le miró, sorprendido por la feroz determinación que leía en un rostro que había conocido plácido y tranquilo. Se levantó, bordeó la silla y abrió la puerta.

—Te daré todo el tiempo que necesites para continuar tu investigación aquí. Pero ahora debemos dirigirnos a la reserva del Vaticano. Tengo que enseñarte mi centro de operaciones, y tienes que dejarte ver por allí: no olvides que el motivo de tu presencia en Roma son mis manuscritos de canto gregoriano.

Leeland recordó la convocatoria de Catzinger: ¿no existiría también otro motivo? En silencio recorrieron el dédalo de pasillos y escaleras que conducían a la salida, a la plaza de San Pedro.

En el despacho contiguo al suyo, un hombre apartó de sus orejas dos auriculares que iban unidos a una caja fijada al tabique de madera con una ventosa. El individuo, que llevaba con elegancia un *clergyman* impecable, dejó los auriculares colgando en torno a su cuello mientras clasificaba rápidamente unas hojitas cubiertas de escritura estenográfica. Sus ojos, extrañamente negros, brillaron de satisfacción: la calidad de la escucha había sido excelente, el tabique no era muy grueso. No se había perdido ni una palabra de la conversación entre el *monsignore* americano y el monje francés. Bastaría con dejarlos juntos; aquellos dos serían incansables.

El rector de la Sociedad San Pío V estaría satisfecho: la misión empezaba bien.

42

—La reserva está situada en los sótanos del Vaticano. He tenido que pedir una acreditación para ti; el acceso a esta parte del edificio está estrictamente controlado; comprenderás por qué cuando lleguemos.

Bordearon la alta muralla de la Ciudad del Vaticano y se dirigieron a la entrada de la vía della Porta Angelica, donde se encuentra el principal puesto de guardia. Los dos suizos con uniforme azul les dejaron pasar sin detenerlos, y atravesaron una sucesión de patios interiores hasta llegar al patio del Belvedere, que, rodeado de altas murallas, protege la Galería Lapidaria de los museos y la Biblioteca del Vaticano. A pesar de ser una hora temprana, se distinguían siluetas deambulando tras los cristales.

Leeland le indicó con un gesto que le siguiera y se dirigió hacia el ángulo opuesto. Al pie de la imponente pared del Vaticano había una pequeña puerta metálica equipada con un cajetín. El estadounidense marcó un código y esperó.

—Algunas personas cuidadosamente seleccionadas poseen una acreditación permanente, como yo; pero tú tendrás que enseñar la patita blanca.

Un policía pontificio vestido de civil abrió la puerta y observó a los dos visitantes con aire suspicaz. Al reconocer a Leeland, esbozó una sonrisa.

—*Buongiorno, monsignore.* Este monje, ¿le acompaña? ¿Puedo ver sus papeles y su acreditación?

Nil llevaba su hábito monástico: «aquí, esto facilita las cosas», le había explicado Leeland. Entraron en una especie de antecámara, y Nil tendió un papel con el escudo del Vaticano. El policía lo cogió sin decir palabra y se marchó.

—Los controles son estrictos —susurró el americano—. La Biblioteca del Vaticano está abierta al público, pero el sótano de su reserva contiene manuscritos antiguos a los que solo pueden acceder unos pocos investigadores. Conocerás al padre Breczinsky, el guardián del lugar. Considerando el valor inestimable de los tesoros que se encuentran aquí, el Papa nombró para este puesto a un polaco, un hombre tímido y sin especial relieve, pero totalmente entregado al Santo Padre.

El policía volvió y, con una ligera inclinación de cabeza, entregó su acreditación a Nil.

—Tendrá que enseñar este papel cada vez que venga aquí. No está autorizado a entrar si no es acompañado por monseñor Leeland, que tiene un pase permanente. Síganme.

Un largo pasillo en suave pendiente se hundía oblicuamente bajo el edificio y conducía a una puerta blindada. Nil tuvo la impresión de penetrar en una ciudadela preparada para un asedio. «Este lugar está hundido bajo los miles de toneladas de la basílica de San Pedro. La tumba del apóstol no está lejos.» El policía introdujo una tarjeta magnética y marcó un código: se escuchó un zumbido y la puerta se abrió.

—Ya conoce el lugar, monseñor; el padre Breczinsky les espera.

La severa sotana negra del hombre que les aguardaba ante una segunda puerta blindada resaltaba aún más la palidez de su rostro. Unas gafas redondas cubrían sus ojos de miope.

—Buenos días, *monsignore.* ¿Es este el francés para el que he recibido una acreditación de la Congregación?

—El mismo, padre. Me ayudará en mis trabajos. El padre Nil es monje en la abadía de Saint-Martin.

Breczinsky dio un respingo.

—¿No será por casualidad un compañero del padre Andrei?

—Fuimos compañeros de congregación durante treinta años.

Breczinsky abrió la boca como si fuera a plantearle una pregunta, pero luego se dominó y ocultó su turbación con una breve inclinación de cabeza. El sacerdote se volvió hacia Leeland.

—Monseñor, la sala está lista: si quieren seguirme...

En silencio, les precedió por una sucesión de salas abovedadas, que se comunicaban entre sí a través de una amplia abertura cimbrada. Las paredes estaban cubiertas de estanterías protegidas por vidrios, la iluminación era uniforme, y un ronroneo señalaba la presencia del dispositivo higrométrico necesario para la conservación de los manuscritos antiguos. Nil repasó con la mirada las estanterías ante las que pasaban: ANTIGÜEDAD, EDAD MEDIA, RENACIMIENTO, *RISORGIMENTO*... Las etiquetas dejaban adivinar los testimonios más preciosos de la historia occidental, que tuvo la impresión de recorrer entera en unas decenas de metros.

Divertido por su sorpresa, Leeland susurró:

—En la sección de música, la única que puedo utilizar, te mostraré partituras autógrafas de Vivaldi, páginas del *Mesías* de Haendel, y los ocho primeros compases del *Lacrimosa* de Mozart: las últimas notas escritas de su mano, cuando agonizaba. Están aquí...

La sección de música se encontraba en la última sala. En el centro, bajo la iluminación regulable, una mesa desnuda cubierta con una placa de vidrio sobre la que hubiera sido imposible encontrar una sola mota de polvo.

—Ya conoce el lugar, *monsignore*, les dejo. Emmm...

—Breczinsky, que parecía encontrarse violento, tuvo que hacer un esfuerzo para continuar—. Padre Nil, ¿quiere venir a mi despacho, por favor? Tengo que encontrar un par de guantes de su talla, los necesitará para manipular los manuscritos.

Leeland puso cara de sorpresa, pero dejó que Nil siguiera al bibliotecario a un despacho que daba directamente a su sala. Breczinsky cerró cuidadosamente la puerta tras de sí, cogió una caja de un estante y luego se volvió hacia Nil con aire turbado.

—Padre... ¿puedo preguntarle cuál era exactamente la naturaleza de sus relaciones con el padre Andrei?

—Nos sentíamos muy próximos. ¿Por qué?

—Bien... yo... yo mantenía correspondencia con él, a veces me pedía mi opinión sobre las inscripciones medievales que estudiaba.

—Entonces... ¿era usted?

Nil recordó: «Envié la foto de la losa de Germigny a un empleado del Vaticano. Me ha respondido que la había recibido. Sin comentarios».

—Andrei me habló de su interlocutor en la Biblioteca Vaticana; ¡no sabía que era usted, y no creí que tuviera ocasión de conocerle!

Breczinsky manipulaba maquinalmente los guantes de la caja con la cabeza baja.

—Me pedía precisiones técnicas, como hacen otros investigadores; a distancia, habíamos establecido una relación de confianza. Luego, un día encontré, mientras ordenaba el fondo copto, un fragmento muy pequeño de manuscrito que parecía proceder de Nag Hamadi y que nunca había sido traducido. Se lo envié: parecía muy turbado por esta pieza, que me volvió a enviar sin su traducción. Le escribí sobre el tema; entonces me envió por fax la foto de una inscripción carolingia encontrada en Germigny, preguntándome qué pensaba de ella.

—Lo sé, tomamos la foto juntos. Andrei me mantenía al corriente de su trabajo. Casi siempre.

—¿Casi?

—Sí, no me lo decía todo, y cuando era así, no lo ocultaba, lo que siempre me sorprendió.

—Luego vino aquí: era la primera vez que nos veíamos, un encuentro… muy fuerte. Después desapareció, y nunca he vuelto a verle. Me enteré de su muerte por el diario *La Croix*: un accidente, o un suicidio…

Breczinsky parecía encontrarse muy incómodo, sus ojos rehuían los de Nil. Por fin le tendió un par de guantes.

—No puede quedarse conmigo demasiado tiempo, tiene que volver a la sala. Yo… ya hablaremos, padre Nil. Más tarde, encontraré el modo. Desconfíe de todos aquí, incluso de monseñor Leeland.

Nil abrió mucho los ojos, estupefacto.

—¿Qué quiere decir? Sin duda no veré a nadie más en Roma, y confío totalmente en él: estudiamos juntos, le conozco desde hace muchos años.

—Pero ha vivido algún tiempo en el Vaticano. Este lugar transforma a todos los que se acercan a él; ya nunca vuelven a ser los mismos… Vamos, olvide lo que acabo de decirle, ¡pero sea precavido!

Leeland ya había colocado un manuscrito sobre la mesa.

—¡Le ha costado encontrar unos guantes! Y hay un cajón lleno en la sala de al lado, de todas las tallas…

Nil no respondió a la mirada inquieta de su amigo y se acercó a la gran lupa rectangular situada sobre el manuscrito. Le echó una ojeada.

—No hay iluminaciones, sin duda es anterior al siglo x: ¡al trabajo, Remby!

A mediodía tomaron un bocadillo que les trajo Breczinsky. El polaco, de pronto todo sonrisas, pidió a Nil que le explicara en qué consistiría su trabajo.

—Primero descifrar el texto latino de estos manuscritos de canto gregoriano. Luego traducir el texto hebreo de los cantos judíos antiguos con una melodía relativamente parecida, y comparar… Yo solo me ocupo del texto, claro está, monseñor Leeland se encarga del resto.

—El hebreo antiguo me resulta hermético, igual que las escrituras medievales —explicó el estadounidense riendo.

Cuando volvieron a salir, el sol estaba bajo en el horizonte.

—Regreso directamente a San Girolamo —se excusó Nil—: este aire acondicionado me ha dado dolor de cabeza.

Leeland le retuvo. Estaban en el centro de la plaza de San Pedro.

—Tengo la sensación de que has causado una gran impresión al padre Breczinsky: por lo general no pronuncia más de tres frases seguidas. De modo, amigo mío, que debo ponerte en guardia: desconfía de él.

«¡Otra vez! Pero ¿adónde he ido a parar, Dios mío?»

Leeland insistió, con rostro grave:

—Mantente atento y procura no cometer ningún desliz. Si te habla, será para sondearte: aquí nada ni nadie es inocente. No sabes hasta qué punto es peligroso el Vaticano, hay que desconfiar absolutamente de todos.

43

Un torbellino de pensamientos se agitaba aún en la cabeza de Nil cuando entró en la habitación de San Girolamo. Después de asegurarse de que no hubiera desaparecido nada del armario, que encontró todavía cerrado con llave, fue a la ventana: el siroco, ese terrible viento del sur que cubre la ciudad con una fina película de arena del Sahara, acababa de levantarse. Roma, habitualmente tan luminosa, estaba bañada en una luz glauca, amarillenta.

Cerró la ventana para protegerse de la arena. De todos modos, aquello no le libraría de sufrir la brutal caída de presión atmosférica que acompaña siempre al siroco y que causa a la población migrañas que la justicia romana, en caso de crimen cometido bajo la influencia del viento maléfico, considera como una circunstancia atenuante.

Fue hacia el estante para coger una aspirina como medida preventiva y se detuvo ante los objetos olvidados por Andrei. Repudiado por su familia al entrar en el monasterio y afectado por la muerte de su amigo, Nil tenía la emoción fácil: sus ojos se empañaron de lágrimas. Recogió lo que ahora eran para él recuerdos preciosos y los depositó en el fondo de su maleta: ocuparían un lugar en su celda, en Saint-Martin.

Maquinalmente abrió la agenda y la hojeó. El calendario de un monje es tan plano como su vida: las páginas estaban vírgenes hasta principios de noviembre, donde Andrei había anotado el día y la hora de su partida a Roma y luego sus citas en la Congregación. Nil volvió la página: su amigo había trazado allí unas líneas apresuradas.

Con el corazón palpitante, se sentó de través y encendió la lámpara del escritorio.

En lo alto de la página de la izquierda, Andrei había escrito con letras mayúsculas: CARTA DEL APÓSTOL. Un poco más abajo seguían dos nombres: «Orígenes, Eusebio de Cesarea», este último seguido de tres letras y seis cifras.

Dos padres de la Iglesia griega.

En la página de enfrente había garrapateado: «S. C. V. templarios». Y delante, de nuevo tres letras, seguidas de cuatro cifras solamente.

¿Qué hacían los templarios en medio de los padres de la Iglesia?

¿Era el efecto del siroco? Por un momento le dio vueltas la cabeza.

«Carta del apóstol»: en sus conversaciones Andrei había evocado ante él, de forma muy vaga, algo por el estilo. Y era una de las cuatro pistas que figuraban en la nota redactada en el expreso de Roma.

Nil se había preguntado a menudo cómo explotar aquella mención misteriosa. Y he aquí que su amigo, como hubiera hecho si se encontrara todavía a su lado, volvía a hablarle de aquella carta. Andrei parecía decirle que descubriría algo sobre ella en los escritos de los dos padres de la Iglesia, junto a los que había anotado algo que parecía una referencia.

Tenía que encontrar aquellos textos. Pero ¿dónde?

Nil fue al lavabo a coger un vaso de agua y echó dentro su aspirina. Mientras veía ascender la columna gaseosa, reflexionó intensamente. Tres letras seguidas de cifras: eran signaturas de la clasificación Dewey, que señalaban la situación de los libros ordenados en una biblioteca. Pero ¿en qué biblioteca?

La ventaja del sistema Dewey es que es extensible al infinito: cada bibliotecario puede adaptarlo a sus necesidades sin salir de él. Con mucha suerte, las dos últimas cifras podían permitir identificar una biblioteca entre centenares de otras.

Interrogando a cada bibliotecario. En el mundo entero.

Nil tragó su aspirina.

Buscar un libro únicamente a partir de su signatura Dewey, era buscar un coche en un aparcamiento de cuatro mil plazas sin conocer su emplazamiento ni su marca. Ni el nombre del encargado de la entrada. Y ni siquiera el aparcamiento de que se trataba...

Se frotó las sienes: el dolor iba más rápido que la aspirina.

Las tres letras después de Orígenes y Eusebio iban seguidas de seis cifras: se trataba, pues, de una signatura completa, del emplazamiento preciso de una obra en una estantería. Pero las tres letras que la acompañaban, «S. C. V. templarios», iban seguidas solo de cuatro cifras: indicaban una sección, o tal vez una zona en una biblioteca dada, sin precisar el emplazamiento.

¿S. C. V. era la abreviatura de una biblioteca? ¿En qué parte del mundo?

Un doloroso torno comprimía ahora la cabeza de Nil, impidiéndole pensar. Durante años, el padre Andrei se había relacionado con bibliotecarios de toda Europa, a menudo por internet. Si una de aquellas signaturas era la de una biblioteca de Viena, no se veía pidiendo al reverendo padre abad que le reservara un billete de ida y vuelta para Austria.

Tomó una segunda aspirina y subió a la terraza que dominaba el barrio. A lo lejos se distinguía la alta cúpula de la basílica de San Pedro. La tumba del apóstol había sido excavada en el *tuffo* de la colina del Vaticano, entonces situada fuera de Roma, en la que Nerón había hecho construir una residencia imperial y un circo. Allí, miles de cristianos y judíos, confundidos en un mismo odio, habían sido crucificados en el año 67.

Sus investigaciones le habían revelado una cara inesperada de Pedro, dominada por pulsiones homicidas. Los Hechos de los Apóstoles atestiguan que dos cristianos de Jerusalén perecieron por su mano, Ananías y Safira. El asesinato de Judas era solo una hipótesis, pero apoyada por un buen número de indicios muy consistentes. Sin embargo, en Roma, su muerte había sido la de un mártir: «Creo —dice Pascal— a los que mueren por su fe». Pedro había nacido ambicioso, violento, calculador; ¿se habría convertido finalmente, en los últimos instantes de su vida, en un verdadero discípulo de Jesús? La historia no podía decidir sobre eso, pero había que concederle el beneficio de la duda.

«Pedro debió de ser como cada uno de nosotros: un hombre doble, capaz de lo mejor después de lo peor....»

Acababan de decir a Nil que desconfiara de todo y de todos. Y aquella idea le resultaba insoportable: si pensaba demasiado en ella, saltaría al primer tren, igual que Andrei. Para no perder pie, debía concentrarse en su investigación. Vivir en Roma como en el monasterio, en la misma soledad.

«Buscaré. Y encontraré.»

44

Colina del Vaticano, año 67

—Pedro... ¡Si no comes nada, bebe al menos!

El anciano rechazó la jarra que le tendía su compañero, vestido con la túnica corta de los esclavos. Se inclinó, recogió un poco de paja y la deslizó entre su espalda y los ladrillos del *opus reticulatum.** Se estremeció: al cabo de unas horas sería crucificado, y luego untarían su cuerpo con pez. Al caer la noche, los verdugos prenderían fuego a las antorchas vivientes, que iluminarían el espectáculo que el emperador quería ofrecer al pueblo de Roma.

Los condenados a muerte estaban encerrados desde hacía varios días en aquellos largos pasillos abovedados, que daban directamente a la pista del circo. A través de la reja de entrada se distinguían los dos hitos —las *metas*— que marcaban los dos extremos de la pista. Allí, en torno al gran obelisco central del circo, se sacrificaba indistintamente a hombres, mujeres y niños «judíos», supuestos responsables del inmenso incendio que había destruido la ciudad unos años antes.

---

* Forma de construcción característica de las murallas de la época imperial: los ladrillos están dispuestos en líneas regulares que forman el dibujo de una red o retícula.

—¿Para qué comer o beber, Lino? Sabes que será esta noche: siempre empiezan por los mayores. Tú todavía vivirás unos días, y Anacleto te verá partir antes de unirse a nosotros entre los últimos.

Acarició la cabeza de un niño que se encontraba sentado a su lado sobre la paja y le miraba con veneración, con unos grandes ojos marcados por las ojeras.

Desde su llegada a Roma, Pedro había cogido las riendas de la comunidad cristiana. La mayoría de los convertidos eran esclavos, como Lino y el niño Anacleto. Todos habían pasado por las religiones de misterios venidas de Oriente, que ejercían sobre el pueblo una atracción irresistible. Aquellos cultos les ofrecían la perspectiva de una vida mejor en el más allá, y espectaculares ceremonias sangrientas. La religión austera y despojada de los judíos convertidos al Cristo, a la vez Dios y hombre, tuvo un éxito fulminante.

Pedro había acabado por admitir que la plena divinidad de Jesús era una condición indispensable para la difusión de la nueva religión. Y olvidó los escrúpulos que le frenaban todavía en los primeros tiempos, en medio de los convertidos de Jerusalén: «Jesús ha muerto. El Cristo-Dios vive. Solo un Dios vivo puede llevar a las multitudes a la vida nueva».

El galileo se convirtió en el jefe indiscutido de la comunidad de Roma: ya no se oía hablar del decimotercer apóstol.

Cerró los ojos. Al llegar allí había explicado a los prisioneros cómo los soldados lo habían capturado en la vía Appia, cuando huía en medio de la oleada de fugitivos que intentaban escapar de la persecución de Nerón. Ultrajados por lo que consideraban una cobardía, muchos de los cristianos prendidos por su propia valentía le daban de lado en aquella prisión.

La vida le abandonaba; ¿aguantaría hasta la noche? Era

preciso. Quería sufrir aquella muerte horrible, rechazado por los suyos, para redimirse y ser digno del perdón de Dios.

Hizo una seña a Lino, que se sentó junto a Anacleto sobre el mohoso enlosado. Desde el mediodía ya no se oía el rugir de las fieras: todas habían sido exterminadas aquella mañana por los gladiadores en el curso de un inmenso combate. El olor de los animales se mezclaba con el hedor repugnante de la sangre y los excrementos. Tuvo que hacer un esfuerzo para hablar.

—Tal vez vosotros viváis, tú y este niño. Hace tres años, después del incendio, los condenados más jóvenes fueron liberados cuando el pueblo se cansó de tantos horrores como los desplegados en la arena del circo. Vivirás, Lino, es preciso.

El esclavo le dirigió una mirada intensa, con los ojos empañados de lágrimas.

—Pero si tú ya no estás, Pedro, ¿quién dirigirá nuestra comunidad? ¿Quién nos enseñará?

—Tú. Te conocí cuando acababas de ser vendido en el mercado próximo al Foro, igual que he visto crecer a este niño. Tú y él viviréis. Sois el porvenir de la Iglesia. Yo ya soy solo un árbol viejo muerto por dentro…

—¿Cómo puedes decir esto, tú que conociste a Nuestro Señor, tú que le seguiste y le serviste sin falla?

Pedro inclinó la cabeza. La traición a Jesús, los asesinatos sucesivos, la lucha encarnizada contra sus adversarios en Jerusalén, tanto sufrimiento del que era responsable…

—Escúchame bien, Lino: el sol ya desciende, queda poco tiempo. Es necesario que lo sepas: fallé. No incurrí en falta solo por accidente, como nos ocurre a todos, sino prolongadamente y de forma repetida. Dilo a la Iglesia cuando todo esto haya acabado. Pero dile también que muero en paz, porque he reconocido mis faltas, mis innumerables faltas. Porque he pedido perdón por ellas al propio Jesús y a su Dios. Y porque nunca, nunca, un cristiano debe dudar del perdón de Dios. Ese es el corazón mismo de la enseñanza de Jesús.

Lino posó sus manos sobre las de Pedro; estaban heladas. ¿Era la vida que se retiraba de él? Varios habían muerto en aquel túnel incluso antes de llegar al suplicio.

El anciano levantó la cabeza.

—Recuerda, Lino; y tú, niño, escucha: en la noche de la última cena que compartimos con el Maestro, justo antes de su captura, éramos doce en torno a él. *Solo había doce apóstoles en torno a Jesús.* Yo estaba allí, y doy testimonio de ello ante Dios antes de morir. Tal vez oigáis hablar un día de un decimotercer apóstol: ni tú ni Anacleto, ni los que vendrán después de vosotros, debéis tolerar la simple mención, la simple evocación de otro apóstol aparte de los Doce. La existencia misma de la Iglesia depende de ello. ¿Lo juráis solemnemente ante mí y ante Dios?

El joven y el niño inclinaron gravemente la cabeza.

—Si llegara a salir de las tinieblas, este decimotercer apóstol podría destruir todo aquello en lo que creemos. Todo lo que permitirá —y señaló a las sombras indistintas postradas en el suelo— a estos hombres, a estas mujeres, morir esta noche en paz, tal vez incluso sonriendo. Ahora dejadme. Tengo mucho que decir a mi Señor.

Pedro fue crucificado al ponerse el sol, entre las dos *metas* del circo del Vaticano. Cuando prendieron fuego a su cuerpo, la antorcha humana iluminó un instante el obelisco, que estaba solo a unos metros de su cruz.

Dos días más tarde, Nerón proclamó el fin de los juegos: todos los condenados a muerte fueron liberados, después de haber soportado los treinta y nueve latigazos.

Lino sucedió al apóstol, cuyo cuerpo enterró en la cima de la colina del Vaticano, un poco alejado de la entrada del circo.

Anacleto sucedió a Lino, y fue el tercero en la lista de los papas proclamados en cada misa católica en todo el universo. Él hizo construir la primera capilla sobre la tumba de Pedro, luego reemplazada por una basílica, que el emperador Constantino quiso ya que fuera majestuosa.

El juramento solemne de los dos papas sucesores de Pedro fue transmitido siglo tras siglo.

Y el obelisco ante el que el padre Nil se detuvo un instante aquella mañana —el siroco había cesado y Roma resplandecía en su gloria— era el mismo al pie del cual, diecinueve siglos antes, un discípulo de Jesús, reconciliado con su Dios por el arrepentimiento y el perdón, había afrontado voluntariamente un suplicio horrible.

Porque Pedro había ocultado la verdad a los cristianos: solo él sabía que no merecía su veneración, y quería morir en el oprobio y el desprecio. Pero el apóstol no había huido ante la persecución. Al contrario, había ido a entregarse a la policía de Nerón para expiar sus faltas. Y para poder hacer jurar a Lino que transmitiría el secreto.

Desde entonces ese secreto no había abandonado nunca la colina del Vaticano.

El decimotercer apóstol no había hablado.

45

A Nil le gustaba pasear y soñar en la plaza de San Pedro por la mañana temprano, cuando los turistas aún no habían llegado. El monje se apartó de la sombra del obelisco para aprovechar el sol ya tibio. «Dicen que es el obelisco que adornaba el centro del circo de Nerón. En Roma el tiempo no existe.»

Su mano izquierda no soltaba la bolsa en que había colocado, al salir de San Girolamo, las más preciadas de sus notas, extraídas de los papeles que había dejado sobre el estante. Allí podían registrar su habitación con la misma facilidad que en la abadía, y sabía que debía desconfiar de todos. «¡Pero no de Remby, eso nunca!» En el momento de salir, había deslizado en el fondo de aquella bolsa el carrete que contenía el negativo de la foto tomada en Germigny. Una de las cuatro pistas dejadas por Andrei, que todavía no sabía cómo explotar.

Al llegar a su despacho, mientras Nil todavía soñaba, al pie del obelisco, sobre los imperios que consolida el tiempo, Leeland encontró una nota que le convocaba inmediatamente a una entrevista con un minutante de la Congregación. Un tal monseñor Calfo, con quien se había cruzado a veces en un pasillo sin saber exactamente qué lugar ocupaba en el organigrama del Vaticano.

Dos pisos y un dédalo de corredores más abajo, se sorprendió al encontrar al prelado instalado en un despacho casi lujoso, cuya única ventana daba directamente a la plaza de San Pedro. Era un hombre pequeño, rechoncho, con un aire a la vez meloso y seguro de sí mismo. «Un habitante de la galaxia vaticana», pensó el estadounidense.

Calfo no le pidió que se sentara.

—Monseñor, el cardenal me ha pedido que le mantenga al corriente de las conversaciones que entable con el padre Nil, que ha venido a colaborar con usted. Su eminencia, lo contrario sería sorprendente, se interesa de cerca por los estudios de nuestros especialistas.

Sobre su escritorio, bien a la vista, se encontraba la nota remitida la víspera por Leeland a Catzinger: en ella resumía su primera conversación con Nil, pero no decía palabra sobre las confidencias de su amigo en relación con sus investigaciones en el Evangelio de san Juan.

—Su eminencia me ha facilitado su primer informe: esta nota muestra que entre usted y el francés existe una relación de confianza amistosa. ¡Pero es insuficiente, monseñor, completamente insuficiente! ¡No puedo creer que no le haya dicho nada más sobre la naturaleza de los trabajos que desarrolla con talento desde hace tanto tiempo!

—No creí que los pormenores de una conversación en la que se tocaron mil temas pudiera interesar hasta ese punto al cardenal.

—Todos los pormenores, monseñor. Debe ser más preciso y menos reservado en su rendición de cuentas. Esto hará ganar al cardenal un tiempo precioso, ya que quiere seguir cada uno de los avances de la ciencia; es su deber como prefecto de la Congregación para la Doctrina de la Fe. Esperamos su colaboración, monseñor, y usted sabe por qué... ¿no es cierto?

Un sentimiento que Leeland no pudo controlar, un acceso de odio sordo, le invadió. Apretó los labios y no respondió nada.

—¿Ve este anillo episcopal? —Calfo alargó la mano—. Es una admirable obra maestra, tallada en la época en que aún se conocía el lenguaje de las piedras. La amatista, que eligen la mayoría de los prelados católicos, es espejo de humildad y nos recuerda la ingenuidad de san Mateo. Pero esto es un jaspe, que es reflejo de la fe, asociada a san Pedro. A cada instante, esta piedra me sitúa frente al combate de mi vida: la fe católica. Y precisamente esta fe, monseñor, se ve afectada por los trabajos del padre Nil. No debe ocultar nada de lo que le diga, como ha hecho.

Calfo le despidió en silencio y luego se sentó ante su escritorio. Abrió el cajón y sacó un fajo de hojas arrancadas de un bloc de notas: la transcripción estenográfica de la conversación de la víspera. «Aún soy el único en saber que Leeland no sigue el juego. Antonio ha realizado un buen trabajo.»

Mientras volvía a su despacho a través de los pasillos, Leeland trató de reprimir su cólera. Aquel minutante sabía que había ocultado una parte de su conversación con Nil. ¿Cómo lo sabía?

«¡Nos han escuchado! Me han sometido a escucha, aquí, en el Vaticano.»

De nuevo, en su interior, el odio. Le han hecho sufrir demasiado, han destruido su vida.

Nil se excusó por su retraso al entrar en el minúsculo despacho de Leeland:

—Perdóname, he estado paseando por la plaza…

Se sentó, dejó su bolsa contra la pata de la silla y sonrió.

—He guardado aquí dentro mis notas más preciadas. Tengo que enseñarte mis conclusiones; son provisionales, pero empezarás a comprender…

Leeland le interrumpió con un gesto, garrapateó unas palabras en un pedazo de papel y se lo tendió, llevándose el índice a los labios. Sorprendido, el francés cogió el papel y le echó un vistazo: «Nos escuchan. No digas nada, ya te explicaré. No aquí».

Nil levantó los ojos hacia Leeland, estupefacto. En tono ligero, su amigo comentó rápidamente:

—Y dime, ¿estás bien instalado en San Girolamo? Aquí hemos tenido un buen siroco, ¿no te ha hecho sufrir demasiado?

—Emmm... sí, me ha dolido la cabeza toda la noche. Pero ¿qué...?

—Es inútil que hoy volvamos a la reserva del Vaticano. Quiero mostrarte lo que tengo en mi ordenador, verás el trabajo que ya he hecho. Está todo en casa. ¿Quieres acompañarme ahora? Está a diez minutos de aquí, en la vía Aurelia.

Leeland dirigió al atónito Nil una señal imperiosa con la cabeza y se levantó sin esperar su respuesta.

En el momento en que abandonaban el pasillo para entrar en la escalera, Leeland dejó que Nil pasara delante y se volvió. Del despacho contiguo al suyo vio salir a un minutante que no conocía. El hombre cerró tranquilamente la puerta con llave y caminó en su dirección. Iba vestido con un elegante *clergyman*, y en la oscuridad del pasillo Leeland solo distinguió su mirada negra, a la vez melancólica e inquietante.

Rápidamente se unió a Nil, que le esperaba, aún estupefacto, en los primeros peldaños.

—Bajemos. Deprisa.

46

Atravesaron la columnata de Bernini. Leeland echó una ojeada alrededor y cogió del brazo a Nil familiarmente.

—Amigo mío, esta mañana he tenido la prueba de que nuestra conversación de ayer fue escuchada.

—¡Como en una embajada de la época de los soviéticos!

—El Imperio soviético ya no existe, pero aquí te encuentras en el centro neurálgico de otro imperio. Estoy seguro de lo que te digo, no me preguntes más. *My poor friend*, ¿en qué avispero te has metido?

Caminaron en silencio. El tráfico era extremadamente denso en la vía Aurelia, y hacía imposible cualquier conversación. Leeland se detuvo ante un edificio moderno, que formaba ángulo con una calle adyacente.

—Aquí es, tengo un estudio en el tercer piso. El Vaticano se ocupa del alquiler; mi salario de minutante no bastaría para pagarlo.

Al franquear el umbral del estudio de Leeland, Nil dejó escapar un silbido:

—¡*Monsignore*, qué maravilla!

La gran sala de estar estaba dividida en dos. En la primera zona había un piano de media cola, y un montón de material electroacústico esparcido en torno a él. Una estantería abierta llena de libros delimitaba la segunda parte, con dos ordenadores unidos a anexos de lo más sofisticado: impresoras, escáner y cajetines que Nil fue incapaz de identificar. Leeland invitó a Nil a ponerse cómodo y soltó una risita incómoda.

—Mi abadía americana ha sido quien me ha regalado todo esto, ¡una verdadera fortuna! Estaban furiosos por la forma en que me habían cesado, por razones de política eclesiástica, de mi cargo de abad regularmente elegido. El Vaticano me pide que haga acto de presencia en mi despacho de minutante por la mañana y por la noche. Luego voy a trabajar a la reserva o vuelvo aquí. Breczinsky me ha autorizado a fotografiar ciertos manuscritos, que he escaneado en el ordenador.

—¿Por qué me dijiste que desconfiara de él?

Leeland pareció dudar antes de dar una respuesta:

—Durante nuestros años de estudios romanos veías el Vaticano desde la colina del Aventino, a un kilómetro de aquí: era lejos, Nil, muy lejos. Entonces estabas fascinado por el baile de los prelados en torno al Papa, lo apreciabas como un espectador, orgulloso de pertenecer a una maquinaria que posee una carrocería tan prestigiosa. Ahora ya no eres un espectador: eres un insecto pegado a la tela, atrapado por las arañas, enviscado como una mosca indefensa.

Nil le escuchaba en silencio. Desde la muerte de Andrei presentía que su vida había dado un vuelco, que había entrado en un universo del que no sabía nada. Leeland prosiguió:

—Josef Breczinsky es un polaco, uno de esos que llaman los «hombres del Papa». Totalmente entregado a la persona del Santo Padre, y por tanto desgarrado entre las corrientes que recorren el Vaticano, tanto más violentas cuanto que son subterráneas. Desde hace cuatro años trabajo a diez metros de su despacho, y sigo sin saber nada de él: excepto que lleva el peso de un sufrimiento infinito, que se lee en su rostro. Parece apreciarte; ve con mucho cuidado con lo que le dices.

Nil contuvo el impulso de sujetar a Leeland por el brazo.

—¿Y tú, Remby? ¿Tú también eres un... insecto enviscado en la tela?

Los ojos del estadounidense se empañaron de lágrimas.

—Yo... mi vida está acabada, Nil. Me han destruido porque creí en el amor. Igual que pueden destruirte porque crees en la verdad.

Nil comprendió que no debía insistir. «No hoy. ¡Hay tanta angustia en su mirada!»

El estadounidense se rehízo.

—Me siento del todo incapaz de colaborar en tus trabajos eruditos, pero haré todo lo posible por ayudarte: ¡los católicos siempre han querido ignorar que Jesús era judío! Aprovecha tu inesperada estancia en Roma, los manuscritos gregorianos esperarán si hace falta.

—Cada día iremos a trabajar a la reserva, para no despertar sospechas. Pero estoy decidido a continuar las investigaciones de Andrei. Su nota hablaba de cuatro pistas por explorar. Una de ellas hace referencia a una losa recientemente descubierta en la iglesia de Germigny, con una inscripción que data de la época de Carlomagno. Tomamos apresuradamente una foto de frente, porque la inscripción había sorprendido mucho a Andrei. Tengo el negativo aquí. ¿Crees que con tu material informático podrás sacar algo de él?

Leeland parecía aliviado: hablar de temas técnicos le permitía escapar de los fantasmas que acababa de evocar.

—¡No te imaginas lo que puede hacer un ordenador! Si tiene en su memoria los caracteres de una lengua, sabe reconstruir las letras o palabras a partir de un texto maltratado por el tiempo. Enséñame tu negativo.

Nil cogió la bolsa y tendió el carrete a su amigo. Pasaron al otro lado de la habitación. Leeland encendió los cajetines y los pilotos de los aparatos empezaron a parpadear. Abrió uno de los dos.

—Escáner láser, última generación.

Quince segundos más tarde, la losa apareció en la pantalla. Leeland manejó el ratón, tecleó algo, y la superficie de la imagen empezó a ser barrida con movimientos regulares por un pincel luminoso.

—Tardará veinte minutos. Mientras trabaja, ven al lado del piano, te tocaré el *Children's Corner*.

Mientras Leeland, con los ojos cerrados, hacía nacer bajo sus dedos la delicada melodía de Debussy, el pincel del ordenador pasaba incansablemente ante la reproducción de una misteriosa inscripción carolingia.

Fotografiada en el crepúsculo del siglo XX, aquella imagen había conducido a la muerte al monje que la había fijado en el cliché.

En el mismo momento, monseñor Calfo cogía su teléfono móvil:

—¿Han abandonado el despacho de la Congregación y han salido inmediatamente hacia el piso del americano? Bien, quédese por allí, vigile discretamente sus movimientos y esta noche hágame un informe.

Calfo palpó maquinalmente el rombo oblongo de su jaspe verde.

47

En la pantalla del ordenador, la inscripción de la losa de Germigny aparecía ahora con una gran nitidez.

—Mira, Nil, es perfectamente legible. Son caracteres latinos, el ordenador los ha reconstruido. Y ahí, al principio y al final del texto, hay dos letras griegas, alfa y omega, que ha identificado sin posibilidad de error.

—¿Puedes imprimírmelo?

Nil contempló la inscripción pasada a papel. Leeland esperó a que tomara la palabra.

—Efectivamente es el texto del símbolo de Nicea, el Credo. Pero está dispuesto de una forma totalmente incomprensible...

Acercaron sus sillas. «Como en otro tiempo, cuando me encontraba con él en su habitación para estudiar codo con codo bajo la misma lámpara.»

—¿Por qué han añadido la letra alfa antes de la primera palabra del texto, y la letra omega antes de la última? ¿Por qué incorporar artificialmente estas dos letras, la primera y la última del alfabeto griego, a un texto escrito en latín y considerado intocable? ¿Por qué han cortado las palabras sin atender a su significado? Solo encuentro una explicación: no hay que preocuparse del sentido, ya que no lo tiene, sino de la manera en que se ha dispuesto el texto. Andrei me dijo que nunca había visto algo así: sin duda sospechó que esta partición tenía un significado particular, y tuvo que venir a Roma para darse cuenta de que el Credo así modificado tenía algo que ver con los otros tres indicios que mencionó en su nota. De momento solo he descifrado uno, el manuscrito copto.

—Aún no me has hablado de él...

—Porque he descubierto lo que quieren decir las palabras, pero no el sentido del mensaje. Y tal vez el sentido se encuentre en la disposición incomprensible de este texto grabado en el siglo VIII.

Nil reflexionó, y luego continuó:

—Sabes que, para los griegos, alfa y omega significaban el principio y el fin de los tiempos...

—¿Como en el Apocalipsis de san Juan?

—Exacto. Cuando el autor del Apocalipsis escribe «Vi un cielo nuevo y una tierra nueva», hace decir a Cristo, que se le aparece en su gloria:

Yo soy el alfa y la omega,
el Primero y el Último
el principio y el fin.

»La letra alfa significa que un nuevo mundo empieza, y la letra omega que este mundo durará por toda la eternidad. Enmarcada por estas dos letras, la extraña partición del texto aludiría, pues, a un nuevo orden del mundo, que no podría ser modificado en ningún caso: «un cielo nuevo y una tierra nueva», algo que debe durar hasta el fin de los tiempos.

—¿El alfa y la omega son símbolos bíblicos frecuentes?

—En absoluto. Solo se encuentran en el Apocalipsis, del que la tradición afirma que su autor fue Juan. Se puede pensar, pues, que si este texto está encajado así entre el alfa y la omega, su disposición tendrá algo que ver con el Evangelio de san Juan.

Nil se levantó y fue a plantarse ante la ventana cerrada.

—Una disposición del texto independiente del sentido de las palabras, en relación con el Evangelio atribuido a Juan. No puedo decir nada más mientras no me encuentre sentado ante mi mesa para darle la vuelta a esta inscripción en todos los sentidos, como debió de hacer Andrei. En todo caso, todo gira en torno al cuarto Evangelio, y por eso mis investigaciones interesaban tanto a mi amigo.

Nil indicó a Leeland que se uniera a él junto a la ventana.

—Mañana no me verás: me encierro en mi habitación de San Girolamo, y no saldré hasta que haya encontrado el sentido de esta inscripción. Volveremos a vernos pasado mañana; espero que para entonces todo esto se haya aclarado un poco. Luego tendrás que dejarme utilizar internet, tengo que hacer una búsqueda en las grandes bibliotecas de todo el mundo.

Con la barbilla señaló la punta de la cúpula de San Pedro, que emergía por encima de los tejados.

—Andrei tal vez murió porque había dado con algo que amenazaba a eso...

Si en lugar de mirar la cúpula del Vaticano, los dos amigos hubieran echado una ojeada a la calle, habrían podido ver allí a un hombre joven que fumaba despreocupadamente, protegido del frío de diciembre en una puerta cochera. Como cualquier paseante ocioso, el hombre llevaba un pantalón claro y una chaqueta gruesa.

Sus ojos negros no dejaban de observar el tercer piso del edificio de la vía Aurelia.

48

Aquella noche, ya muy tarde, el despacho de Catzinger era el único que seguía iluminado en el edificio de la Congregación. El cardenal hizo entrar a Calfo y se dirigió a él en tono imperioso:

—Monseñor —el cardenal sostenía en la mano una simple hoja de papel—, esta tarde he recibido el segundo informe de Leeland. Este hombre se burla de nosotros. Según él, hoy solo han hablado de canto gregoriano. ¿Y usted me dice que han permanecido encerrados en su piso de la vía Aurelia toda la mañana?

—Hasta las catorce, eminencia, hora en la cual el francés abandonó el lugar para volver a San Girolamo, donde se encerró en su habitación. Mis informaciones son absolutamente fiables.

—No quiero conocer la fuente. Arrégleselas para saber lo que dicen en el piso de Leeland: debemos estar informados de lo que ese francés se trae entre manos. ¿Me he explicado bien?

Al día siguiente, muy de mañana, un turista parecía interesarse por los capiteles esculpidos del Teatro di Marcello, que delimita el emplazamiento del mercado de los bueyes de la antigua Roma, el Foro Boario. No lejos de allí, el templo de la

Fortuna Virile levanta sus rígidas columnas coronadas por un glande corintio, que recuerdan al visitante advertido el culto a que estaba destinado. Justo al lado se encuentra un pequeño templo redondo consagrado a las vestales, que ofrecían su castidad perpetua a las divinidades de la ciudad y mantenían el fuego sagrado. Al pasar ante aquellos dos edificios contiguos, el turista había esbozado una sonrisa satisfecha: «La fortuna viril y la castidad perpetua. El Eros divinizado junto a la divina pureza: los romanos ya lo habían comprendido. Nuestros místicos no han hecho más que desarrollarlo».

Su pantalón de ciudad no conseguía disimular unas elocuentes posaderas, y si mantenía la mano derecha hundida en el bolsillo de su chaqueta de ante, era para ocultar el hermosísimo jaspe que adornaba su anular. Jamás se separaba de aquella valiosa joya.

Un hombre que llevaba bien visible en la mano una gran guía turística de Roma se acercó a él.

—¡*Salam aleikum*, monseñor!

—*Wa aleikum salam*, Muktar. Aquí está lo convenido por el transporte de la losa de Germigny. Buen trabajo.

De su bolsillo sacó un sobre, que inmediatamente cambió de manos. Muktar al-Quraysh palpó rápidamente el sobre, sin abrirlo, y ofreció a cambio una sonrisa a su interlocutor.

—He ido a inspeccionar el edificio de la vía Aurelia: no hay ningún piso por alquilar. Pero en la segunda planta se vende un estudio justo debajo del apartamento del americano.

—¿Cuánto?

Calfo hizo una mueca al escuchar la cifra: pronto, tal vez, la Sociedad San Pío V no tendría necesidad de contar. Abrió su chaqueta y sacó del bolsillo interior otro sobre, más grande y más grueso.

—Lo visitas enseguida, cierras la compra inmediatamente y pides la llave. Esta tarde retendrán a Leeland en la Congregación; tendrás tres horas para hacer lo necesario.

—¡Monseñor! En una hora los micrófonos estarán instalados.

—¿Tu enemigo preferido ha vuelto a Israel?

—Inmediatamente después de nuestro pequeño viaje. Prepara una gira internacional que empieza con una serie de conciertos aquí, en Roma, con ocasión de la Navidad.

—Perfecto, maravillosa cobertura, tal vez tengas que volver a recurrir a él.

Muktar le dirigió una mirada jocosa.

—¿Y Sonia? ¿Está contento de ella?

Calfo reprimió su irritación y replicó secamente:

—Estoy muy satisfecho, gracias. No perdamos tiempo, *mah salam*.

Los dos hombres se despidieron con una inclinación de cabeza. Muktar cruzó el Tíber por el puente de la Isola, mientras que Calfo cortó por la piazza Navona.

«El cristianismo no podía nacer sino en Roma —pensó mientras contemplaba al pasar las creaciones de Bernini y de Brunelleschi, opuestas en un dramático cara a cara—. El desierto conduce a lo inexpresable; pero para expresarse en la encarnación, Dios necesita los estremecimientos de la carne.»

49

Qumran, año 68

Sobre el mar Muerto se acumulaban oscuros nubarrones. En aquella depresión, las nubes nunca daban lluvia: anunciaban una catástrofe.

Iojanan indicó a su compañero que siguiera avanzando. Silenciosamente se acercaron a la muralla. Una voz gutural les dejó clavados donde estaban:

—¿Quién va?

—*Bene Israel!* Judíos.

El hombre que les había forzado a detenerse les miró con suspicacia.

—¿Cómo habéis llegado hasta aquí?

—Por la montaña, y luego a través de las plantaciones de Ein Feshka. Es el único acceso posible: los legionarios rodean Qumran.

El hombre escupió al suelo.

—¡Hijos de las tinieblas! ¿Qué venís a hacer aquí, a buscar la muerte?

—Llego de Jerusalén, debemos ver a Shimon Ben-Yair. Me conoce, condúcenos hasta él.

Los dos hombres escalaron el muro y se detuvieron, sobrecogidos. Lo que en otro tiempo había sido un lugar apacible de oración y de estudio, ahora era solo una inmensa torre de Babel, con hombres que bruñían armas irrisorias, niños que corrían lanzando aullidos, heridos que gemían tendidos sobre el suelo. Iojanan había estado allí años atrás, acompañando a su padre adoptivo, que disfrutaba del reencuentro con sus amigos esenios. En medio de la creciente penumbra, se detuvo, indeciso, ante un grupo de hombres de edad sentados contra el muro del *scriptorium*, donde tan a menudo había pasado horas mirando cómo los escribas trazaban sobre sus pergaminos los caracteres hebraicos.

El vigía se acercó y deslizó unas palabras al oído de uno de los ancianos. El hombre se incorporó vivazmente y abrió los brazos.

—¡Iojanan! ¿No me reconoces? Es verdad, he envejecido un siglo en un mes. ¿Quién está contigo? Mis ojos están infectados, estoy medio ciego.

—¡Claro que te reconozco, Shimon! Este es Adón, el hijo de Eliezer Ben-Akkai.

—¡Adón! Ven que te abrace… Pero ¿dónde está Osías?

El compañero de Iojanan bajó la cabeza.

—Mi hermano murió en la llanura de Ashkelón, alcanzado por una flecha romana. Yo mismo escapé de milagro a la V legión: sus legionarios son invencibles.

—Serán vencidos, Adón, son los hijos de las tinieblas. Pero nosotros moriremos antes que ellos, Qumran está maduro para la cosecha. Vespasiano ha vuelto a tomar el mando de la X legión Fretensis, que nos rodea; quiere atacar Jerusalén por el sur. Durante todo el día hemos podido seguir sus preparativos. No tenemos arqueros, evolucionan bajo nuestros ojos. Será esta noche.

Iojanan contempló en silencio el espectáculo angustioso de aquellos hombres a los que la historia alcanzaba sin que pudieran escapar de ella. Volvió a tomar la palabra:

—Shimon, ¿has visto a mi *abbu*? He empleado más de tres

meses en atravesar el país. No tengo noticias de él ni de sus discípulos; encontré Pella totalmente abandonada.

Shimon contempló el cielo con sus ojos purulentos: el sol poniente iluminaba las nubes por debajo. «¡El más hermoso espectáculo del mundo, como en la mañana de la creación! Pero esta noche es el fin de nuestro mundo.»

—En su fuga pasó por aquí. Con él iban, al menos, quinientos nazareos, hombres, mujeres y niños. Quería enviarlos a Arabia, hasta las orillas del mar Interior. Tiene razón: si escapan de los romanos, serán perseguidos por los cristianos, que les odian. Nuestros hombres les acompañaron hasta el límite del desierto de Edom.

—¿Mi padre les siguió?

—No, les abandonó en Beer-Sheba y ellos continuaron hacia el sur. Tenemos una pequeña comunidad de esenios en el desierto de Idumea: allá te espera. Pero ¿podrás llegar hasta allí? Acabas de penetrar en una red que oprime entre sus mallas a los hijos de la luz. ¿Quieres vivir el Día con nosotros y entrar en su claridad esta misma noche?

Iojanan se apartó e intercambió unas palabras con Adón.

—Shimon, tengo que ir con mi padre: intentaremos escapar. Pero antes tengo un depósito sagrado que debo poner a resguardo. Ayúdame, te lo ruego.

Se acercó al anciano y le habló al oído. Shimon escuchó con atención y luego asintió con la cabeza.

—Todos nuestros rollos sagrados han sido depositados en grutas inaccesibles si no se conoce la montaña. Uno de nuestros hombres te conducirá allí, pero no podrá subir con vosotros: escucha...

Desde el campo romano ascendían sones de trompeta. «¡Llaman al asalto!»

Shimon dio una orden breve al centinela. Sin decir palabra, el hombre indicó con un gesto a Iojanan y a Adón que le siguieran, mientras una primera lluvia de flechas caía sobre los esenios, entre los aullidos de terror de los niños y las mujeres. Remontaron la corriente de hombres macilentos que se precipitaban hacia el muro oriental y franquearon la puerta que daba a la montaña.

El fin de Qumran acababa de empezar.

Maquinalmente, Iojanan se llevó la mano al cinturón: el bambú hueco que le había entregado su padre en Pella continuaba allí.

Khirbet Qumran está adosada a un alto acantilado; los edificios de la ciudad fueron construidos sobre un llano que domina el mar Muerto. Un complicado sistema de canalizaciones a cielo abierto conducía el agua hasta la piscina central, donde los esenios practicaban sus ritos bautismales.

Iojanan y Adón, precedidos por su guía, siguieron primero el trazado de los canales. Doblados hacia delante, los tres corrieron a saltos sucesivos de un árbol a otro. Tras ellos, muy cerca, les llegaba el fragor de una feroz batalla.

Iojanan, sofocado por el esfuerzo, hizo una seña para pedir un descanso. Ya no era joven… Levantó los ojos. Ante ellos, el acantilado aparecía como una pared desnuda con una impresionante caída vertical. Pero, al mirar con más atención, vio que estaba constituida por enormes concreciones rocosas que dibujaban una red complicada de senderos y torrenteras suspendidas sobre el vacío.

Aquí y allá se distinguían manchas negras: las grutas. A ese lugar habían trasladado los esenios toda su biblioteca. ¿Cómo habían conseguido hacerlo? ¡Aquello parecía inaccesible!

En lo alto del acantilado distinguió los brazos móviles de las catapultas romanas, que iniciaban su balanceo mortífero en dirección al campamento. Una línea de arqueros, que se extendía a lo largo de un centenar de metros, lanzaba sus disparos a un ritmo terrorífico. Iojanan, con el corazón encogido, no volvió la vista atrás.

Su guía les mostró la vía de acceso a una de las grutas.

—Nuestros principales rollos están allá. Yo personalmente he colocado en esta gruta el *Manual de disciplina* de nuestra comunidad. A lo largo de la pared de la izquierda, la tercera jarra a partir de la entrada. Es grande: podrás introducir en ella tu pergamino. ¡Que Dios os guarde! Mi lugar está abajo. *Shalom!*

Siempre doblado hacia delante, salió corriendo de nuevo en la dirección opuesta. Quería vivir el Día con sus hermanos.

Continuaron su progresión. Durante ochocientos metros todavía, avanzaron al descubierto: siguiendo siempre la línea de los árboles a lo largo de los canales, iban saltando de uno a otro. Los zurrones de viaje les golpeaban en la cadera, estorbando sus movimientos.

De pronto, una lluvia de flechas cayó en torno a ellos.

—Adón, allá arriba, nos han visto. ¡Corramos hasta el pie del acantilado!

Pero aquellas dos sombras, sin armas y moviéndose en sentido inverso a la batalla, pronto dejaron de interesar a los arqueros romanos. Sin aliento, llegaron al fin a la seguridad relativa de la base del acantilado. Ahora había que subir.

Entre las aglomeraciones rocosas descubrieron pistas trazadas por las cabras. Cuando llegaron a la gruta, caía la noche.

—Rápido, Adón: ¡solo nos quedan unos minutos de luz!

La entrada de la gruta era tan estrecha que se vieron obligados a entrar deslizándose con los pies por delante. Curiosamente, el interior parecía más luminoso que el exterior. Sin decir palabra, los dos hombres avanzaron palpando el suelo en el lado izquierdo: varios conos emergían de la arena. Jarras de tierra cocida, enterradas a media altura, cerradas con una especie de tapa en forma de cuenco.

Ayudado por Adón, Iojanan abrió con precaución la tercera jarra a partir de la entrada. En el interior, un rollo envuelto en trapos untados con engrudo ocupaba la mitad del espacio. Respetuosamente abrió la caña hueca que había sacado del cinturón y extrajo una simple hoja de pergamino cerrada con un cordón de lino. La deslizó en la jarra de modo que no se pegara al engrudo del rollo. Luego volvió a colocar la tapa y acumuló arena hasta la altura del cuello.

«Ya está. Ahora podemos morir, *abbu*: tu epístola estará más segura aquí que en ningún otro lugar. Aunque los cristianos consigan hacer desaparecer todas las copias que he encargado, el original está a resguardo.»

Desde la entrada de la gruta divisaron Qumran, donde el incendio de los edificios dejaba adivinar un escenario de horror. Los cuadros de legionarios avanzaban metódicamente hacia la muralla, la cruzaban y limpiaban todo el espacio interior. Detrás solo quedaban cadáveres de hombres, mujeres y niños degollados. Los esenios ya no se defendían. En torno a la piscina central distinguieron una masa confusa, arrodillada. En el centro, un hombre con vestiduras blancas levantaba los brazos al cielo. «¡Es Shimon, que pide al Eterno que acoja en este mismo momento a los hijos de la luz!»

Se volvió hacia Adón.

—Tu hermano y tú transportasteis el cadáver de Jesús hasta el lugar donde reposa. Osías ha muerto: ahora tú eres el único en saber dónde se encuentra la tumba, con mi *abbu*. Su epístola estará segura aquí: si Dios reclama nuestra vida, habremos hecho lo que teníamos que hacer.

La oscuridad invadía la depresión del mar Muerto. Todo el entorno de Qumran estaba vigilado. La única salida posible era el oasis cercano de Ein Feshka, por donde habían venido. En el momento en que llegaban a él, distinguieron a un grupo armado de antorchas que se acercaba. Los hombres les gritaron, en un mal hebreo:

—¡Alto! ¿Quiénes sois?

Se pusieron a correr, y una lluvia de flechas trató de alcanzarlos. Iojanan huía tan rápido como lo permitían sus fuerzas, buscando la protección de los primeros olivos, con la bolsa golpeándole el costado, cuando oyó un grito sordo justo tras él.

—¡Adón! ¿Estás herido?

Volvió atrás, se inclinó hacia su compañero: una flecha romana estaba plantada entre sus omoplatos. Adón aún tuvo fuerzas para murmurar:

—¡Vete, hermano! ¡Vete, y que Jesús esté contigo!

Agazapado en un bosquecillo de olivos, Iojanan vio desde lejos cómo los legionarios remataban con sus espadas al segundo hijo de Eliezer Ben-Akkai.

Ahora un solo hombre sabía dónde se encontraba la tumba de Jesús.

50

Nil caminaba con paso alegre: un sol radiante se deslizaba entre los altos muros que bordean la vía Salaria. El exegeta había pasado todo el día anterior encerrado en su habitación, y había compartido las comidas de los monjes sin asistir a sus escasos oficios litúrgicos, despachados con la máxima rapidez. Solo había tenido que soportar la charla inagotable del padre Jean mientras tomaban un café en el claustro.

—Todos aquí conocimos los grandes días de San Girolamo, cuando esperábamos ofrecer al mundo una nueva versión de la Biblia en latín. Pero ahora, desde que la modernidad nos condenó, trabajamos en el vacío, y la biblioteca ha quedado abandonada.

«No es solo la modernidad: tal vez sea también la verdad la que os condena», pensó Nil, mientras engullía un líquido que insultaba a Roma, la ciudad donde se degusta el mejor café del mundo.

Pero aquella mañana se sentía ligero, y casi había olvidado el ambiente oprimente en que se encontraba sumergido desde su llegada, esa desconfianza de todos hacia todos, y la confidencia de Leeland: «Mi vida está acabada, han destruido mi vida». ¿Qué se había hecho del gran estudiante, a la vez grave e infantil, que posaba sobre cada cosa y sobre cada ser una mirada de optimismo inalterable, tan indestructible como su fe en Estados Unidos?

Nil se había peleado con la inscripción de la losa, le había dado la vuelta en todos los sentidos. Y cuando ya estaba a punto de abandonar, había tenido la idea de confrontar el texto misterioso con el manuscrito copto. Aquello había sido una iluminación. Una de las dos frases le había permitido alcanzar la solución al inicio de la noche.

Andrei estaba en lo cierto: había que situarlo todo en perspectiva. Aproximar elementos dispares, escritos cada uno en una época diferente: el siglo i para el Evangelio, el iii para el manuscrito, el viii para Germigny. Empezaba a entrever un hilo conductor.

No debía soltar ese hilo. «La verdad, Nil. Para encontrarla precisamente entró en esta abadía.» La verdad vengaría a Andrei.

Cuando entró en el estudio de la vía Aurelia, Leeland, con todas las luces encendidas, tocaba un *Étude* de Chopin. Al ver a ese hombre que le recibía con rostro sonriente, a Nil se le hizo difícil creer que fuera el mismo que dos días antes le había hecho entrever un abismo de desesperación.

—Durante años, en Jerusalén, pasé mucho tiempo junto a Arthur Rubinstein, que acababa allí sus días: una decena de estudiantes, israelíes, extranjeros, nos reuníamos en su casa. Tuve el privilegio de verle trabajar este *Étude*. Y bien, ¿has conseguido comprender el jeroglífico?

Nil indicó a Leeland que se sentara a su lado.

—Todo se aclaró cuando tuve la idea de numerar una a una las líneas de la inscripción. Este es el resultado:

1 *αcredo in deum patrem om*
2 *nipotentem creatorem cel*
3 *i et terrae et in iesum c*

4 *ristum filium ejus unicu*
5 *m dominum nostrum qui co*
6 *nceptus est de spiritu s*
7 *ancto natus ex maria vir*
8 *gine passus sub pontio p*
9 *ilato crucifixus mortuus*
10 *et sepultus descendit a*
11 *d inferos tertia die res*
12 *urrexit a mortuis ascend*
13 *it in coelos sedet ad dex*
14 *teram dei patris omnipot*
15 *entis inde venturus est*
16 *iudicare vivos et mortuo*
17 *s credo in spiritum sanc*
18 *tum sanctam ecclesiam ca*
19 *tholicam sanctorum commu*
20 *nionem remissionem pecca*
21 *torum carnis resurrectio*
22 *nem vitam eternam amen.ω*

—Veintidós líneas… —murmuró Leeland.

—Exactamente veintidós. Entonces me planteé de nuevo la primera pregunta: ¿por qué se añadió un alfa y una omega al inicio y al final del texto?

—Ya me lo has dicho: para grabar en el mármol un nuevo orden del mundo, inmutable, para toda la eternidad.

—Sí, pero he podido ir mucho más lejos. Cada línea por sí sola no tiene ningún significado, pero contando el número de signos —es decir, las letras y los espacios—, me he dado cuenta de que todas tienen la misma longitud, exactamente veinticuatro signos. Primera conclusión: esto es un *código numérico*, es decir, basado en la simbología de los números, una costumbre muy extendida en la Antigüedad y a inicios de la Edad Media.

—¿Un código numérico? ¿Y qué es eso?

—¿Sabes que 12 y 12 suman 24?

Leeland lanzó un silbido:

—Me inclino ante tu genio: ¡todo un día para llegar a este resultado!

—No te burles, y fíjate bien. La base numérica de este código es la cifra 12, que simboliza en la Biblia la perfección del pueblo elegido: doce hijos de Abraham, doce tribus de Israel, doce apóstoles. Si doce representa la perfección, dos veces doce significa el absoluto de esta perfección. Por ejemplo, en el Apocalipsis. Dios, en su majestad, aparece rodeado de veinticuatro ancianos, dos veces doce. Cada línea de la inscripción contiene dos veces doce signos: es, pues, absolutamente perfecta. Pero faltan dos letras para poder obtener líneas regulares de veinticuatro signos: para llegar a este resultado, se añadieron al principio la letra alfa, y al final la letra omega. Así se mataban dos pájaros de un tiro, porque al mismo tiempo se introducía una alusión transparente al Apocalipsis de san Juan: «Yo soy el alfa y la omega, el principio y el final». Mediante su código, el texto instaura un mundo nuevo, inmutable. ¿Me sigues?

—Hasta aquí sí.

—Si dos veces doce representa la perfección absoluta, el cuadrado de esta perfección, es decir, veinticuatro veces veinticuatro, es la perfección eterna: en el Apocalipsis, la muralla de la Jerusalén celeste —la ciudad eterna— mide ciento cuarenta y cuatro codos, que es un cuadrado de doce. Para que represente la perfección eterna según este código particular, el Credo tendría que estar dispuesto en veinticuatro líneas de veinticuatro signos cada una: un cuadrado perfecto. ¿De acuerdo?

—¡Pero solo hay veintidós líneas!

—Justamente, faltan dos líneas para formar el cuadrado perfecto. Pero resulta que el texto adoptado en el concilio de

Nicea contiene doce profesiones de fe. Una leyenda muy antigua explica que la noche de la última cena, celebrada en la sala alta, cada uno de los doce apóstoles consignó por escrito una de estas profesiones de fe. Eso suponía garantizar, de forma ingenua, el origen apostólico del Credo. Doce apóstoles, doce profesiones de fe, en doce frases distribuidas cada una en dos líneas de veinticuatro signos: en el lenguaje riguroso de un código numérico, se hubiera tenido que obtener un cuadrado perfecto, veinticuatro líneas de veinticuatro signos. Y como ves, solo hay veintidós líneas: ¡el cuadrado no es perfecto, falta un apóstol!

—¿Adónde quieres ir a parar?

—Al llegar a la sala alta, la noche de la última cena, son doce con Jesús, además del prestigioso anfitrión, el discípulo bienamado: trece hombres para dar testimonio. En medio de la cena, Judas abandona el lugar para ir a preparar el arresto de su Maestro: quedan doce hombres. Pero uno de estos doce será luego ferozmente eliminado de todos los textos y de la memoria. Este no puede ser contado entre el número de los apóstoles, de los que fundarán la Iglesia sobre su testimonio. Hay que apartarlo a cualquier precio, para que nunca pueda ser considerado como uno de los Doce. Distribuir el texto en veinticuatro líneas hubiera sido admitir que este personaje (también él) había redactado esa noche una de las doce profesiones de fe del Credo. Era, pues, autentificar su testimonio al mismo nivel que el de los otros apóstoles. La doble línea que falta, Rembert, es el lugar vaciado del testigo que se encontraba tendido al lado de su Maestro el jueves 6 de abril del 30 por la noche, pero que fue expulsado del grupo de los Doce en la fundación de la Iglesia. ¡Es la confesión implícita de que efectivamente había, junto a Jesús, un decimotercer apóstol!

Nil abrió su expediente y sacó la fotocopia del manuscrito copto, que tendió a Leeland.

—Esta es mi traducción de la primera frase, «La regla de fe de los doce apóstoles contiene el germen de su destrucción». Es decir, que si el discípulo bienamado hubiera añadido su testimonio al de los once apóstoles (si hubiera habido veinticuatro líneas en lugar de veintidós), el Credo habría sido destruido, y aniquilada la Iglesia que se funda sobre él. Esta inscripción graba en el mármol, en el siglo VIII, la eliminación de un hombre: el decimotercer apóstol. Muchos otros, en el curso de los siglos, se opusieron a la divinización de Jesús, pero ninguno fue perseguido por un odio tan duradero. Existe, pues, en él algo particularmente peligroso, y me pregunto si Andrei no murió porque había descubierto ese algo.

Leeland se levantó y tocó unos acordes al piano.

—¿Crees que el texto del Credo estuvo codificado desde su origen?

—Evidentemente no. El concilio de Nicea se celebró en el año 325, bajo la vigilancia del emperador Constantino, que exigía que la divinidad de Jesús fuera impuesta definitivamente a toda la Iglesia. Había que vencer al arrianismo, que rechazaba esta divinización y ponía en peligro la unidad del Imperio. Disponemos de algunas actas de las discusiones, y nada indica que la elaboración del símbolo, que, por otra parte, se inspira en un texto más antiguo, obedeciera a consideraciones que no fueran puramente políticas. No, la necesidad de codificar este texto, y de grabarlo en una losa colocada a la vista en una iglesia imperial, se hizo sentir mucho más tarde, a principios de una Edad Media impregnada de esoterismo. Porque se quería reafirmar, mucho tiempo después pero una vez más, la eliminación de un testimonio que se juzgaba extremadamente peligroso.

—¿Y crees de verdad que los campesinos incultos del valle del Loira, cuando entraban en la iglesia de Germigny, podían comprender el sentido de la inscripción que tenían ante sus ojos?

—Sin duda no, los códigos numéricos siempre son muy complicados y solo pueden ser comprendidos por unos pocos iniciados (que, por otra parte, saben ya lo que contiene el código). No están hechos, como los capiteles de nuestras iglesias románicas, para enseñar al pueblo, sino para una minoría que disfruta del conocimiento iniciático. No, esta losa fue grabada por el poder imperial para recordar a la élite que compartía una parte de ese poder (en especial los obispos) cuál era su misión: mantener por toda la eternidad, «alfa y omega», la creencia en la divinidad de Jesús afirmada por el Credo, la que funda la Iglesia y que constituía la principal defensa de la autoridad imperial.

—¡Es increíble!

—Lo increíble es que, a partir de finales del siglo I, parece ponerse en marcha una especie de conjura para ocultar un secreto ligado al decimotercer apóstol. Esta conjura reaparece periódicamente. Tenemos un testimonio de ella en el siglo III en el manuscrito copto, un segundo en el siglo VIII en la inscripción de Germigny, y tal vez existan otros: no he acabado mi trabajo. Un secreto guardado por las clases dirigentes religiosas, que recorre la historia de Occidente y que estoy a punto de desvelar después de Andrei. Solo sé una cosa, y es que este secreto podría poner en cuestión lo esencial de la fe defendida por la jerarquía de la Iglesia.

Leeland calló bruscamente, como un animal que vuelve a encerrarse en su madriguera. En su caso, había sido su vida la cuestionada por esa jerarquía. Se levantó y se puso el abrigo.

—Vamos al Vaticano, nos hemos retrasado… ¿Qué piensas hacer?

—A partir de mañana, sentarme ante tu ordenador y navegar por internet. Quiero buscar dos obras de los padres de la Iglesia, identificadas solo por su signatura Dewey, que se encuentran en el fondo de una biblioteca en algún lugar del mundo.

En el segundo piso, Muktar había escuchado toda la conversación. Habían retirado el «En venta» de la puerta del estudio, y había tenido tiempo de instalarse durante la víspera. El material electrónico estaba dispuesto sobre una mesa de madera blanca, y había hilos por todas partes. Uno de esos hilos atravesaba el techo y salía del otro lado justo bajo una de las patas del piano de media cola. Un micrófono del tamaño de una lenteja se encontraba disimulado en su charnela. Para distinguirlo, hubiera habido que desmontar completamente el piano.

Los magnetofones conectados a este hilo giraban desde la llegada de Nil al piso superior.

Muktar, con los auriculares en las orejas, no se había perdido ni una palabra de la conversación, aunque no había entendido demasiado. En cualquier caso, eso no afectaba a su verdadera misión. Retiró la cinta magnética del segundo magnetofón: esa iría al Vaticano, y se la haría pagar a Calfo. La primera era para la universidad al-Azhar de El Cairo.

51

—Hermanos...

Era la primera reunión de la Sociedad San Pío V desde la admisión del nuevo hermano. Modestamente, Antonio ocupaba la plaza del duodécimo apóstol en el extremo de la mesa.

—Hermanos, estoy en condiciones de desvelaros una de las pruebas del secreto que tenemos por misión proteger; sacada a la luz recientemente, se encuentra desde hace poco en nuestra posesión. Me refiero a la inscripción colocada por el emperador Carlomagno en la iglesia de Germigny, cuyo sentido oculto solo podía ser comprendido por unos pocos eruditos. Tengo la satisfacción de presentarla ahora a fin de que sea objeto de vuestra devoción. Segundo y tercer apóstol, por favor...

Dos hermanos se levantaron y se colocaron ante el crucifijo, a la derecha y a la izquierda del rector. Este cogió el clavo que atravesaba los pies del Maestro y sus dos acólitos hicieron lo mismo con los clavos fijados en su mano derecha y en su mano izquierda. A una señal del rector, cada uno hizo girar su clavo conforme a una cifra.

Se escuchó un chasquido, y el panel de caoba se deslizó a un lado dejando ver una cavidad donde se habían colocado tres estantes. El de abajo, al nivel del suelo, contenía una losa de piedra colocada verticalmente.

—Hermanos, podéis aproximaros para la veneración.

Los apóstoles se levantaron y fueron a arrodillarse por turno ante la losa. La superficie de la piedra había sido limpiada y el texto latino del Credo de Nicea, distribuido en veintidós líneas de igual longitud y enmarcado por dos letras griegas, era perfectamente legible. Cada uno de los hermanos se inclinó profundamente, se levantó el velo y posó los labios sobre el alfa y la omega, para levantarse luego y besar el anillo episcopal del rector, que había permanecido en pie bajo el crucifijo.

Cuando le llegó el turno, Antonio sintió una gran emoción. Era la primera vez que veía la caja abierta. En el interior se hallaban dos pruebas materiales del secreto cuya preservación justificaba por sí sola la existencia de la Sociedad de los Doce. Encima de la losa, en el estante central, una arquilla de madera preciosa brillaba suavemente. ¡EL TESORO DE LOS TEMPLARIOS! Pronto, el próximo viernes 13 del calendario, se ofrecería a la veneración de los hermanos.

El estante superior estaba vacío.

Se levantó y posó también los labios en el anillo del rector. Salpicado de motitas rojo oscuro, el jaspe, de un color verde intenso, tallado en forma de rombo oblongo, estaba engarzado en una montura de plata cincelada que le daba la forma de un ataúd en miniatura. ¡EL ANILLO DEL PAPA GHISLIERI! Con el corazón palpitante volvió a ocupar su lugar en el duodécimo asiento mientras el rector empujaba el panel de caoba, que se cerró automáticamente con un chasquido.

—Hermanos, el estante superior de este receptáculo deberá albergar un día el más preciado de los tesoros. Los que aquí poseemos son tan solo una sombra o un reflejo de este gran tesoro del que sospechamos que existe, aunque ignoramos todavía dónde se encuentra. La misión en curso tal vez nos permita recuperarlo para colocarlo bajo nuestra vigilancia, por fin seguro. Entonces tendremos realmente los medios necesarios para cumplir el objetivo por el que hemos consagrado nuestra vida al Señor: la protección de la identidad del Cristo resucitado.

—¡Amén!

La alegría iluminaba la mirada de los Once mientras su rector volvía a ocupar su puesto a la derecha del trono central recubierto de terciopelo rojo.

—He relevado al duodécimo apóstol de la tarea de escuchar las entrevistas de los dos monjes: esta vigilancia necesita unos tiempos de presencia que le hubieran inmovilizado inútilmente. Mi agente palestino se ocupa de eso, y pronto estaré en situación de informaros del contenido de las primeras cintas magnéticas, que estoy analizando. El duodécimo apóstol vigilará discretamente la reserva del Vaticano. El padre Breczinsky aún no le conoce, lo que facilitará las cosas. Por el momento mantengo un control total sobre las informaciones que recibe el cardenal. En cuanto al Santo Padre, seguimos manteniéndole apartado por completo de estas preocupaciones, demasiado pesadas para él.

Los Once inclinaron la cabeza en señal de aprobación. Aquella misión debía ser llevada con gran precisión: el rector sabría actuar con eficacia.

52

Desierto de Idumea, año 70

—¿Has dormido, *abbu*?

—Desde que llegué a este desierto, en espera de tu retorno, velo por la vida que tiembla en mí. Ahora que he vuelto a verte, puedo partir para otro sueño... ¿Y tú?

El brazo izquierdo de Iojanan colgaba, inerte, y profundas cicatrices surcaban su torso desnudo. El hombre miró con inquietud al anciano, con el rostro marcado por la enfermedad. Sin responderle, se sentó con dificultad junto a él.

—Después de haber rematado a Adón, los legionarios me alcanzaron en el oasis de Ein Feshka y me abandonaron sobre el terreno dándome por muerto. Esenios fugitivos que habían conseguido escapar de la toma de Qumran y la matanza que siguió me cargaron sobre sus hombros: yo estaba inconsciente, pero vivo. Durante meses me cuidaron en la comunidad del desierto de Judea donde habían encontrado refugio. En cuanto pude andar, les supliqué que me acompañaran aquí para verte. No imaginas lo que ha sido mi viaje a través de este desierto.

El decimotercer apóstol, tendido sobre una simple estera ante la boca de una gruta, recorrió con la mirada el profundo desfiladero que se abría ante ellos, excavado por la erosión en las rocas rojas y ocres. Muy lejos se distinguía la cadena montañosa que culmina en el Oreb, donde Dios había dado en otro tiempo su Ley a Moisés.

—Los esenios... Sin ellos Jesús no hubiera vivido en el desierto los cuarenta días de soledad que le transformaron. Sin ellos yo no le hubiera encontrado junto al Bautista, y él no hubiera conocido a Nicodemo, a Lázaro, a mis amigos de Jerusalén. En una de las jarras de sus grutas en Qumran has depositado mi epístola... ¡les debemos tanto!

—Más de lo que crees. En el desierto de Judea siguen copiando los manuscritos más diversos. Antes de que les dejara, me entregaron esto. —Dejó al borde de la estera un fajo de pergaminos—. Es tu Evangelio, padre, tal como circula ahora en todo el Imperio romano. Te lo he traído para que lo leas.

El anciano levantó una mano: parecía economizar fuerzas en cada gesto.

—La lectura me agota ahora. ¡Léemelo tú!

—Su texto es mucho más largo de lo que era tu relato. Ya no corrigen, inventan. Tal como me lo describiste, Jesús se expresaba como judío, para judíos...

Un poco de color volvió a las mejillas del decimotercer apóstol, que cerró los ojos como si reviviera escenas profundamente grabadas en su memoria.

—Escuchar a Jesús era oír el rumor del viento en las colinas de Galilea, era ver las espigas inclinadas antes de la siega, las nubes que recorren el cielo sobre nuestra tierra de Israel... Cuando Jesús hablaba, Iojanan, era el flautista en la plaza del mercado, el aparcero contratando a sus obreros, los invitados a la entrada del banquete de bodas, la novia arreglada para su prometido... Era todo Israel en su carne, sus alegrías y sus penas, la rubia dulzura de las noches a la orilla del lago. Era una música salida de nuestra tierra que nos elevaba hacia su Dios y nuestro Dios. Escuchar a Jesús era recibir, como un agua pura, la ternura de los profetas envuelta en el canto misterioso de los salmos. ¡Oh, sí! ¡Él era un judío que hablaba a judíos!

—Ahora atribuyen a este Jesús que tú conociste largos discursos al estilo de los filósofos gnósticos. Y hacen de él el Logos, el Verbo eterno. Dicen que «todo fue por él, y sin él nada hubiera sido».

—¡Detente!

De sus ojos cerrados cayeron dos lágrimas que descendieron lentamente por las mejillas hundidas, comidas por la barba.

—¡El Logos! ¡El divino anónimo de los filósofos del mercado, que pretenden haber leído a Platón y arengan a multitudes ociosas para metérselas en el bolsillo junto con algunas monedas de plata! Ya los griegos habían transformado en dios al herrero Vulcano, en diosa a la prostituta Venus, en dios también a un marido celoso, y en dios de nuevo a un barquero. ¡Oh, qué fácil es, un dios con rostro de hombre, y cómo gusta al público! Al divinizar a Jesús nos devuelven a las tinieblas del paganismo, de donde Moisés nos había hecho salir.

Ahora lloraba quedamente. Tras un momento de silencio, Iojanan continuó:

—Algunos de tus discípulos se han unido a la Iglesia nueva, pero otros han permanecido fieles a Jesús el nazareno. A esos les expulsan de las asambleas cristianas, les persiguen, y algunos incluso han sido asesinados.

—Jesús nos había prevenido: «Os expulsarán de las asambleas, os entregarán al tormento y os matarán…». ¿Tienes noticias de los nazareos que tuve que abandonar para refugiarme aquí?

—Sí, he podido informarme a través de los caravaneros. Después de abandonar Pella contigo, continuaron su éxodo hasta un oasis de la península árabe, que se llama, creo, Bakka (una etapa en la ruta comercial del Yemen). Los beduinos que lo habitan adoran piedras sagradas, pero se reconocen hijos de Abraham como nosotros. ¡Una simiente nazarena está plantada ahora en tierra de Arabia!

—Está bien, allá estarán seguros. ¿Y Jerusalén?

—Sitiada por Tito, el hijo del emperador Vespasiano. Todavía resiste, pero quién sabe por cuánto tiempo...

—Tu sitio está allí, hijo: mi camino acaba en este lugar. Vuelve a Jerusalén, ve a defender nuestra casa del barrio oeste. Tienes una copia de mi epístola, hazla circular. ¿Te escucharán tal vez? En todo caso, no podrán transformarla, como han hecho con mi Evangelio.

El anciano murió dos días más tarde. Por última vez esperó al alba. Cuando las llamas del sol le envolvieron, pronunció el nombre de Jesús y dejó de respirar.

En el fondo de un valle del desierto de Idumea, un sarcófago de piedras secas, simplemente depositadas sobre la arena, señalaba ahora la tumba de quien fue el discípulo bienamado de Jesús el nazareno, el decimotercer apóstol que fue su íntimo amigo y su mejor testigo. Con él desaparecía para siempre la memoria de una tumba similar, situada en algún lugar de ese desierto. Una tumba que contiene, todavía hoy, los restos de un justo, injustamente crucificado por la ambición de los hombres.

Iojanan pasó toda la noche sentado a la entrada del valle. Cuando en el cielo translúcido ya solo vio brillar la estrella del alba, se levantó y partió hacia el norte acompañado por dos esenios.

53

—¡Es la primera vez que identifico tan claramente la influencia directa de una melodía rabínica en un canto medieval! Inclinados desde hacía dos horas sobre la mesa de vidrio de la reserva, los dos monjes acababan de comparar palabra por palabra un manuscrito de canto gregoriano y uno de música sinagogal, ambos anteriores al siglo xi y compuestos a partir del mismo texto bíblico. Leeland se volvió hacia Nil.

—¿Se encontrará realmente el canto de la sinagoga en el origen del canto de la Iglesia? Voy a buscar el texto siguiente a la sala de los manuscritos judíos. Descansa mientras me esperas.

Aquella mañana Breczinsky les había recibido con su discreción habitual, pero había aprovechado un momento de ausencia de Leeland para decirle a Nil en voz baja:

—Si puede… Querría hablar con usted un instante hoy.

Su puerta estaba a unos metros. Nil, que se había quedado solo ante la mesa, dudó un instante. Luego se sacó los guantes y se dirigió hacia el despacho del polaco.

—Siéntese, por favor.

La habitación, austera y triste, parecía hecha a imagen de su ocupante. Estanterías llenas de archivadores alineados y, sobre el escritorio, la pantalla de un ordenador.

—Cada uno de nuestros preciosos manuscritos figura en un catálogo que consultan sabios del mundo entero. Estoy constituyendo una videoteca que permitirá realizar la consulta por internet: como ha podido constatar, ya viene muy poca gente aquí. Desplazarse para estudiar un texto será cada vez más innecesario.

«Y tú estarás cada vez más solo», pensó Nil. Entre los dos se estableció un silencio que Breczinsky parecía incapaz de romper. Finamente habló con voz vacilante:

—¿Puedo preguntarle cuáles eran sus relaciones con el padre Andrei?

—Ya se lo dije, fuimos compañeros de congregación durante mucho tiempo.

—Sí, pero… ¿estaba al corriente de sus trabajos?

—Solo en parte; a pesar de que nos sentíamos muy próximos, mucho más de lo que es habitual entre los miembros de una comunidad religiosa.

—Ah, usted se sentía… ¿próximo a él?

Nil no comprendía adónde quería ir a parar.

—Andrei fue para mí un amigo muy querido, no solo éramos hermanos en religión sino amigos íntimos. No he compartido tanto con ninguna otra persona en mi vida.

—Sí —murmuró Breczinsky—, es lo que me parecía. ¡Y yo que, cuando le vi llegar, pensé que… que era uno de los colaboradores del cardenal Catzinger! Esto lo cambia todo.

—¿*Qué cambia esto, padre?*

El polaco cerró los ojos, como si fuera a buscar muy lejos, en el fondo de su ser, una fuerza interior.

—Cuando el padre Andrei vino a Roma, quiso encontrarse conmigo: nos carteábamos desde hacía mucho tiempo, pero nunca nos habíamos visto. Al oír mi acento, se pasó al polaco, que hablaba perfectamente.

—Andrei era eslavo y hablaba una decena de lenguas.

—Me quedé pasmado al enterarme de que su familia rusa era originaria de Brest-Litovsk, en la provincia polaca anexionada en 1920 por la URSS y en la frontera de los territorios colocados bajo administración alemana en 1939. Polaco desde siempre, ese desgraciado pedazo de territorio ha sido permanentemente codiciado por los rusos y los alemanes. Cuando mis padres se casaron, aún se encontraba bajo la bota de los soviéticos, que lo poblaban con colonos rusos desplazados allí en contra de su voluntad.

—¿Dónde nació usted?

—En un pueblecito cercano a Brest-Litovsk. La población polaca nativa era tratada muy duramente por la administración soviética, que nos despreciaba como pueblo sometido, y además católico. Luego llegaron los nazis, después de la invasión de la Unión Soviética por Hitler. La familia del padre Andrei, que vivía al lado de la mía (un simple seto separaba su casa de la nuestra), protegió a mis pobres padres del terror que reinaba antes de la guerra en esta región fronteriza. Finalmente, bajo los nazis, primero nos alimentaron, y luego nos escondieron. Sin ellos, sin su generosidad cotidiana y su ayuda valerosa, los míos no hubieran sobrevivido y yo no hubiera venido al mundo. Mi madre, antes de morir, me hizo jurar que no les olvidaría nunca, a ellos, a sus descendientes y a sus allegados. ¿Usted era el amigo íntimo, el hermano del padre Andrei? Pues bien, los hermanos de este hombre son mis hermanos, mi sangre les pertenece. ¿Qué puedo hacer por usted?

Nil estaba estupefacto, y se daba cuenta de que el polaco había llegado al extremo de las confidencias que era capaz de hacer ese día. En aquel sótano de Roma, los grandes vientos de la historia y de la guerra les alcanzaban de improviso.

—Antes de morir, el padre Andrei redactó una breve nota

con las cosas que quería decirme a su vuelta. Yo me esfuerzo en comprender su mensaje y continúo por un camino que él abrió antes que yo. Me cuesta convencerme de que su muerte no fue accidental. Nunca sabré si realmente le mataron; pero tengo la sensación de que, más allá de la muerte, me ha legado su búsqueda, un poco como una orden de misión póstuma. ¿Puede comprender esta sensación mía?

—Tanto mejor la comprendo en cuanto que él me confió cosas que tal vez no decía a nadie más, ni siquiera a usted. Los dos acabábamos de descubrirnos un pasado común, una proximidad nacida en circunstancias particularmente dolorosas. En este despacho se levantaron espectros de seres que me eran infinitamente queridos, cubiertos de sangre y de lodo. Aquello fue un choque, tanto para él como para mí. Y eso me impulsó, dos días más tarde, a hacer algo por el padre Andrei, algo que… que nunca debería haber hecho. Nunca.

«Nil, muchacho, despacio, ve muy despacio con él. Expulsar a los fantasmas.»

—Ahora mismo tengo un problema que resolver: encontrar dos referencias que Andrei dejó tras él, signaturas Dewey más o menos completas de unos padres de la Iglesia. Si mis investigaciones en internet no dan resultado, le pediré ayuda. Hasta este momento no me he atrevido a recurrir a nadie: cuanto más progreso, más peligroso me parece lo que descubro.

—Lo es más aún de lo que imagina. —Breczinsky se levantó para señalar el final de la entrevista—. Se lo repito: un íntimo, un hermano del padre Andrei, es también mi hermano. Pero debe ser extremadamente prudente: lo que se diga entre estos muros debe quedar estrictamente entre nosotros.

Nil inclinó la cabeza y volvió a la sala. Leeland, que se encontraba de nuevo ante la mesa y empezaba a colocar un manuscrito bajo la lámpara, dirigió una mirada a su compañero; luego bajó la cabeza sin decir palabra y volvió a sus ajustes con rostro sombrío.

54

Jerusalén, 10 de septiembre de 70

Iojanan franqueó la puerta sur, que había permanecido intacta, y se quedó sin aliento: Jerusalén era solo un campo de ruinas.

Las tropas de Tito habían entrado a principios de agosto, y durante un mes se había desarrollado un combate encarnizado calle por calle, casa por casa. Rabiosos, los hombres de la X legión Fretensis destruían sistemáticamente cualquier lienzo de pared que quedara en pie. La ciudad debe ser arrasada, había ordenado Tito, pero su Templo debe preservarse. Quería saber qué aspecto podía tener la efigie de un Dios capaz de provocar tanto fanatismo y de conducir a todo un pueblo al sacrificio de la muerte.

El 28 de agosto cruzó por fin los atrios que conducían al *Sancta Sanctorum*. Allí, decían, residía la presencia de Yahvé, el Dios de los judíos. Su presencia, y por tanto su estatua, o algún equivalente.

De un mandoble rasgó el velo del santuario. Avanzó unos pasos y se detuvo, atónito.

Nada.

O mejor dicho, colocados sobre una mesa de oro fino, dos animales alados, *kerubims* como los que había visto con frecuenca en Mesopotamia. Sin embargo, entre sus alas desplegadas, nada. El vacío.

De modo que el Dios de Moisés, el Dios de todos esos exaltados, no existía, ya que no había en el Templo ninguna efigie que manifestara su presencia. Tito estalló en una carcajada y salió del Templo aún riendo. «¡La mayor estafa del mundo! ¡No hay Dios en Israel! Toda esta sangre vertida en vano.» Al ver reír a su general, un legionario lanzó una antorcha inflamada al interior del *Sancta Sanctorum*.

Dos días más tarde, el Templo de Jerusalén acababa de arder lentamente. Del espléndido monumento, apenas terminado por Herodes, no quedaba nada.

El 8 de septiembre del 70, Tito abandonó la Jerusalén asolada para volver a Cesarea.

Iojanan esperó a que el último legionario hubiera abandonado la ciudad para aventurarse en ella. El barrio oeste ya no existía. Caminando con dificultad entre los escombros, reconoció, por su muro de protección, la lujosa villa de Caifás. La casa del discípulo bienamado, la casa de su infancia feliz, estaba a doscientos metros. Se orientó y siguió avanzando.

No se veía siquiera la pila del *impluvium*. Todo había ardido y el techo se había hundido. Allí, bajo ese montón de tejas calcinadas, se encontraban los vestigios de la sala alta. La sala en que Jesús había tomado su última cena cuarenta años antes, rodeado primero de trece y luego de doce hombres.

Permaneció de pie mucho tiempo frente a las ruinas. Uno de los dos esenios que le acompañaban le tocó finalmente el brazo.

—Abandonemos este lugar, Iojanan. La memoria no está en las piedras. La memoria está en ti. ¿Adónde vamos ahora?

«La memoria de Jesús el nazareno. Este frágil legado, codiciado por todos.»

—Tienes razón. Vamos al norte, a Galilea: el eco de las palabras de Jesús todavía resuena entre sus colinas. Llevo conmigo un legado que debo transmitir.

Sacó una hoja de pergamino de su bolsa y se la llevó a los labios. «La copia de la epístola de mi *abbu*, el decimotercer apóstol.»

Tres siglos más tarde, una española acaudalada llamada Etheria, que se había pagado el primer viaje organizado de la historia para participar en la Semana Santa de Jerusalén, vio, al pasar junto al Jordán, una estela grabada lamentablemente torcida. Curiosa, hizo detener su litera: ¿sería también un recuerdo de la época de Cristo?

La inscripción era legible. Explicaba que en la época de la destrucción del Templo, un nazareo llamado Iojanan había sido abatido, allí mismo, mientras huía de la Jerusalén en ruinas. Los legionarios de Tito debían de haberlo atrapado, pensó Etheria, degollado y lanzado al río próximo. La mujer exclamó:

—¡Un nazareo! Hace un montón de tiempo que desaparecieron. Este pobre desgraciado debió de ser el último, y sin duda por eso levantaron esta estela en el lugar de su muerte.

Lo que la piadosa cristiana no sabía era que Iojanan no había sido el último de los nazareos.

Desde aquel día ya solo existían dos ejemplares de la epístola del decimotercer apóstol de Jesús. Una oculta en el fondo de una jarra, inaccesible en su gruta colgada en medio de un acantilado que dominaba las ruinas de Qumran, sobre el mar Muerto.

La otra, en manos de los nazareos que habían escapado de Pella. Y que habían encontrado refugio en un oasis del desierto de Arabia llamado Bakka.

55

Monseñor Calfo se puso su sotana orlada de violeta. Para recibir a Antonio debía revestirse con los atributos de su dignidad episcopal. Los jóvenes reclutas nunca deben olvidar con quién están tratando.

Una vez acabadas las entrevistas preliminares, el rector raramente recibía en su casa a los miembros de la Sociedad. Todos conocían su dirección, pero las exigencias de la confidencialidad se respetan mejor en alguna de las discretas *trattorie* de Roma. Y a veces el perfume de Sonia flotaba en el estudio mucho tiempo después de su partida.

Calfo abrió la puerta, satisfecho, al duodécimo apóstol.

—Su misión consistirá ahora en vigilar estrechamente al padre Breczinsky. Breczinsky es un *looser*, un perdedor. Pero este tipo de hombres siempre son imprevisibles, puede haber sorpresas.

—¿Qué debo obtener de él?

—Primero que le mantenga al corriente de lo que los dos monjes puedan decirse en sus sesiones de trabajo en la reserva del Vaticano. Luego recordarle de dónde viene, quién es él y quién es el cardenal. Este simple recordatorio debería hacer que se mantenga fiel a su misión. Usted es ahora una de las pocas personas que saben hasta qué punto son confidenciales los documentos que guarda este hombre. No olvide que lleva en su memoria una herida terrible: bastará con apretar en ese punto para obtener de él lo que queremos. No tenga ningún escrúpulo: solo cuenta el éxito de la misión en curso.

Después de recibir sus instrucciones, Antonio abandonó el edificio y se dirigió ostensiblemente hacia la derecha, en dirección al Tíber, como si volviera a la ciudad. Sin levantar la cabeza, podía sentir la mirada del rector clavada en su nuca desde la ventana del piso. Pero al llegar al ángulo del Castel Sant'Angelo, volvió a girar a la derecha, y después de un nuevo giro se dirigió en la dirección opuesta a la ciudad, hacia la plaza de San Pedro.

Roma retenía el resplandor de sus muros ocres bajo el pálido sol de diciembre. Desde hacía siglos, la ciudad asistía al baile incesante de las intrigas y los complots de sus prelados católicos. Con los ojos entrecerrados, maternal y adormecida por el largo invierno de su esplendor, ya no concedía importancia a los juegos del poder y de la gloria que se desarrollaban en torno a la tumba del apóstol.

—Entre, querido amigo —exclamó Catzinger con una sonrisa—, le esperaba.

El joven se inclinó para besar el anillo del cardenal. «Un superviviente de dos depuraciones sucesivas: primero la de la Gestapo, y luego la de la Liberación. Honor y respeto a los que luchan por Occidente.»

Se sentó frente al escritorio y fijó en su eminencia su extraña mirada negra.

56

Nil había pedido a Leeland que fuera sin él a la reserva vaticana.

—Quiero trabajar en una frase que he descubierto en la agenda dejada por Andrei en San Girolamo. Tengo que utilizar internet, tal vez necesite horas. Si el padre Breczinsky te pregunta, encuentra una excusa para mi ausencia.

Solo delante del ordenador, Nil se sintió desanimado, perdido en medio de una red de pistas que partían en todas direcciones. Los textos fotocopiados por la Huntington Library no hacían más que confirmar lo que había presentido desde que estudiaba los manuscritos del mar Muerto. ¿El manuscrito copto? Su primera frase le había permitido comprender el código introducido en el símbolo de Nicea. Quedaba la segunda frase, y la misteriosa carta del apóstol. Había decidido concentrarse en aquel último indicio, cuyo rastro había vuelto a encontrar en la agenda de Andrei. Todas aquellas pistas debían de cruzarse forzosamente en algún sitio. Era el último mensaje de su amigo: relacionar.

Rembert Leeland... ¿que se había hecho del estudiante afable y confiado de antaño, del joven risueño que interpretaba su vida como su música, con felicidad? ¿Por qué aquel breve acceso de desesperación? Nil había percibido en él una falla tan profunda que ni siquiera había podido abrirse a un viejo amigo como él.

En cuanto a Breczinsky, parecía totalmente solo en el sub-terráneo glacial y desierto de la Biblioteca Vaticana. ¿Por qué le había hecho aquellas confidencias? ¿Qué había pasado entre él y Andrei?

Decidió concentrarse en la carta del apóstol. Tenía que encontrar un libro, en algún lugar del mundo, a partir de su signatura Dewey.

Se conectó a internet, abrió el Google y tecleó «bibliotecas universitarias».

Apareció una página con once sitios. En la parte baja de la pantalla, Google le indicaba que se habían seleccionado doce páginas parecidas. Aproximadamente ciento treinta sitios que consultar.

Con un suspiro, hizo clic en el primero.

Cuando volvió al estudio, poco antes del mediodía, Leeland se sintió contrariado al no ver más que una breve nota colocada ante el ordenador: Nil había vuelto urgentemente a San Girolamo. Volvería a la vía Aurelia aquella noche.

¿Habría encontrado algo? El estadounidense nunca había sido un hombre de erudición bíblica; pero los trabajos de Nil empezaban a interesarle en el más alto grado. Si al tratar de descubrir lo que había provocado la muerte de Andrei, Nil quería vengar la memoria de su amigo, él, por su parte, soñaba ahora con vengar su propia vida arruinada.

Porque Leeland sentía que los que habían destruido su existencia eran también los que habían provocado el accidente mortal del bibliotecario de la abadía de Saint-Martin.

El sol poniente daba un color rojo oscuro a la nube de polución suspendida sobre Roma. Leeland había vuelto a salir hacia el Vaticano. En el apartamento de abajo, el palestino oyó de

pronto que alguien entraba y luego se instalaba ante el ordenador: tenía que ser Nil. Las cintas magnéticas solo registraban
los sonidos del teclado.

Bruscamente, el paisaje sonoro se animó: Leeland acababa
de llegar.

Iban a hablar.

57

Egipto, del siglo II al siglo VII

Forzados a abandonar Pella por la guerra, los nazareos fueron bien acogidos por los árabes del oasis de Bakka, donde se establecieron. Pero la segunda generación soportaba mal la austeridad del desierto de Arabia, y algunos decidieron proseguir hasta Egipto. Allí se asentaron al norte de Luxor, en un pueblo del yébel al-Tarif llamado Nag Hamadi. En aquel lugar formaron una comunidad cohesionada por el recuerdo del decimotercer apóstol y sus enseñanzas. Y por su epístola, de la que cada familia poseía una copia.

Allí tropezaron muy pronto con los misioneros cristianos venidos de Alejandría, cuya Iglesia se encontraba en plena expansión. El cristianismo se extendía por el Imperio con el ímpetu de un fuego en el bosque: los nazareos, que rechazaban la divinidad de Jesús, deberían someterse o desaparecer.

¿Transformar a Jesús en Cristo-Dios? ¿Ser infieles a la epístola? Nunca. Los nazareos fueron perseguidos, así, por los cristianos. De Alejandría llegaban órdenes escritas en copto: había que destruir aquella epístola, en Egipto y en todo el Imperio. Siempre que una familia nazarea era expulsada al desierto, donde le esperaba la muerte, su casa era registrada, y la epístola del decimotercer apóstol destruida. La carta hablaba de una tumba que contenía los huesos de Jesús, en algún lugar del desierto de Idumea: la tumba de Jesús debía permanecer vacía para que Cristo viviera.

Un solo ejemplar escapó, sin embargo, a los cazadores y llegó a la Biblioteca de Alejandría, donde quedó sepultado entre los quinientos mil volúmenes de esa octava maravilla del mundo.

Un poco después del año 200, un joven alejandrino llamado Orígenes empezó a frecuentar asiduamente la biblioteca. Investigador infatigable, Orígenes estaba apasionado por la persona de Jesús. Su memoria era prodigiosa.

Convertido en enseñante, Orígenes fue perseguido por su obispo, Demetrio. Eran celos, pues su carisma atraía a la élite de Alejandría. Pero también desconfianza, porque Orígenes no dudaba en utilizar en sus lecciones textos prohibidos por la Iglesia. Finalmente, Demetrio le expulsó de Egipto y Orígenes se refugió en Cesarea de Palestina. Pero se llevó consigo su memoria. En cuanto a la epístola del decimotercer apóstol, permaneció sepultada en la inmensa biblioteca, ignorada por todos: pocos investigadores poseen el genio de un Orígenes.

Cuando en 691 Alejandría cayó en manos de los musulmanes, el general al-Amru ordenó que fueran quemados uno a uno todos los libros: «Si son conformes al Corán —proclamó—, son inútiles. Si no son conformes al Corán, son peligrosos». Durante seis meses, la memoria de la Antigüedad alimentó las calderas de los baños públicos.

Al quemar la Biblioteca de Alejandría, los musulmanes acababan de lograr lo que los cristianos no habían podido llevar a término: no quedaba ya, en ningún sitio, un solo ejemplar de la epístola.

Salvo el original, que seguía hundido en una jarra protegida por la arena, a la izquierda de la entrada de una de las grutas que dominaban las ruinas de Qumran.

58

—Dime, ¿has encontrado algo? —preguntó Leeland, que acababa de llegar al estudio, con rostro tenso.

Varias hojas de papel estaban esparcidas junto al ordenador. Nil parecía cansado: sin responder, fue a echar un vistazo por la ventana. Y volvió a sentarse, decidido a no tomar en consideración el aviso de Breczinsky y a contárselo todo a su amigo.

—Después de que te fueras, empecé a consultar las mayores bibliotecas del mundo. Al acabar la mañana di con el bibliotecario de Heidelberg, que vivió en Roma. Nos pusimos en modo conversación y me dijo que la signatura Dewey procedía sin duda de… adivina.

—¡De la biblioteca de San Girolamo, y por eso has vuelto allá tan deprisa!

—Hubiera podido pensarlo, fue la última biblioteca frecuentada por Andrei antes de su muerte. Dio con un libro cuya referencia anotó a toda prisa en lo que tenía más a mano, su agenda, sin duda con la intención de consultar la obra en una segunda ocasión. Y después abandonó Roma precipitadamente dejando tras de sí la agenda, que ya no necesitaba.

Leeland se sentó junto a Nil, con los ojos brillantes.

—¿Y has encontrado el libro?

—La biblioteca de San Girolamo se ha formado con obras de procedencias muy diversas, en función de los bibliotecarios, que se sucedían rápidamente, y allí se encuentra de todo. Pero los libros están más o menos clasificados, y efectivamente he descubierto el que atrajo la atención de Andrei, una catena de Eusebio de Cesarea: una edición rara del siglo XVII de la que nunca había oído hablar.

Leeland preguntó con aire incómodo:

—Perdona, Nil, pero he olvidado todo lo que no es mi música. ¿Qué es una catena?

—En el siglo III hubo una lucha feroz en torno a la divinidad de Jesús, que la Iglesia trataba de imponer: en todas partes se destruían los textos no conformes al dogma que estaba naciendo. Después de haber condenado a Orígenes, la Iglesia hizo quemar metódicamente todos sus escritos. Eusebio de Cesarea admiraba mucho al alejandrino, que murió en su ciudad, y quiso salvar cuanto pudiera de su obra; pero, para no ser condenado también, hizo circular extractos seleccionados, ensartados uno tras otro como los eslabones de una cadena: una *catena*. Más tarde se recuperó esta idea, y muchas obras antiguas hoy desaparecidas son accesibles solo a través de estos extractos. Andrei adivinó que esta catena que no había visto nunca podía contener pasajes de Orígenes muy poco conocidos. Investigó y encontró.

—¿Qué encontró?

—Una frase de Eusebio que hasta ese momento había pasado inadvertida. Orígenes, en una de sus obras hoy perdidas, decía que había visto en la biblioteca de Alejandría una misteriosa *epistola abscondita apostoli tredicesimi*: la epístola secreta (u oculta) de un decimotercer apóstol, que aportaría la *prueba* de que Jesús no es de naturaleza divina. Andrei debía de tener sospechas sobre la existencia de esta epístola, me había hablado vagamente de ello, y ahora veo que efectivamente la estaba buscando, ya que anotó cuidadosamente esta referencia inesperada.

—¿Qué crédito se puede conceder a una frase aislada en un texto menor caído en el olvido?

Nil se acarició el mentón.

—Tienes razón, por sí solo este eslabón de una catena no basta. Pero recuerda: en su nota póstuma, Andrei sugería que se relacionaran las cuatro pistas que había encontrado. Hace semanas que le doy vueltas en la cabeza a la segunda frase del manuscrito copto encontrado en la abadía: «Que la epístola sea destruida en todas partes, para que la morada demore». Gracias a Orígenes, creo que por fin he comprendido.

—¿Un nuevo código?

—En absoluto. A principios del siglo III, la Iglesia estaba en vías de precisar el dogma de la Encarnación, que iba a ser proclamado en el concilio de Nicea, y trató de eliminar todo lo que se le oponía. Este fragmento de manuscrito copto, que alertó a Andrei, es sin duda lo que queda de una directiva de Alejandría que ordenaba que esta epístola fuera destruida en todas partes. Luego hay un juego de palabras con dos términos con una misma raíz copta, que yo he traducido, a falta de mejor solución, por «morada» y «demorar», pero que pueden significar también «asamblea» y «permanecer». En griego, lengua oficial de Alejandría, «asamblea» es *ekklesia* (Iglesia). Así, el sentido de la frase se aclara: es preciso que esta epístola sea destruida en todas partes, «para que la Iglesia permanezca», ¡para que no sea reducida a la nada! Era una cosa u otra, la epístola del decimotercer apóstol o la supervivencia de la Iglesia.

Leeland lanzó un pequeño silbido:

—*I see...*

—Por fin las pistas empiezan a cruzarse: la inscripción de Germingny confirma que, en el siglo VIII, un decimotercer apóstol es juzgado tan peligroso que hay que apartarlo para siempre, «alfa y omega», y nosotros sabemos que ese apóstol es justamente el discípulo bienamado del cuarto Evangelio.

Orígenes nos dice que vio en Alejandría una epístola escrita por este hombre, y el manuscrito copto nos confirma que había uno o varios ejemplares en Nag Hamadi, ya que da orden de destruirlos.

—Pero ¿cómo llegó esta epístola a Nag Hamadi?

—Se sabe que los nazareos se refugiaron en Pella, en la actual Jordania, tal vez con el decimotercer apóstol. A partir de entonces su rastro se pierde. Pero Andrei me había pedido que leyera con atención el Corán, que él conocía bien. Eso hice, pues, confrontando varias traducciones científicas que estaban a mi disposición en la abadía. Y me encontré con la sorpresa de ver cómo el autor mencionaba muy a menudo a los *naçâra* (la palabra árabe para «nazareo»), que son su principal fuente de información sobre Jesús. Después de Pella, los discípulos del decimotercer apóstol debieron de refugiarse, pues, en Arabia, donde Mahoma pudo conocerlos. ¿Por qué no podrían haber seguido luego hasta Egipto, hasta Nag Hamadi, llevándose consigo las copias de la famosa epístola?

—El Corán… ¿Crees verdaderamente que los nazareos fugitivos ejercieron una influencia sobre su autor?

—Es evidente, en el texto se encuentran abundantes testimonios de ello. No quiero decirte más por el momento: me queda una última pista por explorar, una obra o una serie de obras que hacen referencia a los templarios, con una signatura incompleta. Hablaremos del Corán en otra ocasión; es tarde y debo volver a San Girolamo.

Nil se levantó y miró de nuevo hacia la calle sumergida en las sombras. Como si hablara consigo mismo, añadió:

—El decimotercer apóstol escribió, pues, una epístola apostólica «destruida en todas partes», perseguida por el odio de la Iglesia. ¿Qué podía haber tan peligroso en esa carta?

En el piso inferior, Muktar había escuchado con mucha atención. Cuando Nil mencionó el Corán, a Mahoma y a los nazareos, lanzó un juramento:

—¡Hijo de perra!

59

Desierto de Arabia, septiembre de 622

El hombre galopa en la negra noche. Huye hacia Medina azuzando a su camello agotado, con la boca bordeada de espuma. Y esta noche se llamará la Hégira, y marcará el inicio de los tiempos para los musulmanes.

Huye del oasis de Bakka, donde nació en el prestigioso clan de los Qurayshíes. Huye porque los Qurayshíes se llaman hijos de Abraham, pero adoran piedras sagradas.

En aquella parada de caravanas en medio del desierto vegetaba, desde la noche de los tiempos, una comunidad de la diáspora judía. A su cabeza, un rabino erudito, inflamado de pasión, soñaba con conducir a toda Arabia al judaísmo a través de su tradición rabínica. El joven árabe se había dejado seducir por aquel hombre exaltado: se hizo su discípulo y se convirtió sin llamar la atención.

Pero su rabino le pidió más. Los Qurayshíes, orgullosos, rechazaban la prédica de un judío; ¿escucharían tal vez a un árabe de su mismo clan? ¿No se había convertido en judío en su corazón? Lo que le enseñaba cada día, quería que lo proclamara en las plazas del oasis. «Diles...», repetía sin cesar. Mahoma tomó notas, que se acumularon. En árabe, porque el rabino había comprendido que había que hablar a esos hombres en su lengua y no en hebreo.

Para los Qurayshíes, aquello superaba lo admisible: ¡uno de los suyos, Mahoma, trataba también de destruir el culto a las piedras sagradas, fuente de su riqueza! En rigor, hubieran tolerado que se hiciera nazareo: esos disidentes del cristianismo habían llegado hacía varios siglos, y su profeta Jesús no era peligroso. El joven árabe escuchaba gustoso sus enseñanzas, al mismo tiempo que las de su rabino; seducido por Jesús, Mahoma hubiera querido acercarse a ellos. Pero los Qurayshíes no le dieron tiempo y le expulsaron.

Ahora huía a Medina llevando por todo equipaje sus preciosas notas, escritas, día tras día, mientras escuchaba a su rabino: «Diles...».

En Medina se transformó en un gran guerrero. Al acumularse sus éxitos, extendió su poder a toda una región y se convirtió en un jefe político respetado. Se necesitaban leyes para organizar a los que se unían a él. Las promulgó, luego las escribió, y esas hojas se añadieron, día tras día, a las notas que había tomado en otro tiempo. A veces consignaba también hechos diversos, algunos relatos de batallas. Sus notas se convirtieron en un voluminoso cuaderno de viaje.

Cuando quiso alistar a los judíos bajo su bandera, estos se negaron tajantemente: furioso, los expulsó de la ciudad y se volvió hacia los cristianos del norte. Sí, ellos le ayudarían gustosamente en sus conquistas, aunque con una condición: que se hiciera cristiano y reconociera la divinidad de Jesús. Mahoma les maldijo, y los englobó con los judíos en un odio feroz.

Solo los nazareos encontraron gracia a sus ojos. Y en sus notas escribió palabras elogiosas sobre ellos y sobre su profeta Jesús.

Cuando volvió a Bakka como vencedor, Mahoma barrió con su espada todas las piedras sagradas de los idólatras, pero se detuvo ante el icono de Jesús y su madre, que los nazareos veneraban desde siempre. Volvió a envainar su sable y se inclinó profundamente.

Luego el nombre de Bakka se transformó ligeramente, como sucede a veces, y el oasis fue conocido en todas partes bajo el nombre de Mekka.

La Meca.

Dos generaciones más tarde, el califa Uzman compiló a su manera el cuaderno de viaje de Mahoma y lo llamó el Corán, que decretó escrito por Mahoma bajo el dictado directo de Dios. Desde entonces nadie —si quería conservar la vida— podía poner en cuestión la naturaleza divina del Corán.

El islam nunca había tenido su decimotercer apóstol.

60

La plaza de San Pedro hervía con la afluencia de los grandes días. Un inmenso retrato de un nuevo bienaventurado había sido desplegado en la fachada de la basílica. El frío menos vivo y un tiempo soleado permitían efectuar aquella beatificación solemne al aire libre, y los dos brazos de la columnata de Bernini abrazaban a una multitud abigarrada, encantada de poder ver al Santo Padre y de participar en una fiesta de la cristiandad.

En calidad de prefecto de la Congregación, el cardenal Catzinger oficiaba a la derecha del Papa. Él había sido el maestro de obras de aquella beatificación. La próxima sería la del fundador del Opus Dei. La lista de sus virtudes sobrenaturales había podido establecerse sin dificultad, pero resultaba más difícil encontrar los tres milagros necesarios para una canonización según las reglas. Catzinger rectificó maquinalmente la posición de la casulla papal, que se deslizaba por efecto del temblor que afectaba al viejo pontífice. Mientras el Papa pronunciaba las palabras sagradas, el cardenal sonrió. «Ya se encontrarán milagros. El primer milagro es la permanencia a lo largo de los siglos de la Iglesia católica, apostólica y romana.»

Catzinger había tenido el privilegio de conocer personalmente al santo en preparación. Fundador del Opus Dei, Escrivá de Balaguer nunca había escondido sus simpatías hacia el régimen de Franco, y había rumores de que en alguna ocasión había conocido a un joven oficial del ejército chileno, un tal Augusto Pinochet. Su padre hubiera aprobado esa canonización: también él había elegido el buen lado al ir a luchar en el frente del Este contra los comunistas. Hacer subir pronto a los altares a Escrivá de Balaguer sería hacer justicia a ese padre muerto por Occidente.

Sumergido entre la masa de prelados alineados en bancos ante el estrado papal, en el humilde puesto que le correspondía por su rango de minutante, monseñor Calfo disfrutaba de la caricia del sol y de la belleza del espectáculo. «Solo la Iglesia católica es capaz de ensalzar el encuentro de lo divino y lo humano en medio de tanta belleza y con semejantes multitudes.» Al final de la ceremonia, mientras detrás del Papa se formaba la procesión de los dignatarios, su mirada se cruzó con la del cardenal, que le dirigió una señal imperiosa con la cabeza.

Una hora más tarde, los dos hombres estaban sentados cara a cara en el despacho de Catzinger, que tenía su expresión de los días malos.

—Bien, monseñor, ¿en qué punto nos encontramos?

Al contrario que su prefecto, Calfo parecía muy relajado. Sonia no era ajena a aquel estado de ánimo: Calfo había encontrado en ella a una sacerdotisa experta en el culto a Eros, pero también a una persona dispuesta a escucharle.

—Eminencia, progresamos rápidamente. El padre Nil se muestra dotado, muy dotado, para la investigación.

El rostro del cardenal se contrajo. Los informes de Leeland, insípidos, se espaciaban, y todavía era demasiado pronto para ejercer presión sobre el padre Breczinsky: su influencia sobre el polaco descansaba en los oscuros meandros del alma humana; solo podía accionar esa palanca una vez, y estando seguro del resultado. Por el momento, monseñor Calfo era el único amo del juego.

—¿Qué quiere decir?

Calfo frunció sus labios carnosos.

—Por lo visto el monje ha encontrado el rastro de un escrito apostólico perdido que confirmaría sus análisis del Evangelio de san Juan.

El cardenal se levantó, indicó con un gesto a Calfo que le siguiera hasta la ventana y le mostró la plaza de San Pedro. El estrado papal todavía estaba instalado; miles de peregrinos parecían girar en torno a ese centro neurálgico como el agua de un embudo en torno al torbellino que la aspira. La multitud parecía feliz, una gran familia que descubre los lazos que la unen mientras cuenta el número de sus miembros.

—Mírelos, monseñor. Usted y yo somos responsables de millones de creyentes parecidos a los que ve ahí, personas que viven de la esperanza de una resurrección ofrecida por el sacrificio del Dios encarnado. ¿Y un solo hombre pondrá todo esto en cuestión? Nunca lo hemos tolerado. Recuerde a Giordano Bruno, un monje muy dotado también para la investigación: fue quemado a un kilómetro de aquí, en el Campo de Fiori, a pesar de su celebridad europea. Lo que está en juego es el orden del mundo, y un monje, una vez más, parece capaz de trastornarlo. No podemos, como en el pasado, curar el cuerpo de la Iglesia mediante la cauterización del fuego. Pero debemos poner término rápidamente a las investigaciones del padre Nil.

Calfo no respondió enseguida. Los Once reunidos habían aprobado su línea de conducta: decir al cardenal lo suficiente para asustarlo, pero no desvelar nada sobre el fin último de la Sociedad.

—No creo que sea preciso, eminencia, él es solo un intelectual que no se da cuenta de lo que hace. Opino que deberíamos dejarle proseguir, tenemos la situación bien controlada.

—Pero si vuelve a su monasterio, ¿quién podrá evitar que divulgue sus conclusiones?

—*Pacienza*, eminencia. Hay otros modos, menos espectaculares que un accidente de tren, para hacer callar a los que se extravían de la doctrina de la Iglesia.

La víspera había tenido que calmar a un Muktar furioso después de oír que Nil ponía en cuestión la naturaleza revelada del Corán y la persona del fundador del islam: el palestino quería pasar a la acción enseguida.

En el curso de unos días, Nil se había colocado un cinturón de explosivos. Y Calfo no tenía intención de permitir que se le hiciera saltar por los aires antes de haber sido *verdaderamente* útil a la Iglesia católica. Con un gesto maquinal hizo girar en torno a su anular el anillo episcopal, y concluyó con una sonrisa tranquilizadora:

—El padre Nil se comporta en Roma como si no hubiera abandonado su convento: solo sale de San Girolamo para ir a la reserva del Vaticano, se comunica únicamente con su amigo Leeland y no mantiene ningún contacto con la prensa o los medios contestatarios, que parece desconocer por completo.

Calfo apuntó con la barbilla a la plaza de San Pedro.

—No representa ningún peligro para estas multitudes, que nunca oirán hablar de él. Él mismo decidió voluntariamente ignorarlas al encerrarse en un monasterio. Dejemos que prosiga tranquilamente sus investigaciones: confío en la formación que ha recibido desde su noviciado en la abadía de Saint-Martin, ese es un molde que marca a los hombres para toda la vida. Entrará en vereda, y si en algún momento se le pasara por la cabeza recuperar su libertad anterior, intervendríamos. Pero sin duda eso no será necesario.

Al separarse, los dos prelados estaban igualmente satisfechos: el primero porque creía haber inquietado suficientemente a su eminencia, manteniendo, al mismo tiempo, su margen de maniobra. El segundo porque esa misma noche había fijado una cita con Antonio y así sabría casi tanto como el rector de la Sociedad San Pío V.

61

—Esta mañana hay una ceremonia de beatificación: no podremos pasar por la plaza de San Pedro, demos la vuelta. Concentrados en sus pensamientos, los dos hombres se desviaron por el Borgo Santo Spirito y volvieron hacia la Ciudad del Vaticano por el Castel Sant'Angelo, que había sido mausoleo del emperador Adriano antes de convertirse en fortaleza y prisión papal. A Nil le costaba soportar esos pesados silencios que se establecían entre ellos desde su llegada a Roma.

Por fin Leeland tomó la palabra:

—No te entiendo: no has salido de tu monasterio desde hace años, y aquí vives como un recluso. ¡Amabas tanto Roma cuando éramos estudiantes…! Aprovecha un poco, ve a visitar algunos museos, vuelve a ver a las personas que conociste entonces… ¡Te comportas como si hubieras trasplantado tu convento al centro de la ciudad!

Nil levantó la cabeza hacia su compañero.

—Al entrar en el monasterio, elegí la soledad en el seno de una comunidad universal, la Iglesia católica. ¡Mira esa multitud que parece tan feliz por una nueva beatificación! Durante mucho tiempo creí que eran mi familia, que reemplazaba a la que me había rechazado. Ahora sé que mi investigación sobre la identidad de Jesús me excluye de esta familia de adopción. ¡No se ponen impunemente en cuestión los fundamentos de una religión sobre la que se apoya toda una civilización! Imagino que el decimotercer apóstol, cuando se opuso a los Doce, debió de vivir una soledad semejante. Solo tengo un amigo, ese Jesús cuyo misterio trato de esclarecer.

Y añadió con un hilo de voz:

—Y tú, naturalmente.

Ahora caminaban a lo largo de las altas murallas de la Ciudad del Vaticano. El estadounidense hundió la mano en uno de sus bolsillos y sacó dos pequeñas tarjetas de color rosa.

—Tengo una sorpresa para ti. He recibido dos invitaciones para un concierto de Lev Barjona en la Academia de Santa Cecilia de Roma; es justo antes de Navidad. No te doy elección, vendrás conmigo.

—¿Quién es Lev Barjona?

—Un pianista israelí célebre que conocí allí cuando él era discípulo de Arthur Rubinstein: trabamos amistad a los pies del maestro. Un hombre sorprendente que ha tenido una vida fuera de lo común. Añade amablemente a su invitación una pequeña nota personal, precisando que la segunda entrada es para ti. Tocará el *Tercer Concierto* de Rachmaninov; Lev es en la actualidad el mejor intérprete de este compositor.

Entraban en la Ciudad del Vaticano.

—Estaré encantado —dijo Nil—, me gusta Rachmaninov, y no he asistido a un concierto desde hace mucho tiempo; me refrescará las ideas.

De pronto se detuvo en seco y frunció el ceño.

—Pero... ¿cómo se entiende que tu amigo te haya enviado una segunda entrada para mí?

Leeland puso cara de sorpresa al oírle, y se disponía a responder cuando tuvieron que apartarse: una lujosa limusina oficial pasaba justo ante ellos. En el interior distinguieron el manto púrpura de un cardenal. El coche disminuyó la velocidad para cruzar el portal del Belvedere, y Nil sujetó bruscamente del brazo al americano.

—¡Rembert, mira la matrícula de este coche!

—¿Qué ocurre? S. C. V., «Sacra Civitas Vaticani», es una placa del Vaticano. Aquí se ven pasar todos los días.

Nil se quedó petrificado en medio del patio del Belvedere.

—¡S. C. V.! ¡Son las tres letras que Andrei anotó en su agenda justo antes de la palabra «templarios»! Hacía días que me rompía la cabeza pensando qué podían significar: como iban seguidas de una signatura Dewey incompleta, estaba convencido de que designaban una biblioteca en algún lugar del mundo. ¡Rembert, creo que acabo de comprenderlo! S. C. V. seguido de cuatro cifras, es el emplazamiento de una serie de obras en una de las bibliotecas de la Sacra Civitas Vaticani, el Vaticano. Debería haber pensado en ello: Andrei era un hurón incorregible. En la biblioteca de San Girolamo encontró un texto raro de Orígenes, pero la segunda obra que anotó en su cuadernillo debe buscarse precisamente aquí.

Nil levantó la cabeza hacia el imponente edificio.

—Aquí dentro, oculto en algún sitio, se encuentra un libro que tal vez me permitirá saber un poco más sobre la epístola del decimotercer apóstol. Pero hay algo que no comprendo, Rembert: ¿qué tienen que ver los templarios con esta historia?

Leeland ya no le escuchaba. ¿Por qué Lev Barjona le había enviado dos invitaciones?

Maquinalmente marcó el código de entrada de la reserva del Vaticano.

Al oír el sonido del timbre, Breczinsky cogió nerviosamente del codo a su interlocutor.

—Seguro que son ellos, no espero a nadie más esta mañana. Si sale por delante, le verán. La reserva posee una escalera que conduce directamente a la Biblioteca Vaticana; le acompañaré hasta ella; apresúrese, llegarán enseguida.

Antonio, vestido con una severa sotana, lanzó una mirada al polaco. El rostro macilento del bibliotecario revelaba una profunda agitación. Había sido fácil: al cabo de unos instantes de entrevista en su despacho, Breczinsky había parecido fundirse ante él. El cardenal conocía bien el alma humana: bastaba con saber encontrar la herida secreta, y presionar sobre ella.

62

Sonia se cubrió los senos con los cabellos y contempló al hombrecillo que volvía a vestirse. Al fin y al cabo, no era malo. Solo extraño, con su manía de hablar sin parar mientras le hacía lo que esperaba de ella. Cuando había llegado a Arabia Saudí, atraída por la seductora oferta de un trabajo, se había encontrado encerrada en el harén de un dignatario del régimen. El árabe no pronunciaba palabra durante el amor, que despachaba rápidamente; mientras que Calfo no dejaba de murmurar cosas incomprensibles, que tenían que ver siempre con la religión.

Sonia, que era ortodoxa, compartía el respeto de todos los rumanos por los dignatarios religiosos. Pero aquel debía de estar un poco trastornado: el hombre exigía de ella lentas progresiones, y a veces le daba miedo, con esos ojos que la miraban con fijeza, intensamente. Su voz untuosa le exigía cosas que provocaban en ella una viva repulsión, viniendo de un obispo.

No podía hablar de aquello con Muktar, que la había llevado a Roma. «Ya verás —le había dicho—, un cliente que paga muy bien.» Y era cierto, el obispo era generoso. Pero Sonia ahora consideraba que debía pagar por ese dinero un precio excesivo.

Mientras se abotonaba el cuello de la sotana, Calfo se volvió hacia ella.

—Debes irte, tengo una reunión mañana por la noche. Una reunión importante, ¿comprendes?

La mujer inclinó la cabeza. El obispo le había explicado que, para poder ascender por los peldaños de *La escala del Cielo*,* había que mantener una tensión dialéctica entre sus dos montantes, el carnal y el espiritual. Ella no había comprendido nada de aquel galimatías, pero sabía que no tendría que volver antes de dos días.

Siempre ocurría así en cada «reunión importante». Y al día siguiente era viernes 13.

La actitud de los doce apóstoles era particularmente solemne. Revestido con su alba blanca, Antonio se deslizó silenciosamente detrás de la larga mesa para ocupar su asiento. La extraña mirada negra, lo único visible tras el velo que le ocultaba el rostro, reflejaba inocencia y sosiego.

—Como cada viernes 13, hermanos, nuestra reunión es estatutaria. Pero antes de que veneremos la preciosa reliquia que se encuentra en nuestra posesión, debo poneros al corriente de los últimos acontecimientos relacionados con la misión en curso.

El rector contempló un instante el crucifijo que tenía frente a sí, y luego continuó en medio de un silencio absoluto:

—Gracias a mi agente palestino, disponemos de grabaciones de todo lo que se dice en el estudio de la vía Aurelia. El francés ha resultado ser un digno émulo del padre Andrei. Ha conseguido descifrar el código de la inscripción de Germigny y comprender su sentido gracias a la primera frase del manuscrito copto. Ha encontrado la cita de Orígenes, y gracias a la segunda frase del manuscrito, se encuentra tras la pis-

* Obra célebre de san Juan Clímaco, padre de la Iglesia.

ta de la epístola del decimotercer apóstol, cuando Andrei solo había sospechado de su existencia antes de venir aquí, a Roma.

Un estremecimiento recorrió la asamblea, y uno de los apóstoles levantó sus antebrazos.

—Hermano rector, ¿no estamos jugando con fuego? Nadie, desde los templarios, se ha acercado tanto al secreto que tenemos por misión proteger.

—Esta asamblea ya ha sopesado los pros y los contras, y ha tomado una decisión. Dejar que el padre Nil prosiga su investigación es un riesgo, pero un riesgo calculado. A pesar de los esfuerzos de nuestros predecesores, no ha desaparecido por completo todo rastro de la epístola. Y nosotros sabemos que su contenido es de tal naturaleza que puede destruir a la Iglesia católica, y con ella la civilización de la que constituye el alma y la inspiración. Tal vez exista todavía un ejemplar que ha escapado a nuestra vigilancia. No repitamos el error cometido con el padre Andrei: si soltamos al hurón, no impidamos esta vez que corra tras su presa. En caso de que consiga localizarla, actuaremos, y muy rápido. El padre Nil trabaja para nosotros...

El rector fue interrumpido por un apóstol cuya obesidad quedaba disimulada apenas por el alba blanca.

—Los dos pasan la mayor parte del tiempo en la reserva del Vaticano. ¿Qué medio de control tenemos sobre lo que se dice en este lugar estratégico?

El rector era el único en saber que ese apóstol ocupaba un cargo elevado en la Congregación para la Propagación de la Fe, uno de los servicios de información más eficaces del mundo. Aquel hombre tenía conocimiento de todas las noticias recogidas hasta en la menor de las parroquias rurales de los cinco continentes. Respondió, pues, con un matiz de respeto en la voz:

—Uno de nosotros visitó ayer al padre Breczinsky para recordarle ciertas cosas. Parece que ha comprendido. Pienso que pronto sabremos a qué atenernos con respecto a la capacidad del padre Nil para encontrar la epístola. Pasemos ahora a la reunión estatutaria.

Asistido por dos apóstoles, el rector corrió el panel de madera y cogió con ademán respetuoso la arquilla que se encontraba en el estante central. Ante los Once inmóviles, la colocó sobre la mesa y se inclinó profundamente.

—El viernes 13 de octubre de 1307, el canciller Guillaume de Nogaret detuvo al gran maestre del Temple Jacques de Molay y a ciento treinta y ocho hermanos suyos en la casa templaria de París. Los detenidos fueron encerrados en las mazmorras e interrogados sin descanso bajo tortura. En toda Francia, el mismo día, la casi totalidad de los miembros de la orden fueron capturados y dejaron así de constituir una amenaza: la cristiandad estaba salvada. Hoy conmemoramos aquí este viernes 13, convertido en fecha fatídica en el mundo entero, tal como prevén nuestros estatutos.

A continuación, el rector se inclinó y abrió la arquilla. Nil había encontrado casi todos los rastros dejados en la historia por la epístola del decimotercer apóstol, pero ese quedaría fuera de su alcance. El rector retrocedió un paso.

—Hermanos, os ruego que acudáis para la veneración.

Los apóstoles se levantaron, y cada uno de ellos se aproximó para besar primero el anillo del rector y luego el contenido de la arquilla.

Cuando le llegó el turno, Antonio permaneció un momento inmóvil inclinado sobre la mesa: colocada sobre un simple cojín de terciopelo rojo, una pepita de oro brillaba suavemente. Muy lisa, con la forma de una lágrima.

«*¡Esto es lo que queda del tesoro de los templarios!*»

Se inclinó, su rostro se encajó en la arquilla y sus labios se posaron sobre la lágrima de oro. Le pareció que aún quemaba, y una escena horrible surgió entonces tras sus ojos cerrados.

63

El padre Breczinsky les había recibido con una sonrisa apagada y les había conducido sin decir palabra hasta su mesa de trabajo. Después, tras dirigirles una inclinación de cabeza, el bibliotecario había entrado en su despacho dejando la puerta entreabierta.

Centrado por completo en su reciente descubrimiento, Nil no había prestado atención a su actitud reservada. «S. C. V., una signatura del Vaticano. ¡Es una de las mayores bibliotecas del mundo! Encontrar un libro en ella es una misión imposible.»

Trabajó mecánicamente durante unos minutos; luego respiró hondo y se volvió hacia Leeland.

—Rembert, ¿podrías pasarte sin mí unos instantes? Breczinsky es el único que puede ayudarme a encontrar a qué corresponde la signatura S. C. V. dejada por Andrei en su agenda. Voy a preguntarle.

Una sombra cruzó por el rostro del estadounidense, que susurró:

—Recuerda lo que te dije: no confíes en nadie aquí.

Nil no respondió nada. «Yo sé cosas que tú desconoces.» Se sacó los guantes y golpeó a la puerta del bibliotecario.

Breczinsky estaba sentado, inmóvil, ante la pantalla apagada de su ordenador, con las manos planas sobre el escritorio.

—Padre, el otro día me dijo que estaba dispuesto a ayudarme. ¿Puedo recurrir a usted ahora?

El polaco le miró sin decir nada, con expresión huraña. Luego bajó los ojos hacia sus manos y habló con voz sorda, como para sí mismo, como si Nil no estuviera allí:

—Mi padre fue asesinado a finales de 1940, no llegué a conocerle. Mi madre me lo explicó: una mañana un oficial superior de la Wehrmacht vino a buscar a todos los hombres del pueblo, supuestamente para efectuar un trabajo en el bosque. Mi padre nunca volvió, y mi madre murió cuando yo tenía seis años. Un primo de Cracovia me recogió en su casa; yo era un niño perdido de la guerra y ya no podía hablar. El joven sacerdote que estaba a cargo de la parroquia vecina tuvo piedad de ese niño mudo: me acogió a su lado y gracias a él recuperé el gusto por la vida. Luego, un día, trazó el signo de la cruz sobre mi frente, mis labios y mi corazón. Al día siguiente, por primera vez desde hacía años, hablé. Más adelante él me ayudó a entrar en el seminario diocesano de Cracovia, después de que se hubiera convertido en obispo de la ciudad. Se lo debo todo, es el padre de mi alma.

—¿Y se llamaba?

—Karol Wojtyla. Es el Papa actual. El Papa al que sirvo con todas mis fuerzas.

Por fin levantó los ojos y los clavó en los de Nil.

—Usted es un auténtico monje, padre Nil, como lo era el padre Andrei: viven en otro mundo. En el Vaticano se ha tejido una tela en torno al Papa, urdida por hombres que tienen interés en que no sepa todo lo que hacen en su nombre. En Polonia, Karol Wojtyla nunca conoció nada parecido: allí el clero era totalmente solidario, unido contra el enemigo soviético común. Cada uno tenía en el otro una confianza ciega, la Iglesia polaca no hubiera sobrevivido a intrigas internas. Dentro de este espíritu, el Papa se descargó de responsabilidades dejándolas en manos de hombres como el cardenal Catzinger. Y yo, aquí, soy el testigo silencioso de muchas cosas.

Se levantó con esfuerzo.

—Le ayudaré, como ayudé al padre Andrei. Pero corro un riesgo considerable. Júreme que no tratará de perjudicar al Papa.

Nil respondió en voz baja:

—Solo soy un monje, padre, solo me interesa el rostro y la identidad de Jesús. La política y las costumbres del Vaticano me son extrañas, y no tengo nada que ver con el cardenal Catzinger, que no sabe nada de mis trabajos. Como Andrei, yo soy un hombre de la verdad.

—Confío en usted: el Papa también es un hombre de la verdad. ¿Qué puedo hacer por usted?

Nil le tendió la agenda de Andrei.

—Durante su estancia en Roma, el padre Andrei consultó un libro y anotó aquí su signatura: ¿le dice algo este código?

Breczinsky examinó atentamente la página de la agenda, y luego levantó la cabeza.

—Desde luego, es una signatura de esta reserva. Indica toda la estantería donde se conservan las minutas de los procesos de inquisición de los templarios. Cuando pasó por aquí, el padre Andrei me pidió consultarlas, aunque no tenía la autorización. Sígame.

Pasaron en silencio ante la mesa, donde Leeland, inclinado sobre un manuscrito, no levantó la cabeza. Al llegar a la tercera sala, Breczinsky giró bruscamente a la izquierda y condujo a Nil ante un espacio situado en un refuerzo de la pared.

—Aquí tiene —dijo mostrándole las estanterías que tapizaban el muro—, actas de inquisición del proceso de los templarios, actas originales. Puedo decirle que el padre Andrei se detuvo en las minutas del interrogatorio del templario Esquiu de Floyran por Guillaume de Nogaret y en la correspondencia de Felipe el Hermoso; yo mismo las coloqué en su sitio después de que se fuera. Espero que trabaje tan deprisa como él: le doy dos horas. Y recuerde: usted nunca ha estado en esta parte de la reserva.

El bibliotecario desapareció como una sombra. En aquel rincón desierto solo se escuchaba el ronroneo del aire acondicionado. Había una decena de cajas de cartón alineadas y numeradas. Posiblemente en una de ellas, en una página escrita por el notario de la Inquisición ante el prisionero agotado por la tortura, se encontraba un rastro del decimotercer apóstol, hallado por Andrei.

Con gesto resuelto, Nil sacó la primera caja: «*Confesiones de los hermanos templarios, recogidas en presencia de monseñor Guillaume de Nogaret por mí, Guillaume de París, representante del rey Felipe el Hermoso y Gran Inquisidor de Francia*».

64

Orillas del mar Muerto, marzo de 1149

—Un esfuerzo más, Pierre, nos pisan los talones.

Esquiu de Floyran sujetó a su compañero por la cintura. Se encontraban al pie de un acantilado abrupto, una masa de concreciones rocosas en medio de las cuales se dibujaban senderos utilizados por las cabras. De vez en cuando se distinguían agujeros negros: la entrada de grutas naturales colgadas sobre el vacío.

Desde su encuentro en Vézelay tres años antes, los dos hombres no se habían separado. Enardecidos por las prédicas de san Bernardo, se habían revestido con la túnica blanca con cruz roja y se habían unido a la segunda cruzada en Palestina. Allí, en Gaza, los templarios se habían dejado coger en una trampa por los turcos seléucidas. Esquiu quiso romper el cerco de la plaza fuerte: a la cabeza de una quincena de caballeros, realizó en pleno día una salida de diversión, que efectivamente arrastró en su persecución a parte de los sitiadores. En su carrera hacia el este, sus compañeros habían caído uno tras otro. Ya solo quedaba a su lado el fiel Pierre de Montbrison.

Cuando llegaron a la orilla del mar Muerto, sus monturas se desplomaron bajo ellos. Los dos templarios saltaron por encima de un muro derrumbado y penetraron en un recinto en ruinas que mostraba las huellas de un violento incendio. Corriendo aún, pasaron ante un amplio depósito excavado en la roca y luego siguieron el trazado de los canales de irrigación, que se dirigían hacia el acantilado. Allí se encontraba su salvación.

En el momento en que abandonaban la protección de los árboles, Pierre lanzó un grito y cayó. Cuando su compañero se inclinó sobre él, vio que una flecha le había atravesado el abdomen, a la altura de los riñones.

—¡Déjame, Esquiu, estoy herido!

—¿Dejarte en sus manos? ¡Nunca! Nos refugiaremos en este acantilado y escaparemos al amparo de la noche. Hay un oasis muy cerca, Ein Feshka: está en la ruta hacia el oeste, el camino de la salvación. Apóyate en mí, no es la primera flecha que recibes: la sacaremos una vez arriba; volverás a ver Francia y tu encomienda.

Las palabras ardientes de san Bernardo resonaban todavía en sus oídos: «El caballero de Cristo da la muerte con una seguridad completa. Si muere, es por su bien; si mata, es por Cristo».* Pero por el momento se trataba de escapar a una banda de turcos enfurecidos.

Allahu Akbar! Sus gritos estaban muy próximos. «Pierre no puede más. ¡Socórrenos, Señor!»

Apoyándose el uno en el otro, iniciaron la ascensión por la pared rocosa.

Los templarios se detuvieron cerca de la boca de una de las grutas, y Esquiu dirigió la mirada hacia la base del acantilado: sus perseguidores parecían haberles perdido de vista y celebraban consejo. Desde su atalaya podía ver no solo las ruinas calcinadas que acababan de atravesar, sino también la ensenada del mar Muerto, que brillaba bajo el sol de la mañana.

---

* De la regla dada por san Bernardo a los templarios, *De laude novae militiae*.

A su derecha, Pierre se había apoyado contra la pared rocosa; estaba pálido.

—Tiéndete y te sacaré la flecha. Ven, nos introduciremos en este agujero y esperaremos a la noche.

La abertura era tan estrecha que tuvieron que entrar con los pies por delante. Esquiu arrastró a su compañero, que gemía, cubierto de sangre. Curiosamente el interior estaba bastante iluminado. El caballero tendió al herido a la izquierda de la entrada, con la cabeza apoyada contra una especie de cuenco de tierra cocida que sobresalía de la arena. Luego, con un gesto rápido, le arrancó la flecha. Pierre lanzó un aullido y perdió el conocimiento.

«La flecha ha atravesado el vientre de parte a parte, la sangre mana a raudales; está perdido.»

Derramó las últimas gotas de su provisión de agua entre los labios del moribundo. Luego fue a inspeccionar el valle que quedaba por debajo: los turcos seguían allí. Tenía que esperar a que se fueran. Pero Pierre habría muerto antes.

Esquiu, un hombre cultivado, erudito, había acogido en sus tierras a un priorato de monjes blancos de la nueva orden creada por san Bernardo. El caballero pasaba el tiempo libre leyendo los manuscritos reunidos en su *scriptorium* y había estudiado la medicina de Galeno en el texto griego: Pierre se vaciaba de su sangre, que formaba un charco oscuro bajo su cuerpo. Le quedaba una hora, tal vez menos.

Impotente, lanzó una ojeada al suelo de la gruta. A lo largo de todo el muro de la izquierda, unos cuencos de tierra cocida sobresalían de la arena. Levantó al azar el tercero contando desde la entrada: era una jarra de tierra perfectamente conservada. En el interior vio un grueso rollo rodeado de trapos, aceitoso. Contra la pared, bien separado de este, había un rollo más pequeño. Lo sacó sin dificultad. Era un pergamino de buena calidad, cerrado con un simple cordel de lino que deshizo sin esfuerzo.

Echó un vistazo a Pierre: inmóvil, apenas respiraba, y su rostro ya tenía el color ceniciento de los cadáveres. «¡Mi pobre amigo… morir en una tierra extranjera!»

Desenrolló el pergamino. Era griego, perfectamente legible. Una escritura elegante, y palabras que reconoció sin dificultad: el vocabulario de los apóstoles.

Se acercó a la abertura y empezó a leer. Sus ojos se dilataron y sus manos se pusieron a temblar ligeramente.

«Yo, el discípulo bienamado de Jesús, el decimotercer apóstol, a todas las Iglesias…» El autor decía que la noche de la última cena en la sala alta no eran doce, sino trece apóstoles, y que el decimotercero era él. Protestaba en términos solemnes contra la divinización del Nazareno. Y afirmaba que Jesús no había resucitado, sino que había sido trasladado después de su muerte a una tumba, que se encontraba…

—¡Pierre, mira! Una carta apostólica del tiempo de Jesús, la carta de uno de sus apóstoles… ¡Pierre!

La cabeza de su amigo se había deslizado hacia abajo y descansaba junto al cuenco de tierra que cerraba la primera jarra de la gruta. Estaba muerto.

Una hora más tarde, Esquiu había tomado una decisión: el cuerpo de Pierre esperaría allí la resurrección final; pero aquella carta de un apóstol de Jesús del que nunca había oído hablar debía ser revelada al mundo cristiano. Llevarse el pergamino era demasiado arriesgado: endurecido por el tiempo, pronto se habría desintegrado. Y él mismo, ¿podría escapar esa noche de los musulmanes? ¿Llegaría sano y salvo a Gaza? El original permanecería en la gruta, pero haría una copia. Enseguida.

Respetuosamente volvió el cuerpo de su amigo, le abrió la túnica y rasgó una larga tira de su camisa. Luego talló finamente un pedazo de madera y colocó la tela sobre una piedra plana. Mojó su pluma improvisada en la mancha de sangre que enrojecía el suelo. Y empezó a copiar la epístola apostólica como había visto hacerlo, tan a menudo, en el *scriptorium* del priorato.

El sol se ponía detrás del acantilado de Qumran. Esquiu se levantó: el texto del decimotercer apóstol estaba ahora inscrito, en letras de sangre, sobre la camisa de Pierre. Enrolló el pergamino, lo rodeó con el cordel de lino y lo volvió a colocar con precaución en la tercera jarra, procurando que no tocara el rollo grasiento. Después de colocar la tapa, dobló cuidadosamente la copia que acababa de realizar y la deslizó en su cinturón.

Desde la entrada de la gruta, lanzó una ojeada hacia abajo: los turcos ya eran dos veces menos numerosos. Solo, sabría huir de ellos. Había que esperar a la noche y pasar por la plantación de Ein Feshka. Lo conseguiría.

Dos meses más tarde, un barco de vela marcado con la cruz roja franqueaba la bocana de San Juan de Acre y ponía rumbo al oeste. De pie en la proa, un caballero del Temple revestido con un gran manto blanco lanzaba una última mirada a la tierra de Cristo.

El caballero abandonaba tras de sí el cuerpo de su mejor amigo, que yacía en una de las grutas que dominaban Qumran, una gruta que contenía decenas de jarras llenas de extraños rollos. En cuanto fuera posible, tendría que volver, recuperar el pergamino de la tercera jarra a la izquierda a partir de la entrada y llevarlo a Francia con todas las precauciones que merecía un documento tan venerable.

La muerte de Pierre no habría sido inútil: entregaría su copia de una carta apostólica de la que nadie había oído hablar nunca al gran maestre del Temple, Robert de Craon. Su contenido cambiaría la faz del mundo. Y probaría a todos que los templarios habían tenido razón al rechazar al Cristo y amar, en cambio, apasionadamente a Jesús.

Al llegar a París, Esquiu de Floyran solicitó ver a Robert de Craon a solas. Una vez en su presencia, sacó de su cinturón un rollo de tela cubierto de caracteres marrón oscuro y lo tendió al gran maestre del Temple, segundo del título.

Sin decir palabra, el gran maestre desenrolló la cinta de tela. Siempre en silencio, examinó el texto, perfectamente legible. Severamente hizo jurar a Esquiu que mantendría el secreto, sobre la sangre de su hermano y amigo, y le despidió con una simple inclinación de cabeza.

Robert de Craon pasó toda la velada y toda la noche solo ante la mesa sobre la que se encontraba extendido el pedazo de tela cubierto con la sangre de uno de sus hermanos, sangre que dibujaba las líneas más increíbles, más conmocionantes que hubiera leído nunca.

Al día siguiente, con rostro grave, ordenó que se llamara, en toda Europa, a una convocatoria extraordinaria del capítulo general de la orden de los Templarios. Ninguno de los hermanos capitulares, senescales o priores, fueran titulares de ilustres fortalezas o de la más pequeña comendadoría, debía estar ausente de ese capítulo.

Ninguno.

65

Cuando Nil se reunió con su amigo, que seguía inclinado sobre la mesa de la sala de la reserva, su rostro tenía una expresión severa. Leeland levantó la cabeza del manuscrito.

—¿Y bien?

—Aquí no. Volvamos a la vía Aurelia.

Roma se preparaba para celebrar la Navidad. Según una tradición propia de la Ciudad Eterna, durante este período, para cada iglesia es una cuestión de honor exponer un *presepio*, un pesebre adornado con todos los atributos de la imaginación barroca. Los romanos pasaban sus tardes de diciembre deambulando de una iglesia a otra, comparando las realizaciones de cada una y comentándolas con grandes gesticulaciones.

«Imposible —pensó Nil, viendo pasar a familias enteras bajo los atrios de las iglesias, y los ojos dilatados de felicidad de los niños—, imposible decirles que todo esto está basado en una mentira secular. Necesitan a un Dios a su imagen, un dios niño. La Iglesia no puede sino proteger su secreto: Nogaret tenía razón.»

Los dos hombres caminaban en silencio. Una vez en el estudio, se instalaron junto al piano, y Leeland sacó una botella de bourbon. Sirvió a Nil, que hizo un gesto para detenerle.

—Vamos, Nil, nuestra bebida nacional lleva el nombre de los reyes de Francia. Unos tragos te ayudarán a explicarme lo que has hecho, solo durante toda la mañana, en una parte de la reserva vaticana a la que en principio no tienes acceso...

Nil no reaccionó ante la alusión: por primera vez, ocultaría una cosa a su amigo. Las confidencias de Breczinsky, su rostro aterrorizado, no tenían nada que ver con su investigación: se sentía poseedor de un secreto que no compartiría con nadie. Bebió un trago de bourbon, hizo una mueca y tosió.

—No sé por dónde empezar: tú no eres un historiador, no has estudiado las actas de los interrogatorios de la Inquisición que acabo de ver. He encontrado los textos consultados por Andrei en su paso por la reserva, y me han hablado inmediatamente: es algo, a la vez, claro y oscuro.

—¿Has encontrado algo relacionado con el decimotercer apóstol?

—Las palabras «decimotercer apóstol» o «epístola apostólica» no aparecen en ningún interrogatorio. Pero ahora que sé lo que buscamos, hay dos detalles que me han llamado la atención y que no entiendo. Felipe el Hermoso estableció personalmente el acta de acusación de los templarios en una carta dirigida a los comisarios reales el 14 de septiembre de 1307, un mes antes de la redada general contra todos los miembros de la orden. El acta se conserva en la reserva, y la he copiado esta mañana.

Nil se inclinó y sacó una hoja de papel de su bolsa.

—Te leo su primera acusación: «He ahí algo amargo, algo deplorable, sin duda horrible, un crimen detestable...». ¿Y qué es? «Que los templarios, cuando entran en su orden, niegan por tres veces a Cristo y le escupen otras tantas veces en el rostro.»*

* Carta de Felipe el Hermoso a los caballeros Hugo de la Celle y Oudard de Molendinis, comisarios de Su Majestad.

276

—¡Caramba!

—Luego, desde el viernes 13 de octubre de 1307, hasta el último interrogatorio de Jacques de Molay en la hoguera, el 19 de marzo de 1314, una pregunta se repite sin cesar: «¿Es cierto que renegáis de Cristo?». Todos los templarios, cualquiera que sea la severidad de las torturas sufridas, reconocen que sí, que rechazan a Cristo, pero que, en cambio, no rechazan a Jesús, que en nombre de Jesús precisamente se alistaron en la milicia.

—¿Y cuál es la conclusión?

—Pues que dicen exactamente lo mismo que afirman los nazareos cuyos textos pudo consultar Orígenes en Alejandría. Sabemos que esa era la enseñanza de su maestro, el decimotercer apóstol: si su epístola es capaz por sí sola de aniquilar a la Iglesia, si debe ser «destruida en todas partes» como pide el manuscrito copto, no es solo porque niegue la divinidad de Jesús (muchos otros lo hicieron antes que él), sino porque, según Orígenes, aporta una prueba de que no era Dios.

—¿Crees que los templarios tuvieron conocimiento de la epístola desaparecida del decimotercer apóstol?

—No lo sé, pero señalo que en el siglo XIV unos templarios se dejan torturar y matar porque proclaman la misma doctrina que los nazareos, y confirman esta elección con un gesto ritual: escupiendo a Cristo. Tal vez podría haber una segunda hipótesis. —Nil se rascó la frente—. Estos hombres estuvieron mucho tiempo en estrecho contacto con los musulmanes. El rechazo de otro Dios que no sea Alá se repite sin cesar en el Corán, y no olvides que el propio Mahoma conoce y cita en varias ocasiones a los nazareos...

—¿Y eso qué quiere decir? ¡Lo mezclas todo!

—No, solo relaciono elementos dispares. A menudo se ha dicho que los templarios habían sido influenciados por el islam; tal vez fuera así, pero su rechazo de la divinidad de Jesús no tiene su origen en el Corán. Es más grave: entresacando informaciones de los interrogatorios, puede verse que algunos confiesan que la autoridad de Pedro y de los doce apóstoles ha sido, según ellos, transferida a la persona del gran maestre del Temple.

—¿El gran maestre sería una especie de sucesor del decimotercer apóstol?

—No lo dicen en estos términos, pero afirman que su rechazo de Cristo se apoya en la persona de su gran maestre, que consideran una autoridad superior a la de los Doce y la Iglesia. Todo ocurre como si se hubiera transmitido en el curso de los siglos, paralelamente a la de Pedro, una sucesión apostólica oculta. Una sucesión que tiene su fuente en el decimotercer apóstol, se apoya luego en los nazareos, y más tarde, después de su extinción, en esa misteriosa epístola.

Nil tomó otro trago de bourbon.

—Felipe el Hermoso presenta una segunda acusación grave contra los templarios: «Cuando entran en su orden, besan a quien les recibe, el gran maestre, en primer lugar en el bajo de la espalda, y luego en el vientre».*

Leeland lanzó una carcajada.

—*Gosh! Templar queers!*

—No, los templarios no eran homosexuales, hacían voto de castidad y todo muestra que lo respetaban. Era un gesto ritual, en el curso de una ceremonia religiosa, solemne y pública. Este gesto permitió a Felipe el Hermoso acusarles de sodomía, porque no lo comprendía, cuando sin duda revestía una alta significación simbólica.

—¿Estás diciendo que besarle el trasero al gran maestre y luego dar la vuelta y besarle el vientre era un ritual simbólico de una Iglesia?

—Sí, un rito solemne al que concedían gran importancia.

---

* *Ibidem.*

Y si es así, ¿qué sentido tenía este gesto para ellos? Primero pensé que veneraban las *chakras* del gran maestre, esos puntos de intersección de la energía espiritual que los hindúes sitúan precisamente en el vientre y en el... trasero, como tú dices. Pero los templarios no conocían la filosofía hindú. No encuentro, pues, ninguna explicación excepto esta: un gesto de veneración hacia la persona del gran maestre, el apóstol cuya autoridad suplantaba para ellos a la de Pedro y sus sucesores. De este modo, al parecer, se ligaban a otra sucesión, la del decimotercer apóstol. Pero ¿por qué un beso en ese lugar preciso, en la parte baja de la espalda? Eso es algo que ignoro.

Aquel día, el padre Nil no consiguió dormir. Las preguntas le daban vueltas en la cabeza. ¿Qué significaba aquel gesto sacrílego que había manchado para siempre la memoria de los caballeros? Y sobre todo, ¿qué relación tenía con la epístola del decimotercer apóstol?

Una vez más, se dio la vuelta en la cama, y el colchón de muelles chirrió. Al día siguiente asistiría a un concierto. Una diversión bienvenida.

66

París, 18 de marzo de 1314

—Por última vez, te conjuramos a que confieses: ¿has rechazado la divinidad de Cristo? ¿Nos dirás lo que significa el ritual impío de vuestra admisión en tu orden?

En el extremo de la île de la Cité, el gran maestre del Temple Jacques de Molay había sido izado sobre un montón de troncos. Con las manos atadas bajo el manto blanco marcado con la cruz roja, el gran maestre se encontraba frente a Guillaume de Nogaret, canciller e instrumento fiel del rey Felipe IV el Hermoso. El pueblo de París se apretujaba en las dos orillas del Sena: ¿se retractaría el gran maestre en el último momento, privando así a los mirones de un espectáculo selecto? El verdugo, con las piernas separadas, sostenía en su mano derecha la antorcha inflamada y ya solo tenía que hacer un gesto.

Jacques de Molay cerró los ojos un instante y rememoró toda la historia de su orden. Había sido dos siglos antes, en 1149. No lejos de la pira donde iba a morir.

El día siguiente al paso por París del caballero Esquiu de Floyran, el gran maestre Robert de Craon había convocado con urgencia un capítulo extraordinario de la orden del Temple.

Ante los hermanos reunidos en asamblea, Craon había leído en voz alta la epístola del decimotercer apóstol, en la copia que milagrosamente acababa de llegar a sus manos. La carta proporcionaba la prueba indiscutible de que Jesús no era Dios. Su cuerpo nunca había resucitado, sino que había sido enterrado por los esenios en algún lugar en los confines del desierto de Idumea. El autor decía que rechazaba el testimonio de los Doce y la autoridad de Pedro, acusado de haber aceptado la divinización de Jesús para conquistar el poder.

Petrificados, los templarios le habían escuchado en medio de un silencio mortal. Uno de ellos se había levantado y había dicho con voz sorda:

—Hermanos, todos los que estamos aquí hemos vivido durante años en contacto con nuestros enemigos musulmanes. Cada uno de nosotros sabe que el Corán rechaza la divinidad de Jesús en unos términos parecidos en todo a esta carta apostólica, y que esta es la razón principal de su encarnizamiento contra los cristianos. Hay que poner esta epístola en conocimiento de la cristiandad, para que se reconozca por fin la verdadera identidad de Jesús: esto pondrá fin para siempre a la guerra despiadada que opone a los sucesores de Mahoma con el sucesor de Pedro. ¡Solo entonces podrán vivir apaciblemente juntos los que confiesen con una misma voz que Jesús, el hijo de José, no era un dios sino un hombre excepcional y un guía inspirado!

Robert de Craon sopesó cuidadosamente los términos de su respuesta; nunca, dijo a los hermanos reunidos, jamás, renunciaría la Iglesia a su dogma fundacional, fuente de un poder universal. Él tenía otro proyecto, que fue adoptado después de una larga deliberación.

En los decenios que siguieron, la riqueza de los templarios se acrecentó de una forma prodigiosa. Al gran maestre le bastaba entrevistarse con un príncipe o un obispo para que inmediatamente afluyeran las donaciones en tierras o en metal precioso. Y es que los sucesores de Robert de Craon hacían valer un argumento indiscutible.

—Dadnos los medios para cumplir nuestra misión —decían—, o publicaremos un documento apostólico que se encuentra en nuestra posesión y que os destruirá, aniquilando a esa cristiandad de la que extraéis vuestro poder y todas vuestras riquezas.

Los reyes, los propios papas, pagaron, y opulentas encomiendas templarias brotaron por todas partes. Un siglo más tarde, los templarios hacían de banqueros de toda Europa: la epístola del decimotercer apóstol se había convertido en la compuerta de un río de oro que se vertía en los cofres de los caballeros.

Pero la fuente de una riqueza semejante, codiciada por todos, estaba a la merced de un robo: había que poner en lugar seguro aquel frágil pedazo de tela. La persona del gran maestre, continuador del decimotercer apóstol y enfrentado como él a la cristiandad fundada por Pedro, su persona física, se había convertido en intocable. Y uno de ellos recordó entonces el procedimiento que utilizan los prisioneros orientales para ocultar su dinero, colocándolo en un tubo metálico que deslizan en sus entrañas para mantenerlo así al abrigo de cualquier hurto. El gran maestre hizo confeccionar un estuche de oro y colocó en él la copia de la epístola cuidadosamente enrollada, la introdujo en su cuerpo y la transportó en adelante en la intimidad de su persona, ahora doblemente sagrada.

Para que nadie pudiera descubrir el secreto ligado a la epístola, era preciso que cualquier rastro de él, por mínimo que fuera, quedara borrado. El senescal de la encomienda de

Patay oyó hablar de una inscripción grabada en la iglesia de Germigny, que se encontraba por entonces en sus tierras. Un monje erudito pretendía que aquella inscripción contenía un sentido oculto, deslizado en la forma peculiar con que había sido transcrito el texto del símbolo de Nicea. Y afirmaba que era capaz de descifrar aquel código.

El senescal convocó al monje y se encerró con él en la iglesia de Germigny. Cuando salió, con expresión grave, ordenó al momento que condujeran al monje, bajo escolta, a su encomienda de Patay.

El monje erudito murió allí al día siguiente. La losa fue recubierta inmediatamente con una capa de revoque, y su misteriosa inscripción desapareció de la vista y de la memoria del pueblo.

El ritual de admisión en la orden de los Templarios incorporó, a partir de ese momento, un gesto curioso que los novicios ejecutaban religiosamente: durante la misa y antes de recibir el gran manto blanco, cada uno de ellos debía arrodillarse ante el maestre y besar primero la parte baja de su espalda y luego su vientre.

Sin saberlo, el nuevo hermano veneraba así la epístola del decimotercer apóstol, perseguida en todas partes por el odio de la Iglesia, a la que amenazaba, y contenida ahora en las entrañas del gran maestre, que la extraía de su precioso estuche únicamente para obtener con ella aún más tierras, aún más oro.

El tesoro de los templarios yacía en los sótanos de múltiples encomiendas. Pero la fuente de ese tesoro, su fuente inagotable, era transmitida por cada gran maestre a su sucesor, que la protegía con la muralla de su propio cuerpo.

Sobre la pira, Jacques de Molay levantó la cabeza. Le habían aplicado la tortura del agua, del fuego y de los estiramientos, pero no habían registrado sus entrañas. Con una simple contracción podía sentir en lo más íntimo de sí la presencia del estuche de oro: la epístola, la única arma de los templarios contra los reyes y los prelados de una Iglesia que se había convertido en indigna de Jesús, desaparecería con él. Con una voz sorprendentemente potente, el gran maestre respondió a Guillaume de Nogaret:

—Si algunos de nuestros hermanos han confesado los horrores de que me acusas, lo han hecho bajo tortura. Ante el cielo y la tierra, yo juro ahora que todo lo que acabas de decir sobre los crímenes y la impiedad de los templarios son solo calumnias. Y merecemos la muerte por no haber sabido resistir al sufrimiento infligido por los inquisidores.

Con una sonrisa de triunfo, Nogaret se volvió hacia el rey. De pie en la logia real que dominaba el Sena, Felipe levantó la mano, y al instante el verdugo bajó su brazo, hundiendo la antorcha llameante en los troncos de la pira.

Las lenguas de fuego volaban en el aire hasta las torres de Notre-Dame. Jacques de Molay aún tuvo fuerzas para gritar:

—¡Papa Clemente, rey Felipe! ¡Antes de un año os emplazo ante el tribunal de Dios para recibir vuestro justo castigo! ¡Yo os maldigo, a vosotros y a los que os seguirán!

La hoguera se derrumbó sobre sí misma en una explosión de chispas. El calor fue tan intenso que alcanzó a las orillas del Sena.

Al acabar el día, el párroco de Notre-Dame fue a rezar ante los restos humeantes de la hoguera. Los arqueros habían abandonado el lugar; el sacerdote se vio solo y se arrodilló. De pronto dio un respingo: ante él, en medio de las cenizas calientes, un objeto brillaba a la luz del sol poniente. Con ayuda de una rama, lo acercó hacia sí: era una pepita de oro, oro fundido por el calor del brasero, brillante, en forma de lágrima.

Todo lo que quedaba del estuche que había contenido la epístola del decimotercer apóstol, todo lo que quedaba del último gran maestre del Temple: todo lo que quedaba del verdadero tesoro de los templarios.

Como muchos otros, el párroco sabía que los templarios eran inocentes, que su muerte atroz era de hecho un martirio: con devoción posó los labios sobre la lágrima de oro, y le pareció que ardía, aunque solo estaba tibia. Era la reliquia de un santo, como todos los que habían dado su vida por la memoria de Jesús. El sacerdote la confió al enviado del papa Clemente, que murió aquel mismo año.

Tras un azaroso periplo, la lágrima de oro cayó más tarde en manos de un rector de la Sociedad San Pío V, que consiguió conocer su significado, ya que no todos los templarios habían perecido a principios del siglo XIV: nada hay tan difícil de suprimir como la memoria.

El rector guardó aquel testimonio indirecto de la rebelión del decimotercer apóstol contra la Iglesia dominante como un objeto precioso entre los tesoros de la Sociedad.

67

El vestíbulo de entrada era de hecho el salón de una vasta residencia patricia. A dos pasos del animado centro de la ciudad, la vía Giulia ofrecía a Roma el encanto de sus arcadas cubiertas de glicinas y de algunos palacios antiguos transformados en hoteles a la vez familiares, lujosos y acogedores.

—¿Querría avisar al señor Barjona de que deseo verle?

El recepcionista, elegantemente vestido de negro, observó al visitante matinal. Un hombre de cierta edad, con el cabello cubierto de canas, vestido con ropa corriente: ¿Un admirador? ¿Un periodista extranjero? Apretó los labios.

—El maestro volvió muy tarde ayer por la noche, nunca le molestamos antes de…

Con naturalidad, el visitante sacó del bolsillo un billete de veinte dólares y lo tendió al recepcionista.

—Estará encantado de verme, y si no fuera así, le compensaría del mismo modo por la molestia. Dígale que su viejo amigo del club le espera: él lo entenderá.

—Ari, ¿cómo se te ocurre sacarme de la cama a estas horas la víspera de un concierto? Y para empezar, ¿qué estás haciendo en Roma? Deberías disfrutar tranquilamente de tu retiro en Jaffa y dejarme en paz. ¡Ya no estoy a tus órdenes!

—Es verdad, pero no se abandona nunca el Mosad, Lev, y tú sigues estando a sus órdenes. ¡De modo que relájate! Estaba de paso en Europa y he aprovechado para verte, eso es todo. ¿Cómo se presenta tu temporada romana?

—Bien, pero esta noche arranco con el tercer concierto para piano y orquesta de Rachmaninov; es un monumento aterrador y tengo necesidad de concentrarme. ¿De modo que aún te queda familia en Europa?

—Un judío siempre tiene familia en algún sitio. Tu familia es un poco el servicio en que te formé cuando eras solo un adolescente. Y en Jerusalén están inquietos por ti. ¿Cómo se te ocurrió seguir al monje francés en el expreso de Roma después de haber reservado todo su compartimiento? ¿Quién te había dado esa orden? ¿Querías repetir la operación precedente y esta vez sin ayuda? ¿Fui yo quien te enseñó a hacer de jinete solitario en una operación?

Lev hizo una mueca y bajó la cabeza.

—No tenía tiempo de avisar a Jerusalén, todo fue muy rápido y...

Ari apretó los puños y le interrumpió:

—No mientas, al menos a mí. Sabes muy bien que desde tu accidente ya no eres el mismo, y que durante años has mantenido un contacto excesivo con la muerte. Hay momentos en que te dejas dominar por la necesidad del peligro, por su perfume, que te excita como una droga. Entonces ya no piensas: ¿imaginas lo que hubiera pasado si el padre Nil hubiera sufrido también un accidente?

—Hubiera planteado un problema grave a la gente del Vaticano. Les odio con toda mi alma, Ari: ellos permitieron que los nazis que habían exterminado a mi familia huyeran a Argentina.

Ari le miró con ternura.

—Este ya no es tiempo para el odio, sino para la justicia. Y es inconcebible, inadmisible, que seas tú quien tome, sin comentarlo, decisiones políticas de ese nivel. Has demostrado que ya no eres capaz de controlarte: debemos protegerte contra ti mismo. En adelante, prohibición absoluta de cualquier operación sobre el terreno. El pequeño Lev que interpretaba su vida como si fuera una partitura musical ha crecido. Ahora eres célebre: prosigue con la misión que te hemos confiado, vigilar a Muktar al-Quraysh, y concéntrate en el monje francés. La acción directa ya no es para ti.

68

Nil entró, emocionado, en la Academia de Santa Cecilia. La última vez que había asistido a un concierto había sido en París, la víspera de su admisión en el monasterio. Hacía mucho tiempo de aquello.

La sala del auditorio, pequeña, casi familiar, hervía con el rumor de las conversaciones mundanas, y en medio de los trajes de gala se distinguían las sotanas púrpuras de algunos cardenales. Leeland tendió las dos tarjetas de invitación al acomodador, que les condujo a la fila veinte, ligeramente a la izquierda.

—Desde aquí no le molestará la tapa del piano, *monsignore*, y podrá seguir la interpretación del solista.

Se sentaron y permanecieron en silencio. Desde su llegada a Roma, Nil sentía que algo se había roto entre él y Leeland: aquella confianza total, absoluta, que les había permitido seguir estando tan próximos a pesar de la lejanía, a pesar de los años. Le parecía que había perdido a su último y único amigo.

La orquesta ya se había instalado. De pronto se atenuó la luz en la sala y el director hizo su entrada seguido por el pianista. Se elevó una tormenta de aplausos, y el estadounidense se inclinó hacia Nil.

—Lev Barjona ya ha dado varios recitales aquí, el público le conoce y le aprecia.

El director saludó, pero Lev Barjona se instaló directamente ante el piano sin volver la cabeza hacia la sala. Desde su asiento, Nil solo distinguía su perfil derecho, coronado por una crin de cabellos rubios. Cuando el director subió al estrado, el pianista levantó los ojos y le sonrió. Luego inclinó la cabeza y se escuchó la vibración de los violines, la pulsión de un latido profundo que anunciaba la entrada del piano. Alcanzado por esa cadencia repetitiva, obsesiva, el rostro del pianista se petrificó como el de un autómata.

Nil tuvo un flash repentino: él ya había visto aquella expresión en algún sitio. Pero las manos de Lev se posaron sobre el piano y el tema del primer movimiento se elevó, planeando como el recordatorio nostálgico de un mundo olvidado, el de la felicidad perdida después de la revolución rusa de Octubre. Nil cerró los ojos. La música de Rachmaninov le llevaba en un trineo por la nieve helada y luego, por las rutas del exilio, a las puertas de la muerte y el abandono.

Al final del segundo movimiento, la sala estaba conquistada. Leeland se inclinó de nuevo hacia Nil.

—El tercer movimiento es una de las piezas más difíciles de todo el repertorio.

Lev Barjona estuvo deslumbrante, pero apenas saludó a la sala, que se había levantado en bloque, y desapareció entre bastidores. Rojo de placer, Leeland aplaudía como un loco. Bruscamente se detuvo.

—Conozco a Lev, no volverá a escena, nunca da un bis. Ven, trataremos de encontrarle.

Los dos amigos se deslizaron por entre los espectadores que pateaban y gritaban «¡Bravo! ¡Bravo! ¡Un bis!».

En el palco del proscenio reservado al Vaticano, el cardenal Catzinger aplaudía con despego. Había recibido una nota *molto confidenziale* de la Secretaría de Estado* que le ponía en

---

* Ministerio de Asuntos Exteriores del Vaticano.

guardia contra el pianista israelí. «Un personaje turbio tal vez, ¡pero qué virtuoso!»

De pronto se quedó inmóvil: acababa de distinguir, por debajo del palco, la silueta elegante de Leeland, seguida de la cabeza gris de Nil. Se dirigían hacia el lado izquierdo del escenario, hacia bastidores: a los camerinos de los artistas.

—¡Rembert! ¡*Shalom*, qué placer volver a verte!

Rodeado de mujeres hermosas, Lev Barjona abrazó a Leeland y luego se volvió hacia Nil.

—Supongo que este es tu compañero… Encantado de conocerle, ¿le gusta Rachmaninov?

Nil, petrificado, no le devolvió el saludo. El israelí estaba ahora a plena luz y por primera vez veía su rostro de frente: una cicatriz partía de su oreja izquierda y se perdía en su cabellera.

¡El hombre del tren!

Lev, que parecía muy tranquilo, hizo ver que no había notado su estupefacción. El pianista se inclinó hacia Leeland y le susurró sonriendo:

—Llegáis en buen momento, estaba tratando de escapar a estas admiradoras. Después de cada concierto me hacen falta unas horas para volver a descender a la tierra; necesito un intervalo de calma y de silencio.

Y añadió volviéndose hacia Nil:

—¿Me concedería el placer de cenar conmigo? Podríamos ir a una *trattoria* discreta, y con dos monjes, sin duda el silencio estará garantizado: serán los invitados ideales para ayudarme a abandonar el mundo de Rachmaninov. Espérenme en la salida de los artistas; me escapo de estas importunas, me cambio y voy con ustedes.

La sonrisa y el encanto de Lev Barjona ejercían un efecto irresistible, y manifiestamente él lo sabía: el pianista no esperó la respuesta y se dirigió hacia el fondo de la zona de bastidores, dejando a Nil petrificado de estupor.

¡El hombre del tren! ¿Qué hacía solo con él en un expreso de Roma repleto, y qué se disponía a realizar cuando el revisor había aparecido en su compartimiento?

Y ahora iba a cenar con él, cara a cara…

TERCERA PARTE

69

Aquella noche, ya tarde, en el piso del Castel Sant'Angelo sonó el teléfono. Alejandro Calfo se sobresaltó. Acababa de convencer por fin a Sonia —la joven se resistía cada vez más a aceptar sus exigencias— y estaba dando los últimos toques a una puesta en escena complicada que debía ser absolutamente perfecta.

A esa hora solo podía ser el cardenal.

Lo era. Catzinger había llamado inmediatamente después de volver al Vaticano desde la cercana Academia de Santa Cecilia. Por el tono de su voz, Calfo comprendió al momento que algo no iba bien.

—Monseñor, ¿estaba al corriente?

—¿De qué, eminencia?

—Acabo de volver de un concierto dado por el israelí, Lev Barjona. Hace unos días, nuestros servicios me pusieron en guardia contra este hombre, y me he enterado con estupefacción de que la Sociedad San Pío V, al parecer…, cómo lo diría…, ha utilizado sus talentos ocultos. ¿Quién le autoriza a hacer actuar a agentes extranjeros en nombre del Vaticano?

—¡Eminencia, Lev Barjona nunca ha sido un agente del Vaticano! Es, en primer lugar, un eminente pianista, y he aceptado su colaboración únicamente porque, siendo hijo de Abraham como nosotros, comprende muchas cosas. Pero nunca le he visto.

—Pues bien, yo sí acabo de verle, en Santa Cecilia. Y adivine quién estaba en la sala.

Calfo suspiró.

—Sus dos monjes —continuó Catzinger—, el estadounidense y el francés.

—Eminencia…, ¿qué tiene de malo ir a escuchar buena música?

—Para empezar, el lugar de un monje no está en el espectáculo. Y sobre todo, he visto cómo al final del concierto se dirigían hacia bastidores. Sin duda se habrán encontrado con Lev Barjona.

«Eso espero justamente —pensó Calfo—, que lo hayan encontrado.»

—Eminencia, hace tiempo, en Jerusalén, Leeland conoció a Barjona, que era alumno de Arthur Rubinstein. Comparte con él la misma pasión por la música. Me parece normal que…

Catzinger le interrumpió:

—¿Puedo recordarle que Leeland trabaja en el Vaticano y que fui yo quien le autorizó a utilizarle como señuelo para el padre Nil? Es muy peligroso permitir que se encuentren con un personaje tan dudoso como Lev Barjona, del que debe saber, como yo, que no es solo un músico de talento. Mi paciencia se agota: durante la semana que precede a la Navidad, celebro la misa cada mañana en mi *titulum** de Santa Maria in Cosmedin; mañana es el primer día. Arregle las cosas para que Leeland se encuentre a mi disposición a primera hora de la tarde. Le convocaré a mi despacho y le enfrentaré a sus responsabilidades. En cuanto a usted, no olvide que está al servicio de la Iglesia, lo que le prohíbe ciertas… iniciativas.

---

* En el momento de la nominación, a cada cardenal se le asigna un *titulum* —una de las venerables iglesias antiguas de Roma—, que recuerda la época en que asistían al Papa en la administración de la ciudad.

Mientras colgaba, Calfo sonrió. No le hubiera gustado encontrarse en el puesto del estadounidense: el señuelo acabaría devorado por su eminencia. Pero no tenía importancia: había desempeñado perfectamente su papel, hacer hablar a Nil primero y ahora ponerle en contacto con el israelí. Le dejaría el señuelo al cardenal. A él le interesaba atrapar al pez.

Volvió a su dormitorio y reprimió un gesto de exasperación: Sonia se había despojado de su atuendo y se había sentado, desnuda, al borde de la cama. La joven tenía una expresión terca en la cara y las lágrimas rodaban por sus mejillas.

—¡Vamos, preciosa, no es tan terrible!

Calfo hizo que se levantara de nuevo y la obligó a colocarse un griñón, que ocultaba su encantadora cabellera, y a colocarse por encima una toca almidonada, de manera que las puntas de la tela caían sobre los hombros redondeados de la muchacha. Así vestida, como una religiosa del Ancien Régime —«solo lo de arriba, el resto es para mí»—, la hizo arrodillarse en un reclinatorio de terciopelo rojo ante un icono bizantino. Siempre atento a todo, había pensado que un icono permitiría a la rumana desempeñar mejor el papel que esperaba de ella.

Retrocedió: el cuadro era perfecto. Desnuda, pero con el rostro oval resaltado por la toca, con los ojos levantados hacia el icono, Sonia había juntado sus manos delicadas y parecía rezar. «Una actitud virginal ante la imagen de la Virgen. Muy sugestivo.»

Roma se hundía en el silencio de la noche. Monseñor Calfo, arrodillado detrás de Sonia y pegado a la combadura de sus riñones, inició la celebración del culto divino. Sus tibias se apoyaban en el reclinatorio; podía sentir su tacto aterciopelado. Y sus manos se aferraban con firmeza al pecho de la joven. Durante un instante se sintió incomodado por la mirada de la Virgen bizantina, que le observaba con fijeza, como en un reproche mudo. Cerró los ojos: en su búsqueda

297

de la unión mística, nada vendría a interponerse entre lo humano y lo divino, lo carnal y lo espiritual.

Mientras Calfo empezaba a murmurar palabras incoherentes para ella, Sonia, con los ojos clavados en el icono, separó las manos y se secó las lágrimas que le empañaban la mirada.

70

En el mismo instante, Lev levantaba su vaso ante sus compañeros.

—¡Por nuestro reencuentro!

Había llevado a los dos monjes a una *trattoria* del Trastevere, un barrio populoso de Roma. La clientela estaba compuesta únicamente por italianos, que engullían enormes raciones de pasta.

—Os aconsejo los *penne arrabiate*. La cocina es familiar, siempre vengo aquí después de un concierto: cierran muy tarde, tendremos tiempo de conocernos.

Desde su llegada al restaurante, Nil había permanecido mudo: era imposible que el israelí no le hubiera reconocido. Pero Lev, jovial y relajado, parecía no percatarse del silencio de su interlocutor. El pianista intercambiaba con Leeland recuerdos de los viejos tiempos, su encuentro en Israel, sus descubrimientos musicales:

—En esa época, en Jerusalén, por fin podíamos revivir después de la guerra de los Seis Días. Al comandante Ygael Yadin le hubiera encantado que permaneciera a su lado en el Tsahal...

Por primera vez, Nil intervino en la conversación:

—¿Conoció al famoso arqueólogo?

Lev esperó a que pusieran ante ellos tres platos de pasta

humeantes, y luego se volvió hacia Nil. Hizo una mueca y sonrió.

—No solo le conocí bien, sino que viví, gracias a él, una aventura nada banal. Usted es un especialista en textos antiguos, un investigador, esto debería interesarle…

Nil tenía la desagradable impresión de haber caído en una trampa. «¿Cómo sabe que soy un especialista y un investigador? ¿Por qué nos ha traído aquí?» Incapaz de responder, decidió dejar que Lev se descubriera y asintió en silencio.

—En 1947 yo tenía ocho años, vivíamos en Jerusalén. Mi padre era amigo de un joven arqueólogo de la Universidad Hebraica, Ygael Yadin: yo crecí a su lado. Yadin tenía veinte años, y como todos los judíos que vivían en Palestina, llevaba una doble vida: estudiante, pero sobre todo combatiente en la Haganá,* en la que pronto llegó a ocupar el cargo de comandante en jefe. Yo lo sabía, estaba lleno de admiración por él y solo tenía un sueño: combatir, yo también, por mi país.

—¿A los ocho años?

—¡Rembert, los temibles combatientes del Palmach** y de la Haganá eran adolescentes, drogados por la excitación del peligro! No dudaban en recurrir a niños para transmitir sus mensajes, no teníamos ningún medio de comunicación. La mañana del 30 de noviembre, la ONU aceptó la creación de un estado judío. Nosotros sabíamos que la guerra iba a estallar: Jerusalén se cubrió de alambradas; a partir de entonces, solo un niño podría circular sin un salvoconducto.

—¿Y tú lo hiciste?

—Desde luego: Yadin empezó a utilizarme diariamente, yo escuchaba todo lo que se decía a su alrededor. Una noche habló de un extraño descubrimiento: al perseguir una cabra

---

* Ejército judío clandestino anterior a la creación del Tsahal, el ejército regular de Israel.

** Comando de élite clandestino, encargado de misiones especiales de defensa.

por los acantilados que dominan el mar Muerto, un beduino había tropezado con una gruta. En el interior había encontrado unas jarras que contenían paquetes pringosos, que vendió por cinco *pounds* a un cordelero cristiano de Belén. Este acabó por confiarlas al metropolitano Samuel, superior del monasterio de San Marcos, en la parte de Jerusalén que acababa de convertirse en árabe.

Nil aguzó el oído: había oído hablar de la odisea rocambolesca de los manuscritos del mar Muerto. Su desconfianza se desvaneció de golpe: se encontraba ante un testigo directo, una ocasión totalmente inesperada para él.

Mientras degustaba sus *penne*, Lev lanzaba de vez en cuando una mirada a Nil, cuyo súbito interés parecía divertirle. Prosiguió:

—El metropolitano Samuel pidió a Yadin que identificara aquellos manuscritos. Había que atravesar la ciudad, ir a San Marcos, cada calle era una emboscada. Yadin me tendió un uniforme y una cartera de escolar y me mostró la dirección del monasterio. Yo me deslicé por entre las barricadas inglesas, los carros árabes, los pelotones de la Haganá: ¡todos cesaban de disparar un instante para dejar pasar a ese chiquillo que iba a la escuela! En mi cartera, traje dos rollos del monasterio, y Yadin comprendió inmediatamente de qué se trataba: eran los manuscritos más antiguos nunca descubiertos en tierra de Israel, un tesoro que pertenecía por derecho al nuevo Estado judío.

—¿Qué hizo con ellos?

—No podía guardarlos, hubiera sido un robo. De modo que los devolvió al metropolitano y le hizo saber que estaba dispuesto a comprar todos los manuscritos que los beduinos encontraran en las grutas de Qumran. A pesar de la guerra, el rumor se extendió: los estadounidenses de la American Oriental School y los dominicos franceses de la Escuela Bíblica de Jerusalén hicieron subir los precios. Yadin pasaba sin transición del mando de las operaciones militares a los tratos secretos con comerciantes de antigüedades de Belén y Jerusalén. Los estadounidenses arramblaban con todo…

—Lo sé —le interrumpió Nil—: he podido ver en mi monasterio las fotocopias de la Huntington Library.

—Ah, ¿pudo recibir un ejemplar? Poca gente ha tenido esta suerte, espero que un día sean publicadas. En la época de que le hablo, yo fui el actor involuntario de un incidente que seguramente le interesará…

Lev apartó el plato y se sirvió un vaso de vino. Nil se fijó entonces en que su rostro se petrificaba: ¡como en el tren, como en la interpretación de Rachmaninov!

Tras un momento de silencio, Lev se rehízo y continuó:

—Un día, el metropolitano Samuel hizo saber a Yadin que tenía en su posesión dos documentos excepcionalmente bien conservados. El beduino los había encontrado en su segunda visita a la gruta, en la tercera jarra entrando a la izquierda, al lado del esqueleto de lo que debió de ser un templario, ya que todavía se encontraba envuelto en la túnica blanca con la cruz roja. De nuevo atravesé la ciudad y llevé a Yadin el contenido de la jarra: un gran rollo envuelto en una tela aceitosa y un pequeño pergamino, una única hoja atada simplemente con un cordón de lino. En la habitación que le servía de cuartel general, bajo las bombas, Yadin abrió el rollo cubierto de caracteres hebraicos: era el *Manual de disciplina* de los esenios. Luego desenrolló la hoja, que estaba escrita en griego, y tradujo la primera línea en voz alta ante mí. Yo era un niño, pero aún lo recuerdo: «Yo, el discípulo bienamado, el decimotercer apóstol, a todas las Iglesias…».

Nil palideció y sujetó con fuerza los cubiertos para contenerse:

—¿Está seguro? ¿Escuchó realmente «el discípulo bienamado, el decimotercer apóstol»?

—Sin duda alguna. Yadin parecía turbado. Me dijo que

solo le interesaban los manuscritos en hebreo, porque eran el patrimonio de Israel; aquella carta escrita en el mismo griego que el de los Evangelios concernía a los cristianos, había que devolverla al metropolitano. Guardó el *Manual de disciplina*, deslizó a cambio en mi cartera un fajo de dólares y adjuntó el pequeño pergamino griego. Luego me volvió a enviar a San Marcos, en medio de las bombas.

Nil estaba petrificado. «¡Ha tenido en sus manos la epístola del decimotercer apóstol, el único ejemplar que escapó a la Iglesia, tal vez incluso el original!»

Sin cambiar de expresión, Lev continuó:

—Había llegado a un centenar de metros del monasterio, cuando un obús cayó en la calle. Salí proyectado por los aires y perdí el conocimiento. Cuando volví a abrir los ojos, un monje estaba inclinado sobre mí. Me encontraba en el interior del monasterio, con la piel del cráneo rasgada de arriba abajo —se tocó la cicatriz con una mueca— y mi cartera de escolar había desaparecido.

—¿Desaparecido?

—Sí. Yo había estado veinticuatro horas en coma, entre la vida y la muerte. Cuando el metropolitano vino a verme al día siguiente, me dijo que uno de sus monjes me había recogido en la calle y le había entregado la cartera. Al abrirla, había comprendido: Yadin le pagaba en metálico el manuscrito de Qumran, pero no quería la carta en griego. Acababa de vender la carta a un religioso dominico, con un lote desparejado de manuscritos hebreos que los beduinos le habían traído. Añadió, riendo incluso, que lo había metido todo, la carta y los manuscritos, en una caja vacía de coñac Napoléon, al que era muy aficionado. Y que el dominico parecía ignorar totalmente el valor de lo que acababa de adquirir.

En la mente de Nil se amontonaban las preguntas.

—¿Cree que el metropolitano leyó la carta antes de revenderla a ese dominico?

—No tengo ni idea, pero me sorprendería. El metropolitano Samuel no tenía nada de erudito. No olvide que estábamos en guerra: necesitaba dinero para alimentar a sus monjes y cuidar a los heridos que traían por decenas al monasterio. ¡No era momento de hacer un análisis de textos! Seguro que no se enteró del contenido de la carta.

—¿Y... el dominico?

Lev se volvió hacia él: sabía que aquel relato interesaría extraordinariamente al pequeño monje francés. «¿Y por qué cree, padre, que le he invitado a cenar esta noche? ¿Para degustar pasta con salsa picante?»

—Ya le he dicho que estos recuerdos permanecieron grabados en mi memoria. Mucho más tarde, antes de morir, Yadin me volvió a hablar de la carta y me pidió que tratara de encontrar su pista. Hice una pequeña investigación gracias al Mosad, ya que me había convertido en... digamos que en un colaborador ocasional. ¡Según dicen, es el mejor servicio de información del mundo después del del Vaticano!

Lev parecía encantado y había recuperado su expresión jovial: de su rostro había desaparecido todo rastro de tensión.

—El dominico era, de hecho, un hermano converso,* buen hombre y un poco obtuso. Justo antes de la declaración de independencia de Israel, la situación se volvió tan tensa en Jerusalén que muchos religiosos fueron repatriados a Europa. Parece que el dominico metió en su equipaje la caja de coñac Napoléon, cuyo valor desconocía por completo, y cargó con ella hasta Roma, donde terminó su vida en la Curia generalicia de los dominicos, en el Aventino. Averiguamos que la caja ya no estaba allí; a su muerte, en su celda solo se encontró un rosario de madera de olivo.

—¿Y... dónde puede encontrarse?

---

* Religioso no sacerdote, que efectúa las labores de tipo material en los conventos.

—Una Curia generalicia es una administración que no carga con documentos inútiles para ella. Probablemente remitió el material disperso que provenía de Jerusalén al Vaticano, donde sin duda se unió a todas las antiguallas con las que no se sabe qué hacer, o que no se quieren explotar. Debe de estar enterrado en algún sitio, en un rincón de una de las bibliotecas o en un reducto cualquiera de la Ciudad Santa: si la hubieran abierto, habría acabado por saberse.

—¿Y eso por qué, Lev?

Conquistado por la actitud relajada del israelí, Nil lo había llamado por su nombre de pila. Lev se dio cuenta del detalle y le sirvió otro vaso de vino.

—Porque Ygael Yadin sí había leído la carta antes de devolvérsela al metropolitano. Y lo que me dijo sobre ella en su lecho de muerte me induce a pensar que contenía un secreto aterrador, de esos que ninguna Iglesia, ningún Estado, aunque sea tan impenetrable y monárquico como el Vaticano, puede evitar por mucho tiempo que se filtren. Si alguien ha visto esta carta, padre Nil, o en este momento está muerto o el Vaticano y la Iglesia católica hubieran implosionado, y eso hubiera hecho más ruido que la guerra árabe-israelí de 1947, más que las Cruzadas, más que ningún otro acontecimiento de la historia de Occidente.

Nil se frotó nerviosamente la cara.

«O en este momento está muerto...»

¡Andrei!

71

Nil estaba un poco mareado; el vino ligero de los Castelli se le había subido a la cabeza. Sorprendido, vio que el camarero colocaba ante él una taza de café: completamente cautivado por el relato de Lev, había acabado, sin darse cuenta, con los *penne arrabiate* y la escalopa milanesa que había seguido. Con aire preocupado, Leeland daba vueltas a la cuchara en la taza. Finalmente el estadounidense se decidió a hacer a Lev la pregunta que Nil le había planteado en el patio del Belvedere:

—Dime, Lev... ¿Por qué me enviaste dos invitaciones a tu concierto, precisando en una nota que esto podría interesar a mi amigo? ¿Cómo sabías que estaba en Roma? De hecho, ¿cómo podías conocer siquiera su existencia?

Lev levantó las cejas con aire sorprendido.

—¡Pero... si fuiste tú mismo quien me informó! Al día siguiente a mi llegada, recibí en el hotel de la vía Giulia una carta marcada con el escudo del Vaticano. En su interior había unas líneas escritas a máquina; si no recuerdo mal, del tipo: «Monseñor Leeland y su amigo el padre Nil se sentirían complacidos en asistir, etc.». Pensé que habías encargado a tu secretaria que me avisara; me pareció un método un poco expeditivo, pero supuse que serían las costumbres del Vaticano, que habían influido en ti.

Leeland respondió en voz baja:

—Yo no tengo secretaria, Lev, y nunca te envié una carta. Ni siquiera sabía en qué hotel te alojabas para tu serie de conciertos en Roma. Dime..., la carta, ¿llevaba mi firma?

Lev pasó los dedos por su abundante melena rubia.

—¡Que sé yo! Pero no, ahora que lo pienso, no era tu firma, abajo había una simple inicial. Una C mayúscula, creo, seguida de un punto. De todos modos, Rembert, ya tenía intención de verte durante mi estancia aquí, y forzosamente hubiera conocido al padre Nil.

El rostro de Leeland se había ensombrecido de pronto: ¿Catzinger o Calfo? De nuevo sintió que la cólera crecía en su interior.

Concentrado en sus pensamientos, Nil había seguido distraídamente la conversación. En aquel momento cuestiones muy distintas ocupaban su mente por completo, e intervino con brusquedad:

—Solo importa el resultado, ya que gracias a esa carta he podido oír esta noche una fabulosa interpretación del concierto de Rachmaninov. Pero, dígame, Lev... ¿por qué nos hace estas confidencias? Usted ya puede adivinar lo que significaría para Rembert y para mí el descubrimiento de una nueva carta de un apóstol, milagrosamente salvada del olvido a finales del siglo xx, que pondría en cuestión nuestra fe. ¿Por qué ha querido decirnos todo esto?

Lev respondió con su sonrisa más encantadora. No le podía decir a Nil la verdad: «porque son las instrucciones del Mosad».

—¿Y quién podría estar más interesado en saberlo?

El israelí parecía no conceder ninguna importancia a la pregunta de Nil y le observaba con aire amistoso.

—Padre Nil... ¿realmente un simple documento antiguo que pusiera en cuestión la divinidad de Jesús cambiaría algo para usted?

Los últimos clientes acababan de abandonar la *trattoria*;

ahora estaban solos en la sala, que el dueño empezaba a arreglar sin prisas. Nil reflexionó largamente, antes de responder como si olvidara a quién se estaba dirigiendo:

—Esta noche usted me ha hecho saber que en Qumran fue descubierta una epístola apostólica al mismo tiempo que los manuscritos del mar Muerto. Por mi parte, hace algunas semanas que acumulo pruebas de la existencia de este documento. En el siglo III, con un manuscrito copto, y en el paso al siglo IV, con un texto de Orígenes. En el siglo VII, con las alusiones del Corán; en el siglo VIII, con un código introducido en el símbolo de Nicea en Germigny, y finalmente, en el siglo XIV, con el proceso de los templarios. Todo esto después de años ocupado descifrando el texto de finales del siglo I de donde ha partido todo: el Evangelio de san Juan. He podido seguir el rastro de la epístola del decimotercer apóstol gracias a su sombra proyectada en la historia de Occidente.

Nil miró a Lev a la cara.

—Y ahora usted viene a decirme que la transportó en su cartera de escolar cuando trataba de cumplir, bajo las bombas, una misión para el jefe de la Haganá. Luego me explica que debe de encontrarse en algún lugar del Vaticano, oculta o sencillamente ignorada. Oyó decir a Ygael Yadin que contenía un secreto aterrador. Pues bien, aunque llegara a conocer su contenido (que efectivamente debe de ser terrible para haber dado lugar a lo largo de los siglos a tantas exclusiones, muertes y conspiraciones), eso no cambiaría en nada mi relación con Jesús. Yo le encontré personalmente, Lev. No sé si puede comprenderlo. Su persona no pertenece a ninguna Iglesia, no las necesita para existir.

Lev parecía impresionado. Con suavidad posó su mano en el antebrazo de Nil.

—Nunca he sido muy practicante, padre Nil, pero cualquier judío comprendería lo que me está diciendo, porque todo judío ha surgido del linaje de los profetas, lo quiera o no. Sepa que siento por usted una simpatía infinita, y por más que en mi vida haya mentido mucho, ahora le soy totalmente sincero.

Se levantó, el dueño empezaba a dar vueltas en torno a su mesa.

—De todo corazón le deseo que tenga éxito en su investigación. No le diré más, pero piense que no solo le concierne a usted. Vaya con cuidado: los profetas y los que se les parecen siempre han tenido una muerte violenta. Eso es también algo que un judío sabe por instinto, y lo acepta como el judío Jesús lo aceptó en otro tiempo. Son las dos de la mañana: permítame que le ofrezca el taxi para volver a San Girolamo.

Hundido en el fondo del asiento, Nil veía desfilar la cúpula del Vaticano, que brillaba suavemente en la fría noche de diciembre, cuando un vaho de lágrimas le nubló la vista. Hasta aquel momento aquella carta era solo una hipótesis, solo tenía una realidad virtual. Ahora, en cambio, acababa de estrechar una mano que la había tocado, acababa de posar la mirada en unos ojos que habían visto ese documento.

Bruscamente, la hipótesis se convertía en realidad. La carta del decimotercer apóstol se encontraba, sin duda, en algún lugar tras las altas murallas del Vaticano.

Iría hasta el final. Él también vería esa carta con sus propios ojos.

72

Leeland tocaba un preludio de Bach cuando Nil llegó al estudio de la vía Aurelia. Hasta el alba había estado rumiando las revelaciones de Lev Barjona. Unas marcadas ojeras resaltaban la inquietud que le invadía.

—No he podido pegar ojo en toda la noche: ¡demasiadas novedades de golpe! Pero no es grave: vamos a la reserva, inclinarme sobre tus manuscritos de canto gregoriano me ayudará a serenarme. ¿Te das cuenta, Rembert? ¡La carta del decimotercer apóstol podría encontrarse en el Vaticano!

—Solo podremos pasar allí la mañana. Acabo de recibir una llamada de monseñor Calfo: el cardenal me ha convocado hoy, a las catorce horas, en su despacho.

—¿Y por qué esa reunión?

—Oh... —Leeland cerró el piano con aire incómodo—, creo saber por qué, pero prefiero no hablarte de eso ahora. Si esta misteriosa epístola tras la que corres desde hace años se encuentra en el Vaticano, ¿cómo podrás descubrir su paradero?

Ahora fue Nil quien se sintió incómodo.

—Perdóname, Remby, yo también prefiero no responderte enseguida. Ya ves lo que el Vaticano ha hecho de nosotros: hermanos que ya no lo son completamente, puesto que no se lo explican todo...

En el piso inferior, Muktar detuvo sus magnetofones y silbó entre dientes. Nil acababa de pronunciar una frase que valía muchos dólares: ¡la carta del decimotercer apóstol podía encontrarse en el Vaticano! Había hecho bien en atender las órdenes de El Cairo y no hacer nada todavía contra el pequeño francés. Hamas sabía casi tanto como Calfo sobre esa carta y su importancia vital para el cristianismo: el lazo se cerraba en torno a Nil; debían dejarle ir hasta el final.

Calfo protegía a la cristiandad, pero él, Muktar, protegía al islam, al Corán y al Profeta, bendito sea su nombre.

Mientras recorría el largo pasillo que conducía al despacho del prefecto de la Congregación, Leeland sintió que se le encogía el estómago. Gruesas alfombras, apliques venecianos, preciosas marqueterías: ese lujo, de pronto, le pareció insoportable. Era el signo ostentoso del poder de una organización que no dudaba en aplastar a sus propios miembros para preservar la existencia de un inmenso imperio basado en una sucesión de mentiras. Desde la llegada de Nil se daba cuenta de que su amigo se había convertido en víctima de ese poder, como él mismo, aunque por una razón completamente diferente. Leeland nunca se había planteado realmente preguntas sobre su fe: los descubrimientos de Nil le conmocionaban y le confirmaban en su rebelión interna. Golpeó discretamente la alta puerta adornada con delgados filetes de oro.

—Entre, monseñor, le esperaba.

Leeland se había preparado para encontrarle acompañado por Calfo, pero Catzinger estaba solo. Un simple expediente marcado con una barra roja descansaba sobre el escritorio vacío. El rostro del cardenal, habitualmente redondeado y rosado, mostraba una dureza pétrea.

—Monseñor, no me andaré con rodeos. Desde hace tres semanas usted ve cotidianamente al padre Nil. Y ahora veo que le arrastra a un concierto público y le presenta a una persona poco recomendable, sobre la que poseemos malas referencias.

—Eminencia, Roma no es un monasterio...

—*Sufficit!* Habíamos cerrado un acuerdo: usted debía mantenerme informado de sus conversaciones con el padre Nil y del avance de sus investigaciones personales. Ninguna investigación puede ser «personal» en la Iglesia católica: cualquier reflexión, cualquier descubrimiento, debe serle útil. Ya no recibo ningún informe suyo, y los que me ha enviado pecan por defecto; es lo menos que puede decirse de ellos. Sabemos que el padre Nil progresa en una dirección peligrosa, y sabemos que le mantiene al corriente. ¿Por qué, monseñor, elige el partido de la aventura antes que el de la Iglesia, a la que pertenece y que es su madre?

Leeland bajó la cabeza. ¿Qué podía responder a un hombre como ese?

—Eminencia, no comprendo gran cosa de los trabajos eruditos del padre Nil...

Catzinger le interrumpió en tono seco:

—No le pido que comprenda, sino que me informe de lo que oye. Me resulta penoso recordárselo, pero no está usted en posición de elegir.

Se inclinó sobre la mesa, abrió el expediente y lo empujó hacia Leeland.

—¿Reconoce estas fotos? En ellas aparece en compañía de uno de sus monjes de Saint Mary, en la época en que era abad. Aquí —y agitó ante la nariz de Leeland una foto en blanco y negro— se encuentran cara a cara en el jardín de la abadía, y la mirada que intercambia con él no necesita comentarios. Y aquí —esta vez la foto era en color— está a su espalda, con la mano colocada sobre su hombro. Entre dos religiosos, este tipo de actitudes son indecentes.

Leeland había palidecido y el corazón le latía con violencia en el pecho. ¡Anselmo! ¡La pureza, la belleza, la nobleza del hermano Anselmo! Aquel cardenal nunca comprendería nada sobre los sentimientos que les habían unido. Pero él jamás se dejaría ensuciar por aquella mirada saltona, por las palabras que salían de una boca de mármol rígida y fría.

—Eminencia, lo probé y usted lo sabe: entre el hermano Anselmo y yo no ocurrió nada que atentara contra nuestro voto de castidad. ¡Nunca hubo un acto, y ni siquiera el esbozo de un acto, contrario a la moral cristiana!

—Monseñor, la castidad cristiana no solo se viola con los actos; tiene su sede en el dominio del espíritu, el corazón y el alma. Usted faltó a su voto con malos pensamientos, su correspondencia con el hermano Anselmo —mostró a Leeland una decena de cartas cuidadosamente ordenadas bajo las fotos— lo prueba de sobras. Abusando de la autoridad que tenía sobre él, usted arrastró a ese desgraciado hermano a una tendencia que hierve en su interior y cuya sola evocación horroriza al sacerdote que soy.

Leeland se sonrojó hasta la raíz de los cabellos, furioso. «¿Cómo han obtenido estas cartas? Anselmo, pobre amigo, ¿qué han hecho de ti?»

—Eminencia, estas cartas solo contienen el testimonio de un afecto vivo, ciertamente, pero casto entre un monje y su superior.

—¿Está bromeando? Estas fotos, más estas cartas, más, por último, su toma de posición pública sobre el matrimonio de los sacerdotes, convergen para mostrar que usted cayó en un estado tal de depravación moral que tuvimos que protegerle tras la dignidad episcopal para evitar un escándalo espantoso en Estados Unidos. La Iglesia católica americana se encuentra en plena tormenta; repetidos casos de pedofilia han minado gravemente su crédito entre los fieles. Imagine lo que una prensa desencadenada contra nosotros haría con esta información: «¡La abadía de Saint Mary, un anexo de Sodoma y

Gomorra!». Al ocultarle bajo la sombra protectora del Vaticano, conseguí que los periodistas no se cebaran en su persona, y eso nos costó muy caro. Este expediente, monseñor...

Volvió a colocar con cuidado las fotos sobre la pila de cartas y cerró el expediente con un gesto seco.

—... este expediente no podrá permanecer secreto por más tiempo si usted no cumple nuestro contrato de una forma que me parezca satisfactoria. En adelante me tendrá directamente al corriente de todos los progresos de su compañero francés. Por otra parte, al velar por que no se reúna en Roma con ninguna otra persona aparte de usted, asegurará su seguridad tanto como la suya propia. *Capito?*

Cuando Leeland se encontró de nuevo en el largo pasillo desierto, tuvo que apoyarse un momento contra la pared. Jadeaba: el esfuerzo que acababa de hacer sobre sí mismo le había dejado exhausto, la camiseta se le pegaba al pecho. Poco a poco se rehízo, descendió por la gran escalera de mármol y salió del edificio de la Congregación. Como un autómata, giró a la derecha, siguiendo el primero de los tres escalones que dan la vuelta a la columnata de Bernini. Luego giró otra vez a la derecha y se dirigió hacia la vía Aurelia. Avanzaba sin mirar alrededor, con la mente en blanco.

Tenía la impresión de haber sido aplastado físicamente por el cardenal. ¡Anselmo! ¿Podían saber, podían comprender siquiera, lo que es el amor? Para esos hombres de Iglesia, el amor parecía ser solo una palabra, una categoría universal tan vacía de contenido como un programa político. ¿Cómo se puede amar al Dios invisible cuando nunca se ha amado a un ser de carne? ¿Cómo ser un «hermano universal» si no se es hermano del hermano?

Sin saber muy bien cómo, se encontró ante la puerta de su edificio, y subió los tres pisos. Para su sorpresa, Nil le esperaba sentado en un peldaño de la escalera, con su bolsa entre las piernas.

—No podía quedarme en San Girolamo sin hacer nada, ese monasterio es siniestro. Tenía ganas de hablar, he venido a esperar...

Sin decir palabra, le hizo entrar en la sala de estar. También él tenía necesidad de hablar; pero ¿podría romper esa rémora que le oprimía el pecho?

Se sentó y se sirvió un vaso de bourbon. Su rostro seguía muy pálido. Nil le observaba con la cabeza inclinada.

—Remby, amigo mío... ¿qué ocurre? Pareces descompuesto.

Leeland rodeó el vaso con las manos y cerró los ojos un instante. «¿Podré decírselo?» Luego tomó un nuevo trago y dirigió una tímida sonrisa a Nil. «Mi único amigo ahora.» No soportaba la duplicidad a que se veía forzado desde su llegada a Roma. Empezó a hablar con esfuerzo:

—Ya sabes que entré muy joven en el conservatorio de Saint Mary y que pasé directamente de los bancos de la escuela a los del noviciado. No había conocido nada de la vida, Nil, y la castidad no me pesaba porque desconocía la pasión. El año de mis votos entró en el noviciado un joven que venía, como yo, del conservatorio y que, como yo, era inocente como un niño que acaba de nacer. Yo soy pianista, él era violinista. Primero nos unió la música, y luego algo que yo desconocía por completo, algo ante lo que me encontraba totalmente desarmado y de lo que no se hablaba nunca en el monasterio: el amor. Necesité años para identificar este sentimiento desconocido para mí, para comprender que la felicidad que sentía en su presencia era eso: el amor. ¡Por primera vez amaba! Y era amado; lo supe el día en que Anselmo y yo abrimos nuestros corazones el uno para el otro. ¡Amaba, Nil, a un monje más joven que yo, como agua clara manando de una fuente límpida, y era amado por él!

Nil hizo un gesto, pero se contuvo y no le interrumpió.

—Cuando me convertí en abad del monasterio, nuestra relación se hizo más profunda. Por la elección abacial se había convertido en mi hijo ante Dios, y mi amor por él se tiñó de una infinita ternura...

Dos lágrimas se deslizaron por sus mejillas: no podría continuar. Nil le cogió el vaso de las manos y lo puso sobre el piano. Dudó un instante:

—Este amor mutuo, este amor del que los dos erais conscientes, ¿lo expresasteis con alguna clase de contacto físico?

Leeland levantó hacia él una mirada ahogada en lágrimas.

—¡Nunca! Nunca, me oyes, si aludes a algo que fuera vulgar de algún modo. Yo respiraba su presencia, percibía las vibraciones de su ser, pero nuestros cuerpos nunca se entregaron a un contacto grosero. Nunca dejé de ser monje, y él nunca dejó de ser puro como un cristal. Nos amábamos, Nil, y saberlo bastaba a nuestra felicidad. A partir de ese día, el amor de Dios se me hizo más comprensible, más próximo. Quién sabe, tal vez el discípulo bienamado y Jesús vivieran algo parecido en otro tiempo.

Nil hizo una mueca. No había que mezclarlo todo, sino mantenerse en el terreno de los hechos.

—Si entre vosotros no pasó nada, si nunca hubo ningún acto y, por tanto, ninguna materia para el pecado (perdóname, así razonan los teólogos), ¿en qué concierne esto a Catzinger? Porque sales de su despacho, ¿no es así?

—En otro tiempo escribí a Anselmo algunas cartas en que este amor se transparentaba. No sé qué tipo de presiones utilizaría el Vaticano para hacerse con ellas, junto con dos fotos inocentes en que Anselmo y yo nos encontramos juntos. Ya conoces la obsesión de la Iglesia por todo lo que se relaciona con el sexo: esto bastó para alimentar su imaginación enfermiza, para acusarme de depravación moral, para ensuciar y cubrir de un fango nauseabundo un sentimiento que no pueden comprender. Estos prelados, ¿son todavía seres humanos, Nil? Lo dudo, nunca han conocido la herida del amor que hace nacer a un hombre a la humanidad.

—El hecho es que ahora Catzinger te presiona a ti —insistió Nil—. Pero ¿sabes por qué razón? ¿Qué te dijo para que estés tan trastornado?

Leeland bajó la cabeza y respondió con un hilo de voz:

—El día de tu llegada a Roma, me convocó. Me encargó que le informara de todas nuestras conversaciones; si no lo hacía, dejaría que la prensa se lanzara sobre mí. Yo tal vez sobreviviera a su acoso, pero Anselmo está indefenso; él no está preparado para plantar cara a la jauría, sé que le destruirían. ¡Porque conocí el sentimiento del amor, porque me atreví a amar, me han pedido que te espíe, Nil!

Pasado el primer momento de sorpresa, Nil se levantó y se sirvió un vaso de bourbon. Ahora comprendía la actitud ambigua de su amigo, sus bruscos silencios. Todo se aclaraba: los documentos robados en su celda a orillas del Loira debían de haber llegado rápidamente a un despacho de la Congregación. Su convocatoria a Roma bajo un pretexto artificial, su reencuentro con Leeland; todo estaba previsto, todo era resultado de un plan. ¿Espiado? Ya había sido espiado en la abadía, desde el día siguiente a la muerte de Andrei. Y una vez en Roma, el infortunado Rembert no había sido más que un peón en el tablero, en el que él mismo era la pieza central.

Reflexionó intensamente, pero su decisión pronto estuvo tomada:

—Rembert, mis investigaciones y las de Andrei parecen molestar a mucha gente. Desde que descubrí la presencia de un decimotercer apóstol en la sala alta al lado de Jesús y el modo en que ha sido excluido sin tregua por una voluntad tenaz, ocurren cosas que ya no creía posibles en el siglo XX.

Me he convertido en una oveja negra para la Iglesia porque he acabado por admitir la inadmisible evidencia: la transformación de Jesús en Cristo-Dios fue una impostura. Y también porque he descubierto una cara oculta de la personalidad del primer Papa, las maniobras del poder en el origen de la Iglesia. No me dejarán continuar por este camino: ahora estoy convencido de que Andrei cayó del expreso de Roma porque lo siguió antes que yo. Quiero vengar su muerte, y solo la verdad la vengará. ¿Estás dispuesto a acompañarme hasta el final?

Sin dudar, Leeland respondió con voz sorda:

—Quieres vengar a tu amigo desaparecido, y yo quiero vengar a mi amigo vivo, reducido a la vergüenza y al silencio en mi propia abadía: desde hace meses ya no me escribe. Quiero vengar la suciedad que nos ha salpicado, la muerte forzada de algo demasiado inocente para ser comprendido por los hombres del Vaticano. Sí, estoy contigo, Nil: ¡por fin nos encontramos!

Nil se inclinó hacia atrás en el sillón y vació el vaso con una mueca: «¡Estoy bebiendo como un vaquero!». Súbitamente, la tensión que sentía cedió: de nuevo podía compartirlo todo con su amigo. Solo la acción les permitiría escapar del aislamiento.

—Quiero encontrar esta epístola; pero me planteo algunas preguntas con respecto a Lev Barjona: nuestro encuentro no fue fortuito, había sido provocado. ¿Por quién y para qué?

—Lev es un amigo, confío en él.

—Pero es un judío y ha sido miembro del Mosad. Según nos ha dicho, los israelíes conocen la existencia de la carta y tal vez incluso su contenido, pues Ygael Yadin la leyó y habló de ella antes de morir. ¿Quién más está al corriente? Parece que el Vaticano ignora que se encuentra en algún lugar entre sus muros. ¿Por qué Lev me ha soltado esta información? Un hombre como él no hace nada a la ligera.

—No tengo ni idea. Pero ¿cómo encontrarás una simple hoja, tal vez celosamente protegida o quizá simplemente olvidada en cualquier rincón? El Vaticano es inmenso; los diferentes museos, las bibliotecas, sus anexos, los desvanes y los sótanos contienen una increíble aglomeración de objetos, desde manuscritos abandonados en un armario hasta la copia del Sputnik que ofreció Nikita Jruschov a Juan XXIII. Millones de objetos apenas clasificados. Y esta vez no tienes nada para guiarte, ni siquiera una signatura de biblioteca.

Nil se levantó y se desperezó.

—Lev Barjona nos ha dado, tal vez sin saberlo, un indicio precioso. Para explotarlo, mi única carta es Breczinsky. Este hombre es una fortaleza humana amurallada por todas partes: debo encontrar el medio de penetrar en ella, es el único que puede ayudarme. Mañana iremos como de costumbre a trabajar a la reserva y tú me dejarás actuar.

Nil abandonaba el estudio. Muktar retiró sus auriculares y rebobinó las cintas. Una era para Calfo. Deslizó la otra en un sobre, que llevaría a la embajada de Egipto. Por valija diplomática, a la mañana siguiente se encontraría en manos del guía supremo de la Universidad al-Azhar.

Sus labios se fruncieron en una mueca de asco. No solo el estadounidense era cómplice de Nil, sino que además era marica. No merecían vivir, ni el uno ni el otro.

73

Esa misma noche Calfo convocó una reunión extraordinaria de la Sociedad San Pío V. Sería breve, pero los acontecimientos exigían la adhesión total de los Doce en torno a su Maestro crucificado.

El rector lanzó una mirada al duodécimo apóstol: con los ojos modestamente bajos tras la capucha, Antonio esperaba que comenzara la sesión. Calfo le había encargado que actuara sobre Breczinsky, indicándole el punto débil del polaco: ¿por qué el español no había ido a rendirle cuentas como estaba previsto? ¿Habría depositado equivocadamente su confianza en uno de los once apóstoles? Sería la primera vez que le ocurría algo así. Calfo apartó de su mente aquel desagradable pensamiento. Desde su celebración de la víspera, arrodillado ante Sonia transformada en icono viviente, desbordaba euforia. La rumana había acabado por aceptar todas sus exigencias, manteniendo hasta el final la toca de religiosa sobre su fina cabecita.

Enardecido por aquel éxito, al despedirla la había prevenido: la próxima vez organizaría un culto aún más sugestivo que les uniría de la forma más íntima al sacrificio del Señor. Cuando le explicó el rito al que quería asociarla, Sonia palideció y huyó precipitadamente.

No estaba preocupado: volvería, la joven nunca le había

negado nada. Aquella noche debía liquidar pronto la reunión para volver a casa, donde le esperaban unos preparativos largos y minuciosos. Se levantó y se aclaró la garganta.

—Hermanos, la misión en curso toma un rumbo imprevisto y muy satisfactorio. He arreglado las cosas de modo que Lev Barjona, que está dando una serie de conciertos en la Academia de Santa Cecilia, se encontrara con el padre Nil. A decir verdad, no hacía falta que interviniera: el israelí tenía, de todos modos, la intención de ponerse en contacto con nuestro monje, lo que muestra hasta qué punto el Mosad está interesado también en sus investigaciones. En resumen, se han visto, y Lev ha soltado ante este inofensivo intelectual la información que esperábamos desde hacía tanto tiempo: la epístola del decimotercer apóstol no ha desaparecido. Efectivamente queda un ejemplar, y se encuentra, sin duda, en el Vaticano.

Un estremecimiento recorrió la asamblea, estupefacta y excitada a la vez. Uno de los Doce levantó sus antebrazos cruzados.

—¿Cómo es posible? Sospechábamos que un ejemplar de esta epístola había escapado a nuestra vigilancia, pero... ¡en el Vaticano!

—Nos encontramos aquí en el centro de la cristiandad, inmensa tela cuyas mallas cubren todo el planeta. Todo acaba, un día u otro, por llegar al Vaticano, comprendidos manuscritos o textos antiguos que se descubren aquí y allá: eso ha debido de pasar. Lev Barjona no ha proporcionado esta información sin un motivo: debe de contar con que excitará la curiosidad del padre Nil, y probablemente espera que él le conduzca a este documento que los judíos codician tanto como nosotros.

—Hermano rector, ¿es necesario que corramos el riesgo de una exhumación de esta epístola? El olvido, como sabe, ha sido el arma más eficaz de la Iglesia contra el decimotercer apóstol; solo el olvido ha hecho posible que su pernicioso testimonio no causara ningún daño. ¿No es preferible hacer durar esta saludable amnesia?

El rector decidió aprovechar la ocasión que le facilitaban para recordar a los Once la grandeza de su misión, y extendió solemnemente la mano derecha, dejando a la vista el jaspe de su anillo.

—Después del concilio de Trento, san Pío V (el dominico Antoine-Michel Ghislieri), asustado por el debilitamiento de la Iglesia católica, hizo lo imposible por salvarla de un naufragio anunciado. La amenaza más grave no provenía de la rebelión reciente de Lutero, sino de un antiguo rumor al que ni siquiera la Inquisición había conseguido poner término: la tumba que contenía los huesos de Cristo existía, se encontraba en algún lugar en el desierto de Oriente Próximo. Una epístola perdida de un testigo privilegiado de los últimos momentos del Señor afirmaba no solo que Jesús no había resucitado, sino que su cuerpo había sido inhumado por los esenios en aquella zona. Todos sabéis esto, ¿no es cierto?

Los Once inclinaron la cabeza.

—Antes de ser papa, Ghislieri había sido gran inquisidor: estaba informado de los interrogatorios de disidentes quemados vivos por herejía, había consultado algunas minutas del proceso de los templarios, todos documentos hoy desaparecidos. Aquello le convenció de la existencia de la tumba de Jesús, y de que su descubrimiento significaría el fin definitivo de la Iglesia. Entonces, en 1570, creó nuestra Sociedad, para que preservara el secreto de la tumba.

Los Once también sabían eso. Adivinando su impaciencia, el rector levantó su anillo, que lanzó un breve destello bajo la luz de los apliques.

—Ghislieri hizo tallar, en un jaspe muy puro, este anillo

episcopal en forma de féretro. Desde entonces, por su forma, esta joya recuerda a cada rector (cuando la retira del dedo de su predecesor muerto) cuál es nuestra misión: hacer lo necesario para que jamás pueda ser descubierto un féretro que contenga los huesos del crucificado de Jerusalén.

—Pero, aunque el eco de una carta del decimotercer apóstol haya atravesado los siglos, nada prueba que indicara el emplazamiento exacto de la tumba. ¡El desierto es inmenso y después de tanto tiempo la arena lo habrá cubierto todo!

—En efecto, la tumba de Jesús no corría ningún riesgo mientras el desierto era recorrido por camellos. Pero la conquista del espacio ha puesto a nuestra disposición medios de búsqueda extraordinariamente perfeccionados. Si se han podido detectar rastros de agua en el lejano planeta Marte, hoy se podría hacer el inventario de todas las osamentas de los desiertos de Neguev o de Idumea, incluso de aquellas que ha cubierto la arena: el papa Ghislieri no podía imaginar algo así. Si la existencia de la tumba se hiciera pública, centenares de aviones radar o sondas espaciales rastrearían minuciosamente el desierto, desde Jerusalén hasta el mar Rojo. La irrupción de la tecnología espacial crea un riesgo nuevo que no podemos correr. Es preciso que nos apoderemos de este abominable documento, y rápido, porque los israelíes se encuentran tras la misma pista que nosotros.

El rector se llevó devotamente el féretro de jaspe a los labios, antes de esconder las manos bajo las mangas del alba.

—Este documento explosivo debe ser puesto a resguardo en la caja que se encuentra frente a nosotros. Hay que encontrarlo, no solo para ponerlo fuera del alcance de nuestros enemigos, sino también para disponer, gracias a él, de medios financieros a la altura de nuestra ambición: poner un dique a la deriva de Occidente. Ya sabéis cómo pudieron adquirir los templarios su inmensa fortuna, la reliquia que veneramos cada viernes 13 nos lo recuerda. Esta fortuna puede ser nuestra, y la utilizaremos para preservar la identidad divina de Nuestro Señor.

—¿Qué propone, hermano rector?

—El padre Nil ha olfateado una pista que tal vez, por fin, sea la buena: dejemos que la siga. He reforzado la vigilancia en torno a él; si tiene éxito, seremos los primeros en saberlo. Y luego…

El rector juzgó inútil terminar la frase. «Luego» se había producido ya miles de veces, en los sótanos de los palacios de la Inquisición supurantes de dolor o en las hogueras que habían iluminado la cristiandad a lo largo de su historia. Tenían una larga experiencia en el «luego». En el caso presente, solo cambiarían las modalidades practicadas de este «luego». Nil no sería quemado públicamente, igual que Andrei no lo había sido.

74

El sol acariciaba el enlosado del patio del Belvedere cuando Nil y Leeland entraron. Aliviado por su confidencia, el estadounidense había recuperado su natural carácter risueño, y durante el trayecto solo habían hablado de su juventud como estudiantes en Roma. Cuando llegaron a la puerta de la reserva, ya eran las diez.

Una hora antes, les había precedido un sacerdote con sotana. Al ver su acreditación, firmada por el cardenal Catzinger en persona, el policía se había inclinado y le había acompañado con deferencia hasta la puerta blindada, donde Breczinsky le esperaba con aire inquieto. Aquella segunda entrevista había sido breve, como la primera. Al marcharse, el sacerdote había fijado prolongadamente sus ojos negros en los del polaco, cuyo labio inferior temblaba.

Nil ya no prestaba atención a aquel rostro palidísimo, casi translúcido: al llegar, no se fijó en la turbación del bibliotecario e instaló el material sobre su mesa mientras Leeland iba a buscar los manuscritos que debían examinar.

Al cabo de una hora de trabajo, se sacó los guantes y susurró:

—Continúa sin mí, voy a tentar la suerte con Breczinsky.

Leeland inclinó la cabeza en silencio y Nil fue a llamar a la puerta del bibliotecario.

—Entre, padre, siéntese.

Breczinsky parecía contento de verle.

—No me dijo nada de su investigación en la sección de los templarios el otro día: ¿descubrió algo que le fuera útil?

—Mejor que eso, padre: encontré el texto examinado por Andrei, el que correspondía a la referencia anotada en su agenda.

Nil tomó aire y se lanzó:

—Gracias a mi compañero muerto, me encuentro sobre la pista de un documento de importancia capital que podría poner en cuestión los fundamentos de nuestra fe católica. Perdone que no le diga más: desde mi llegada a Roma, monseñor Leeland está sometido, por mi causa, a presiones considerables; al callar, trato de evitarle cualquier molestia.

—Pero... ¿de quién pueden venir semejantes presiones sobre un obispo que trabaja en el Vaticano?

Nil decidió jugarse el todo por el todo. Recordaba un comentario que había hecho el polaco el día de su primer encuentro: «¡Y yo que creía que usted era un hombre de Catzinger!».

—De la Congregación para la Doctrina de la Fe, y más concretamente del cardenal prefecto en persona.

—¡Catzinger!

El polaco se secó el sudor de la frente; sus manos temblaban ligeramente.

—¡Usted no conoce el pasado de este hombre ni lo que vivió!

Nil ocultó su sorpresa.

—En efecto, no sé nada sobre él, excepto que es la tercera figura de la Iglesia, después del secretario de Estado y del Papa.

Breczinsky levantó hacia él unos ojos de perro apaleado.

—Padre Nil, ha ido usted demasiado lejos; ahora debe saber. Lo que voy a decirle solo se lo he confiado antes al padre

Andrei, porque él era el único que podía comprender: su familia había estado ligada a los sufrimientos de la mía. Con él no tenía necesidad de grandes explicaciones, lo comprendía todo al instante.

Nil contuvo la respiración.

—Cuando los alemanes rompieron el pacto germano-soviético, la Wehrmacht cayó sobre lo que había sido Polonia. Durante algunos meses la división Anschluss aseguró en torno a Brest-Litovsk la retaguardia del ejército de invasión, y en abril de 1940 uno de sus oficiales superiores, un *oberstleutnant*, vino a llevarse a todos los hombres de mi pueblo. Mi padre fue conducido con ellos al bosque, y nunca volví a verle.

—Sí, ya me lo había dicho…

—Luego la división Anschluss se incorporó al frente del Este, y mi madre trató de sobrevivir en el pueblo conmigo, ayudada por la familia del padre Andrei. Dos años más tarde vimos pasar en sentido opuesto los últimos restos del ejército alemán, que huía ante los rusos. Ya no era la gloriosa Wehrmacht, sino una banda de saqueadores que violaban y lo quemaban todo a su paso. Yo tenía cinco años. Un día, mi madre me cogió de la mano, estaba aterrorizada: «¡Escóndete en la bodega; es el oficial que se llevó a tu padre, ha vuelto!». Por la puerta descoyuntada vi entrar a un oficial alemán. Sin decir palabra, el hombre se sacó el cinturón, se lanzó sobre mi madre y la violó ante mis ojos.

Nil estaba horrorizado.

—¿Llegó a saber el nombre de este oficial?

—Como puede imaginar, nunca pude olvidarle, y no descansé hasta encontrar su pista: el hombre había muerto poco después, a manos de los resistentes polacos. Era el *oberstleutnant* Herbert von Catzinger, el padre del actual cardenal prefecto de la Congregación para la Doctrina de la Fe.

Nil abrió la boca, incapaz de pronunciar palabra. Frente a

él, Breczinsky parecía destrozado. Con esfuerzo, el bibliotecario prosiguió su explicación:

—Después de la guerra, Catzinger, convertido en cardenal de Viena, pidió a un español del Opus Dei que realizara investigaciones en los archivos austríacos y polacos, y descubrió que su padre, por el que sentía una admiración sin límites, había muerto a manos de los partisanos polacos. Desde entonces me odia, como odia a todos los polacos.

—Pero... ¡el Papa es polaco!

—Usted no puede comprenderlo: todos los que vivieron la experiencia del nazismo, incluso a su pesar, han quedado profundamente marcados por él. El veterano de las Juventudes Hitlerianas, el hijo de un combatiente de la Wehrmacht muerto a manos de la resistencia polaca, ha rechazado su pasado, pero no ha olvidado: nadie salió intacto de aquel infierno. En lo que se refiere al Papa polaco, Catzinger se ha convertido hoy en su brazo derecho, y estoy seguro de que ha superado su aversión visceral y le venera sinceramente. Pero él sabe que soy originario de un pueblo donde estuvo estacionada la división Anschluss, sabe lo de la muerte de mi padre.

—¿Y... sobre su madre?

Breczinsky se secó los ojos con el dorso de la mano.

—No, no puede saberlo, yo fui el único testigo, la memoria de su padre permanece intacta. *Pero yo sí sé.* Y no puedo... ¡no consigo perdonar, padre Nil!

Una inmensa piedad invadió el corazón de Nil.

—¿No puede perdonar al padre... o al hijo?

Breczinsky respondió con un hilo de voz:

—Ni a uno ni a otro. Desde hace años, la enfermedad del Santo Padre permite al cardenal hacer, o mandar hacer, cosas contrarias al espíritu del Evangelio. Él quiere restaurar a cualquier precio la Iglesia de los siglos pasados, está obsesionado por lo que llama «el orden del mundo». Bajo una apariencia de modernidad, es el retorno a la Edad de Hierro. He visto a teólogos, sacerdotes, religiosos reducidos a la nada, triturados por el Vaticano con la misma ausencia de piedad que su padre mostró, en otro tiempo, hacia los pueblos esclavizados por el Reich. ¿Me dice usted que está presionando a monseñor Leeland? Si su amigo fuera el único... Yo solo soy una insignificante piedrecita, pero, como los otros, debo ser triturado para que el zócalo de la Doctrina y de la Fe no se fisure.

—¿Por qué usted? ¡Enterrado en el silencio de su reserva, no estorba a nadie, no amenaza a ningún poder!

—Pero yo soy un hombre del Papa, y el puesto que ocupo aquí es mucho más delicado de lo que usted imagina. Yo... no puedo decirle más.

Sus hombros temblaban ligeramente. Con esfuerzo, continuó:

—Nunca me he repuesto de los sufrimientos que he soportado por culpa de Herbert von Catzinger; la herida no se ha cerrado, y el cardenal lo sabe. Cada noche me despierto empapado en sudor, perseguido por la imagen de mi padre conducido al bosque bajo la amenaza de las metralletas, y de esas botas que aplastaban el cuerpo de mi madre contra la mesa de nuestra cocina. Se puede encadenar a un hombre con la amenaza, pero también se le puede esclavizar manteniendo su sufrimiento: basta con reavivar la herida, con hacerla sangrar. Solo alguien que haya conocido a esos hombres de bronce puede comprender, y ese era el caso de Andrei. Desde mi entrada al servicio del Papa, me veo pisoteado a cada instante por dos botas relucientes; Catzinger, vestido de púrpura, me domina, como en otro tiempo su padre, embutido en su uniforme, dominaba a mi madre y a sus esclavos polacos.

Nil empezaba a comprender. Breczinsky nunca había podido abandonar la bodega de su infancia, acurrucado junto a la puerta tras la que violaban a su madre. Nunca había salido de cierto camino forestal donde avanzaba en sueños detrás de su padre que iba a morir, segado por una ráfaga de metralleta. Día y noche le perseguían dos botas enceradas que le acorralaban contra una mesa, le ensordecía el eco en su interior de la orden gutural lanzada por Herbert von Catzinger: *Feuer!**

Su padre había sido abatido lejos de allí por las balas alemanas, pero él no dejaba de caer y caer, dando vueltas en un oscuro pozo sin fin. Aquel hombre era un muerto viviente. Nil dudó:

—¿El cardenal… viene aquí, en persona, para atormentarle con el recuerdo de su pasado? No puedo creerlo.

—Oh no, él no actúa de una forma tan directa. Me envía al español que realizó por cuenta suya las investigaciones en los archivos de Viena. En este momento ese hombre está en Roma, y estos días ha venido a verme dos veces; él me… me tortura. Va vestido como un sacerdote, pero si realmente es un sacerdote de Jesucristo, padre Nil, eso significa que la Iglesia ha llegado a su final. No tiene alma, no tiene sentimientos humanos.

Hubo un largo silencio, y Nil dejó que Breczinsky volviera a tomar la palabra:

—Así comprenderá por qué ayudé al padre Andrei, por qué le ayudo a usted. Como usted, él me dijo que buscaba un documento importante: quería evitar como fuera que Catzinger se hiciera con él, entregarlo al Papa en mano.

Nil reflexionó rápidamente: no había pensado aún ni por un instante qué haría si encontraba la epístola del decimotercer apóstol. Efectivamente, era el Papa quien debía juzgar si el porvenir de la Iglesia quedaba comprometido por su contenido, y al Papa correspondía disponer de ella.

* ¡Fuego!

—Andrei tenía razón. No sé todavía por qué, pero es evidente que lo que he descubierto es objeto de codicia para muchas personas. Si consigo encontrar ese documento perdido desde hace siglos, mi intención es, en efecto, advertir al Papa e indicarle su localización. El jefe de la Iglesia debe ser el único poseedor de este secreto, como lo fue de los secretos de Fátima. Acabo de enterarme de que el documento puede encontrarse escondido en algún lugar del Vaticano, lo que en realidad no es saber demasiado.

—El Vaticano es inmenso; ¿no tiene ningún indicio?

—Uno solo, muy tenue. Si realmente ha llegado a Roma, como creo, debe de encontrarse mezclado con los manuscritos del mar Muerto entre los que se hallaba. El Vaticano debió de recibirlo después de la guerra de independencia judía, hacia 1948. ¿Tiene idea de dónde pueden estar guardados los manuscritos esenios de Qumran no explotados?

Breczinsky se levantó; parecía agotado.

—No puedo responderle enseguida, tengo que reflexionar. Venga a verme a este despacho mañana por la tarde: no habrá nadie más que usted y monseñor Leeland. Pero se lo suplico, no le hable de nuestra conversación, nunca debería haberle dicho todo esto.

Nil le tranquilizó: podía confiar en él como había confiado en el padre Andrei. Su objetivo era, de hecho, el mismo: informar al Papa.

75

—¡Levanto mi vaso por la salida del último colono judío de Palestina!

—¡Y yo por la constitución definitiva del Nuevo Israel!

Los dos hombres sonrieron antes de vaciar los vasos de un trago. Lev Barjona se puso súbitamente rojo y se atragantó.

—Por mis *tephilim*, Muktar al-Quraysh, ¿qué es esto? ¿Petróleo árabe?

—*Cent'herba*. Licor de los Abruzos. Setenta grados, es una bebida de hombres.

Desde que se habían perdonado mutuamente la vida en el campo de batalla, entre el palestino y el israelí se había establecido una extraña complicidad, un lazo semejante al que existía en otro tiempo entre oficiales de ejércitos regulares enemigos, al que existe a veces entre políticos enfrentados o entre cabecillas de grandes grupos rivales. Al combatir en la sombra, estos individuos solo se sienten a gusto con sus pares, que están comprometidos en los mismos conflictos que ellos, y desprecian la sociedad de los hombres corrientes, sus existencias grises y aburridas. Lo más frecuente es que se enfrenten, y con ferocidad; pero cuando ninguna acción les sitúa en campos opuestos, no tienen inconveniente en compartir un vaso, unas chicas o una operación común si se presenta la ocasión de trabajar en un terreno neutral.

La ocasión presente era monseñor Alessandro Calfo. Calfo les había propuesto una de esas misiones sucias que la Iglesia no quiere realizar y ni siquiera admitir oficialmente. *Ecclesia sanguinem abhorret*, la Iglesia tiene horror a la sangre; así pues, al no poder hacer ya que aquellas operaciones turbias fueran ejecutadas por un brazo secular que le había dado la espalda, se veía obligada ahora a dirigirse a agentes independientes, en general sicarios de la extrema derecha europea. Pero estos hombres no resistían al señuelo de la puesta en escena mediática y siempre se hacían pagar sus servicios con molestas contrapartidas políticas. Calfo apreciaba que Muktar solo le hubiera pedido dólares y que los dos hombres no hubieran dejado ningún rastro tras ellos. El palestino y el israelí habían sido tan discretos como una corriente de aire.

—Muktar, ¿por qué me has citado aquí? Sabes que si nos vieran juntos, nuestros jefes respectivos lo considerarían una falta profesional extremadamente grave.

—Vamos, Lev, el Mosad tiene agentes por todas partes, pero no aquí: este restaurante solo cocina carne de cerdo y conozco al patrón: si supiera que eres judío, no permanecerías ni un minuto bajo su techo. No nos hemos visto desde el transporte a Roma de la losa de Germigny, pero tú acabas de verte con nuestros dos monjes investigadores y yo les escucho regularmente. Tenemos que hablar.

—Soy todo oídos...

Muktar indicó al patrón con un gesto que dejara el *cent'-herba* sobre la mesa.

—No debe haber secretos entre nosotros, Lev, aquí jugamos los dos al mismo juego. Pero resulta que yo no lo sé todo, y esto me pone nervioso: el francés empieza a dar vueltas en torno al Corán, y hay cosas que los musulmanes no toleran, ya lo sabes. Quiero que quede clara una cosa: no estoy en esta misión únicamente por monseñor Calfo; Hamas está implicado. Pero lo que no está tan claro para mí es por qué entras en el terreno personal, encontrándote con Nil y soltando informaciones que valen su peso en oro.

—¿Me preguntas por qué razón estamos interesados en esta epístola perdida?

—Exacto: ¿en qué concierne a los judíos esta historia del decimotercer apóstol?

Lev tecleó distraídamente con los dedos sobre la mesa de mármol: las pizzas al *maiale* se hacían esperar.

—Los fundamentalistas del Likud vigilan todo lo que se dice en la Iglesia católica en relación con la Biblia. Para estos religiosos es esencial que los cristianos nunca puedan poner en duda la divinidad de Jesucristo. Interceptamos las informaciones que el padre Andrei dejaba escapar en Roma y en contactos con sus colegas europeos; por eso justamente me autorizaron a unirme a ti en la operación del expreso de Roma: aquello no podía seguir, ese erudito había descubierto ciertas cosas que inquietan a la gente de Mea Shearim.

—¡Pero por qué, en nombre de los djinns! ¿Qué puede importaros que los cristianos se den cuenta de repente de que han fabricado un falso Dios, o mejor dicho, un segundo Dios? Hace trece siglos que el Corán les condena por esta razón. Al contrario, deberíais estar satisfechos de que admitan por fin que Jesús era solamente un profeta judío, como afirma Mahoma.

—Sabes muy bien, Muktar, que luchamos por nuestra identidad judía en todos los planos, y no solo en el territorial. Si la Iglesia católica pusiera en cuestión la divinidad de Jesús y reconociera que nunca fue sino un gran profeta, ¿qué nos distinguiría de ella? El cristianismo convertido en judío, volviendo a sus orígenes históricos, se tragaría al judaísmo de un bocado. Que los cristianos veneraran al judío Jesús en lugar de adorar a su Cristo-Dios, sería para el pueblo judío un peligro que no podemos permitirnos afrontar. Con mayor razón aún, porque inmediatamente afirmarían que Jesús es más grande que Moisés, que con él la Torah ya no vale nada, aunque él enseñara, al contrario, que no había venido para abolir la Ley, sino para perfeccionarla. Un profeta judío que propone una ley más perfecta que la de Moisés: conoces a los cristianos, la tentación sería demasiado fuerte. No han podido destruirnos con los progromos, pero la asimilación nos aniquilaría. El fuego de los crematorios nos ha purificado; pero si Jesús ya no es Dios, si se vuelve judío de nuevo, el judaísmo pronto será solo un anexo del cristianismo, masticado, luego deglutido y por fin digerido por el vientre hambriento de la Iglesia. Por eso nos inquietan investigaciones como la de Nil.

Acababan de colocar ante ellos dos inmensas pizzas que despedían un exquisito olor a tocino frito. Muktar atacó la suya con glotonería.

—Prueba esto y verás, al menos sabremos por qué acabaremos en el infierno. Mmm… lo terrible de vosotros, los judíos, es vuestra paranoia. ¡Vais a buscar motivos para angustiaros demasiado lejos para nosotros! Pero os conozco, desde vuestro punto de vista el razonamiento se sostiene. Sobre todo nada de aproximaciones a los cristianos, o podríais veros diluidos como una gota de agua en el mar. Deja llorar al Papa ante el Muro de las Lamentaciones, pero luego cada uno en su casa. De acuerdo. ¿Y qué haréis, pues, si el pequeño Nil persiste en sus indagaciones?

—Me gané una reprimenda cuando quise… digamos interrumpir sus trabajos un poco demasiado pronto. La consigna es dejarle continuar y ver qué sale. También es la política de Calfo. Al encontrarme con el monje francés, al hablar con él, le he dado el empujoncito que tal vez le permita encontrar lo que todos buscamos. Además, a Nil le gusta Rachmaninov, lo que prueba que es un hombre de gusto.

—Pareces apreciarlo.

Lev tragó con delectación un gran bocado de pizza al *maiale*: esos goyims sabían cocinar el cerdo.

—Lo encuentro extremadamente simpático, conmovedor incluso. Son cosas que vosotros, los árabes, no podéis comprender, porque Mahoma nunca comprendió nada sobre los profetas del judaísmo. Nil se parece a Leeland: los dos son idealistas, hijos espirituales de Elías, el héroe y el modelo de los judíos.

—No sé si Mahoma no comprendió nada de vuestros profetas, pero yo he comprendido a Mahoma: los infieles no deben vivir.

Lev apartó su plato vacío.

—Tú eres un Quraysh, y yo soy un Barjona, es decir, un descendiente de los zelotes* que en otro tiempo aterrorizaban a los romanos. Como tú, defiendo nuestros valores y nuestra tradición sin vacilaciones: los zelotes eran llamados también sicarios debido a su virtuosismo en el manejo del puñal y a su técnica de destripamiento de los enemigos. Pero si Nil me resulta simpático, Leeland es mi amigo desde hace veinte años. No hagas nada contra ellos sin advertirme.

—Tu Leeland trabaja mano a mano con el francés. Sabe casi tanto como él. Además, es un marica, ¡nuestra religión condena a la gente como él! En cuanto al otro, si se mete con el Corán y su Profeta, nada detendrá la justicia de Dios.

—¿Rembert un marica? ¡No me hagas reír! Estos hombres son puros, Muktar, estoy seguro de la integridad de mi amigo. Otra cosa es lo que pase en su cabeza; pero el Corán solo condena los actos, no hurga en los cerebros. Esta misión concierne a la integridad de los tres monoteísmos: no les toques un pelo sin prevenirme. Por otra parte, si quieres aplicar la ley coránica, no saldrás adelante sin mí: en el expreso de Roma fue un juego de niños, pero en medio de esta ciudad será más difícil. El Mosad deja tras de sí menos huellas

---

* *Barjona* es «zelote» en arameo.

que Hamas, ya lo sabes… Aquí vuestros métodos no serían adecuados.

Cuando se separaron, la botella de *cent'herba* estaba vacía, pero en la calle desierta el paso de los dos hombres era tan firme como si solo hubieran bebido agua.

76

Desde el alba, Sonia caminaba mirando al frente sin fijarse en nada. Rumiaba lo que Calfo exigía que hiciera para él la próxima vez. No podría. «Ya solo soy una prostituta, pero esto es demasiado.» Tenía que hablar con alguien, necesitaba compartir su angustia. ¿Con Muktar? Volvería a enviarla a Arabia Saudí. El árabe le había confiscado el pasaporte y le había mostrado fotos de su familia, fotos tomadas hacía muy poco en Rumanía. Sus hermanas, sus padres, serían amenazados, pagarían por ella si no se mostraba dócil. Se secó las lágrimas y se sonó.

Había remontado el Tíber por la orilla izquierda, y percibió vagamente que acababa de dejar atrás un cruce animado ya a esa hora temprana. Al extremo de una calle amplia que luego giraba hacia el Capitolio, se distinguían dos templos antiguos y el frontón del Teatro di Marcello. No quería ir en esa dirección, habría turistas y en ese momento necesitaba estar sola. Cruzó. Frente a ella, la verja de Santa Maria in Cosmedin estaba abierta. Franqueó la puerta, pasó ante la Bocca della Verità sin mirarla y entró.

Nunca había ido allí, y se sintió impresionada por la belleza de los mosaicos. No había iconostasia, pero la iglesia se parecía mucho a las que había frecuentado en su juventud. En el interior reinaba una atmósfera apacible y misteriosa; el

Cristo glorioso era el de los ortodoxos, y también el olor delicado del incienso. Acababan de celebrar una misa en el altar mayor, un monaguillo apagaba los cirios uno a uno. Se acercó y se arrodilló en la primera fila a la izquierda.

«Un sacerdote: quisiera hablar con un sacerdote. Los católicos también respetan el secreto de la confesión, como nosotros.»

Precisamente un sacerdote salía en aquel instante por la puerta de la izquierda —la sacristía, sin duda—. Iba revestido con una amplia sobrepelliz de encaje blanco sin ningún distintivo especial. Su rostro redondo y liso era el de un bebé, pero los cabellos blancos revelaban al hombre de experiencia. Sonia levantó hacia él sus ojos enrojecidos por las lágrimas y se sintió impresionada por la dulzura de su mirada. Obedeciendo a un impulso irracional, se interpuso en su camino.

—Padre...

El sacerdote la envolvió con su mirada.

—Padre, yo soy ortodoxa... ¿podría confesarme con usted de todos modos?

El religioso le sonrió con bondad: apreciaba esas raras ocasiones en que podía ejercer su ministerio en el anonimato. La luz reflejada por los mosaicos dorados confería al rostro de Sonia, marcado por la tensión, la belleza de los primitivos sieneses.

—No podré darle la absolución sacramental, hija mía, pero Dios mismo le ofrecerá su consuelo... Venga.

Sonia se sorprendió de verse arrodillada ante él, sin reja ni obstáculos, conforme a la costumbre romana. Su rostro estaba a unos centímetros del del sacerdote.

—Adelante, la escucho...

Al empezar a hablar, tuvo la sensación de que se liberaba de una carga que le oprimía el pecho. Habló de la mujer que la había reclutado en Rumanía, luego del palestino que la había enviado al harén del dignatario saudí. Finalmente de Roma y del hombre rechoncho, un prelado católico al que había que satisfacer a cualquier precio.

El rostro del sacerdote se apartó bruscamente del suyo y su mirada se endureció.

—Ese prelado católico…, ¿conoce su nombre?

—No le conozco, padre, pero debe de ser obispo: lleva un anillo muy curioso que no se parece a ninguno que haya visto. Parece un ataúd, una joya en forma de ataúd.

Con un movimiento rápido, el sacerdote hizo girar hacia el interior de la palma el engaste del anillo episcopal que adornaba su anular y ocultó la mano derecha en los pliegues de la sobrepelliz. Concentrada en su confesión, Sonia no percibió aquel gesto furtivo.

—¡Un obispo… qué horror! Y dice que le hace hacer…

Con dificultad, Sonia le explicó la escena ante el icono bizantino, la toca de religiosa en torno a su cabeza, su cuerpo desnudo ofrecido al hombre arrodillado tras ella en el reclinatorio, que murmuraba palabras incomprensibles donde se hablaba de la unión con el Indecible.

El sacerdote acercó su rostro al de ella.

—Y me dice que la próxima vez que vaya a verle quiere…

Le relató lo que el obispo le había explicado al despedirla, la proposición que había provocado su huida enloquecida del piso. El rostro del sacerdote casi tocaba el suyo, y se había vuelto tan duro como el mármol del enlosado cosmatesco sobre el que se encontraba arrodillada. El religioso habló lentamente, resaltando cada palabra:

—Hija mía, Dios la perdona porque ha sido engañada por uno de sus representantes en la tierra y no tenía elección. En su nombre, yo le devuelvo hoy su paz. Pero no debe, escúcheme bien, no debe aceptar de ningún modo presentarse a la próxima cita con ese prelado: lo que quiere hacerle es una

abominable blasfemia hacia nuestro salvador Jesucristo crucificado.

Sonia levantó el rostro hacia él, completamente trastor-
nada.

—¡Es imposible! ¿Qué me ocurrirá si no obedezco? No
puedo abandonar Roma, mi pasaporte…

—No le ocurrirá nada. En primer lugar porque Dios la
protege: su confesión le ha mostrado que su alma es pura. Yo
me debo al secreto de confesión, ya lo sabe. Pero conozco
gente en Roma, y sin traicionar ese secreto puedo arreglar las
cosas de modo que no le ocurra nada. Hija mía, ha tenido la
desgracia de caer en manos de un obispo perverso que se ha
hecho indigno del anillo que lleva. Ese féretro que adorna su
mano criminal simboliza la muerte espiritual que pesa ya sobre él. Pero usted también está en manos de Dios: tenga confianza. No vaya a verle el día que me ha indicado.

El encuentro inopinado con el sacerdote fue para Sonia
como una respuesta de Dios a sus plegarias. Por primera vez
desde que había bajado la escalera del piso de Calfo, respiraba libremente. Aquel sacerdote desconocido la había escuchado con bondad, ¡le había asegurado el perdón de Dios!
Liberada del peso que la aplastaba, cogió su mano y la besó
como hacen los fieles ortodoxos. Al hacerlo, no se fijó en que
era la mano izquierda; la derecha seguía obstinadamente enterrada en la sobrepelliz.

Mientras la mujer se dirigía hacia la salida, el sacerdote se levantó y volvió a la sacristía. Primero se colocó bien el anillo
episcopal, adornado con el escudo de san Pedro, y a continuación se despojó de la sobrepelliz dejando a la vista un an-
cho cinturón púrpura. Con un gesto preciso, se alisó los blan-

cos cabellos y colocó sobre ellos un capelo del mismo color, la púrpura cardenalicia.

Hasta ese momento Catzinger disponía de peores cartas que el napolitano en aquella partida. Sin saberlo, Sonia acababa de pasarle una carta maestra. La utilizaría haciendo que la descubriera Antonio, el fiel entre los fieles que había conseguido eludir la vigilancia de la Sociedad San Pío V, el andaluz que nunca había transigido ni se había desviado de su ruta, ese hombre tan ligero como una espada de Toledo y que, como ella, solo se doblaba para enderezarse mejor.

77

El policía pontificio sentado ante la primera puerta blindada les había dejado pasar sin controlar la acreditación de Nil: visitantes habituales... Breczinsky los condujo ante su mesa, donde les esperaban los manuscritos de la víspera.

Nil había avisado a Leeland de que no irían al Vaticano hasta el inicio de la tarde: tenía necesidad de reflexionar. La confianza que le otorgaba el polaco, primero le había sorprendido, y luego asustado. «Este hombre, ¿ha hablado porque está desesperadamente solo, o bien porque me manipula?» El tranquilo profesor de las orillas del Loira nunca había afrontado una situación parecida. Había decidido seguir el rastro del decimotercer apóstol, y como él, ahora se encontraba en el centro de unos conflictos de intereses que le desbordaban.

Breczinsky había dicho que quería ayudarle, pero ¿qué podía hacer? El Vaticano era inmenso; cada uno de sus museos y bibliotecas debía de poseer uno o varios anexos donde dormían miles de objetos de valor. En algún lugar allí dentro se encontraba posiblemente una caja de coñac Napoléon que contenía manuscritos esenios desparejados, y una hoja, una pequeña hoja de pergamino atada con un hilo de lino. La descripción de Lev Barjona había permanecido grabada en la mente de Nil; pero ¿no habrían vaciado la caja? ¿No habría sido repartido al azar su contenido por algún empleado con prisas?

Hacia la mitad de la tarde, se sacó los guantes.

—No me hagas preguntas: tengo que volver a ver a Breczinsky.

Leeland asintió en silencio y dirigió a Nil una sonrisa de ánimo antes de inclinarse de nuevo sobre el manuscrito medieval que estaban examinando.

Con el corazón palpitante, el francés golpeó a la puerta del despacho.

El rostro de Breczinsky reflejaba una gran tensión; tras las gafas redondas, sus ojos estaban rodeados de cercos oscuros. Después de invitar a Nil a sentarse, el bibliotecario le dijo:

—Padre, he estado rezando toda la noche para que Dios me iluminara, y he tomado una decisión. Lo que hice por Andrei lo haré también por usted. Sepa solamente que violo de nuevo las consignas más sagradas que me fueron transmitidas cuando ocupé este puesto. Me resuelvo a hacerlo porque usted me ha asegurado que no trabajaba contra el Papa sino que, al contrario, su intención es comunicarle todo lo que descubra. ¿Lo jura así ante Dios?

—Solo soy un monje, padre Breczinsky, pero siempre he tratado de serlo hasta el final. Si lo que descubro representa un peligro para la Iglesia, el Papa será el único informado.

—Bien… Le creo, como creí a Andrei. La gestión de los tesoros aquí conservados es solo una de mis tareas, la única visible y la menos importante. En la prolongación de la reserva hay un local que no verá figurar en ningún plano de este conjunto de edificaciones, un lugar que no encontrará mencionado en ninguna parte, ya que no existe oficialmente. San Pío V quiso que se habilitara este espacio en 1570, cuando estaban concluyendo los trabajos de construcción de la basílica de San Pedro.

—¿Los archivos secretos del Vaticano?

Breczinsky sonrió.

—Los archivos secretos son perfectamente oficiales; se encuentran dos pisos por encima de nuestras cabezas y su contenido se pone a disposición de los investigadores según reglas públicas. No, este local es conocido solo por unas pocas personas y, como no existe, no tiene nombre. Podría decirse, tal vez, que es el fondo secreto del Vaticano; la mayoría de los estados del planeta poseen algo similar. No tiene un bibliotecario titulado (ya que no existe, se lo repito) y su contenido no tiene signaturas ni catálogo. Es una especie de infierno donde se entierran en el olvido documentos delicados porque no se desea que un día lleguen a conocimiento de los historiadores o los periodistas. En el curso de los siglos se ha acumulado en él gran cantidad de cosas de todo tipo, por iniciativa de un papa o de un cardenal prefecto del dicasterio. Cuando alguien decide enviar un documento al fondo secreto, ya no sale de allí, ni siquiera después de la muerte del que tomó la decisión; nunca será archivado ni exhumado.

—Padre Breczinsky... ¿por qué me revela usted la existencia de ese fondo secreto?

—Porque es uno de los dos lugares del Vaticano donde puede hallarse lo que busca. El otro son los archivos secretos que se hacen públicos año tras año, cincuenta años después de los hechos a que hacen referencia. Salvo decisión contraria, pero por lo general esta se justifica oficialmente. Me dice que una caja que contenía manuscritos del mar Muerto llegó al Vaticano en 1948, con ocasión de la primera guerra árabe-israelí: si hubiera estado clasificada en los archivos secretos, ya habría salido de ellos. Y si un elemento de ese lote hubiera sido juzgado demasiado delicado para ser puesto en conocimiento del público, yo lo habría sabido necesariamente. Ocurre a veces, y entonces recibo un expediente o un paquete que hay que poner al abrigo de curiosidades malsanas en el fondo secreto. Solo yo estoy habilitado para hacerlo; pero desde hace cinco años no he recibido nada nuevo, ni de los archivos secretos ni de ninguna otra parte.

—Pero... ¿tiene usted conocimiento de lo que se debe clasificar definitivamente en ese fondo secreto? ¿No se ha sentido tentado alguna vez de echar un vistazo a lo que sus predecesores acumularon en él desde finales del siglo XVI?

Breczinsky respondió casi con alegría.

—El papa Wojtyla me hizo jurar que nunca trataría de conocer el contenido de lo que recibía o de lo que se encuentra en ese local. En quince años solo he tenido que acceder a él tres veces, para realizar un nuevo depósito. He sido fiel a mi juramento, pero no he podido evitar ver una serie de estanterías etiquetadas como «Manuscritos del mar Muerto». Ignoro lo que contiene esa zona del local. Cuando hablé de ello con el padre Andrei, a quien hice las mismas confidencias, me suplicó que le permitiera echar una ojeada. ¿A quién podía pedir autorización? Solo al Papa, pero a él precisamente queríamos proteger Andrei y yo sin que lo supiera. Acepté, y le concedí una hora en el interior.

Nil murmuró:

—Y justo al día siguiente abandonó Roma precipitadamente, ¿no?

—Sí. Cogió el expreso de Roma del día siguiente sin decirme nada antes. ¿Había descubierto algo? ¿Había hablado con alguien? Lo ignoro.

—Pero esa noche cayó del expreso de Roma, y no fue un accidente.

Breczinsky se pasó las manos por el rostro.

—No fue un accidente. Yo solo puedo decirle, padre, que, al proseguir los trabajos de su compañero, se ha colocado en la misma situación peligrosa en que él se encontró. Su investigación le ha conducido, como a él, hasta el umbral de ese local sin existencia. Estoy dispuesto a dejarle entrar también;

confío en usted igual que confié en él. Catzinger y muchos otros, me temo, están tras la misma pista: si consigue su propósito antes que ellos, correrá el mismo peligro que Andrei. Aún está a tiempo de abandonar, padre Nil, y de volver a inclinarse en la habitación vecina sobre un inofensivo manuscrito medieval. ¿Qué decide?

Nil cerró los ojos. Le pareció estar viendo al decimotercer apóstol, sentado a la derecha de Jesús en la sala alta, escuchándole con veneración. Y luego convertido en guardián de un pesado secreto, luchando solo contra el odio de Pedro y de los Doce, que querían seguir siendo doce y poseer solos el monopolio de la información que debían transmitir. Los Doce, que le condenaban al exilio y al silencio, para que la Iglesia que iban a edificar sobre la memoria falsificada de Jesús durara eternamente, *alpha et omega*.

El secreto había atravesado los siglos antes de llegar hasta él. Tendido junto a la mesa de la última cena, apoyado sobre un codo, el discípulo bienamado de Jesús le pedía hoy que tomara el relevo.

Nil se levantó.

—Vamos, padre.

Salieron del despacho. Leeland, inclinado sobre la mesa, no levantó siquiera la cabeza al oírles pasar por detrás. Recorrieron el rosario de salas de la reserva. Breczinsky abrió una puertecita y, con un gesto, indicó a Nil que le siguiera.

El pasillo descendía en suave pendiente. Nil trató de orientarse. Como si hubiera adivinado sus pensamientos, Breczinsky susurró:

—Nos encontramos bajo el transepto derecho de la basílica de San Pedro. El local fue excavado en los cimientos, a unos cuarenta metros de la tumba del apóstol descubierta en las excavaciones ordenadas por Pío XII bajo el altar mayor.

El pasillo formaba un codo y conducía a una puerta blindada. El polaco se desabrochó el alzacuello y sacó una llavecita que llevaba colgada directamente sobre la piel. En el momento de abrir, consultó su reloj.

—Son las diecisiete horas y la reserva cierra a las dieciocho; tiene una hora. Todas nuestras puertas se pueden abrir sin llave desde el interior, y esta también: bastará que la empuje al salir y se volverá a cerrar automáticamente. Apague la electricidad antes de marcharse y venga a buscarme a mi despacho.

La puerta blindada se abrió silenciosamente; Breczinsky deslizó la mano contra la pared interior y accionó un interruptor.

—Vaya con cuidado para no estropear nada. ¡Buena suerte!

Nil entró; la puerta se cerró tras él con un chasquido sordo.

78

Se encontraba ante una larga galería abovedada intensamente iluminada. A la derecha, la pared, de piedra vista, estaba despejada. Nil pasó la mano por la superficie y reconoció inmediatamente la técnica de talla. No eran los golpes de los canteros de la Edad Media ni las marcas de sierra de la época reciente. Las marcas regulares de golpes de cincel y su espaciamiento constituían la firma de los talladores de piedra del Renacimiento.

A lo largo de la pared de la izquierda, las estanterías se alineaban hasta el fondo, algunas con un refinado trabajo de talla —las más antiguas—, y otras de madera sin trabajar, añadidas probablemente a lo largo de los siglos según las necesidades de colocación.

La colocación... Al primer vistazo, Nil se dio cuenta de que no se había adoptado ningún tipo de clasificación racional. Cajas de madera, de cartón, archivadores y pilas de expedientes se encontraban amontonados sobre los estantes. «¿Por qué introducir orden en el infierno? Nada saldrá nunca de aquí.»

Dio un paso adelante para observar el fondo de la galería: unos cincuenta metros. Decenas de cubículos, miles de documentos: encontrar una aguja en un pajar, y en una hora...; era imposible. Sin embargo, Andrei había encontrado algo allí,

Nil estaba convencido de ello: solo eso explicaba su huida y su muerte. Avanzó por el pasillo, escrutando los espacios a su izquierda.

Ninguna clasificación, pero sí carteles clavados en el campo de estanterías, una mezcla de elegante caligrafía a la antigua y de escrituras más modernas. Le pareció que el tiempo se abolía.

«Catari...», «Proceso de los templarios»: todo un cubículo. «Savonarola», «Jan Huss», «Caso Galileo», «Giordano Bruno», «*Sacerdoti renegati francesi*»: la lista de los sacerdotes franceses que habían prestado el juramento, condenados por Roma como apóstatas en 1792. «*Corrispondenza della S. S. con Garibaldi*»... Toda la historia secreta de la Iglesia en lucha contra sus enemigos. De pronto Nil se detuvo: un cubículo lleno de cajas de cartón que parecían recientes y que llevaba una única etiqueta: «Operación *Ratlines*».

Olvidando por qué estaba allí, Nil entró en la sección y abrió una caja al azar: era la correspondencia de Pío XII con Draganovich, el antiguo sacerdote convertido en jefe de los ustachi, los nazis croatas autores de atrocidades durante la guerra. Abrió otras cajas: fichas de identidad de criminales nazis célebres, relaciones de pasaportes del Vaticano a su nombre, recibos de sumas considerables. La operación *Ratlines* era la denominación en código de la trama que, justo después de la guerra, había permitido a los criminales de guerra nazis huir con toda impunidad ayudados por la Santa Sede.

Nil se pasó la mano por el rostro. Aquello no era nuevo para él. Los compromisos de la Iglesia, sus crímenes incluso, eran la consecuencia lógica de lo que había tenido que padecer el decimotercer apóstol a mediados del siglo I. Salió de la sección y su mirada se vio atraída por un expediente colocado simplemente sobre un estante: «*Auschwitz, rapporti segreti 1941*». Refrenó su impulso de abrirlo: «La Santa Sede estaba al corriente de Auschwitz desde 1941...».

Miró su reloj: solo le quedaba media hora. Avanzó.

Bruscamente se detuvo: una etiqueta de escritura reciente había retenido su mirada.

«*Manoscritti del mare Morto, Spuria.*»

Una decena de cajas polvorientas apiladas. Cogió la de encima y la abrió: en el interior se veían varios pedazos de rollos medio destruidos por el tiempo. Lamentó no haber llevado sus guantes y cogió un rollo: algunas partículas de pergamino se desprendieron y cayeron al fondo de la caja, que ya estaba cubierto de ellas. «¡La escritura hebraica de Qumran!» Eran, efectivamente, manuscritos del mar Muerto; pero ¿por qué habían sido relegados a aquel infierno, condenados a acabar hechos trizas, cuando los científicos del mundo entero los buscaban? *Spuria*, «residuo»: ¿habían querido sustraer a la comunidad mundial aquellos residuos porque los consideraban sin valor…, o bien porque representaban un residuo de la historia que había que ocultar para siempre, ya que esta había tomado otro camino?

Devolvió la caja a su lugar. La de debajo era de madera blanca y llevaba en el canto una inscripción impresa: «*Cognac Napoléon, cuvée de l'Empereur*».

¡La caja del metropolitano Samuel, la caja entregada en Jerusalén al hermano converso dominico!

Con el corazón palpitante, Nil la sacó de la pila. Una mano había trazado tres letras en la tapa: M M M. Reconoció la escritura amplia del padre Andrei.

La cabeza le daba vueltas: así, cuando en el tren Andrei había escrito M M M en su nota, no solo hacía alusión al lote de fotocopias de la Huntington Library guardadas en la biblioteca de la abadía de Saint-Martin, sino que estaba designando aquella caja que Nil acababa de descubrir. Andrei había escrito personalmente en la tapa aquellas tres letras para poder identificarla un día con mayor facilidad: de ella quería hablarle. Su descubrimiento, que el encuentro con Breczinsky había hecho posible, representaba la conclusión de sus investigaciones, y había tenido la intención de explicárselo todo a Nil.

Por esa razón le habían asesinado.

Nil abrió la caja: la misma acumulación de restos de rollos. Y a un lado, una simple hoja de pergamino enrollada. Las manos de Nil temblaban cuando deshizo el hilo de lino que ceñía el manuscrito. Lo desenrolló con cuidado: estaba en griego, una escritura elegante perfectamente legible. ¡La escritura del decimotercer apóstol! Empezó a leer:

«Yo, el discípulo bienamado, el decimotercer apóstol, a todas las Iglesias…».

Al acabar su lectura, Nil estaba pálido. El inicio de la carta no le había explicado nada que no supiera ya: Jesús no era Dios, los Doce —empujados por su ambición política— le habían divinizado. Pero el decimotercer apóstol sabía que eso no bastaría para preservar el verdadero rostro de su Maestro, y de forma irrefutable daba testimonio de que el 9 de abril del año 30 había encontrado a unos hombres de blanco, esenios, ante la tumba que acababan de vaciar, y que esos hombres se disponían a transportar el cadáver de Jesús a una de sus necrópolis del desierto para enterrarlo dignamente.

La carta no indicaba el emplazamiento exacto de esa tumba. En una frase lacónica afirmaba que solo la arena del desierto protegería la tumba de Jesús de la codicia de los hombres. Como todos los profetas, el Nazareno permanecería vivo por toda la eternidad, y la veneración de sus huesos podría desviar a la humanidad del único medio verdadero para encontrarse con él: la oración.

Durante esos meses de búsqueda, Nil había creído que el misterio al que se enfrentaba era el del decimotercer apóstol, el del papel que había desempeñado en Jerusalén y el de su posteridad. El hombre que había escrito aquellas líneas con su propia mano se sabía ya eliminado de la Iglesia, borrado de su futuro. Presentía que ese futuro no tendría nada que ver con la vida y las enseñanzas de su Maestro. Y confiaba a aquel pergamino el secreto que tal vez un día permitiría al mundo redescubrir el verdadero rostro de Jesús. No se hacía ilusiones al respecto: ¿qué representaba una simple hoja de papel frente a la ambición devoradora de unos hombres dispuestos a todo para alcanzar sus fines, utilizando el recuerdo de aquel a quien él había amado más que a ningún otro?

El decimotercer apóstol acababa de conducirle al verdadero secreto: la existencia real, física, de una tumba que contenía los restos de Jesús.

Nil lanzó una mirada al reloj: las dieciocho diez. «¡Espero que Breczinsky me haya esperado!» Volvió a colocar la carta milagrosamente encontrada en su caja, y la caja en su lugar. Mantendría su palabra: el Papa sería informado, a través del bibliotecario polaco, de la existencia de aquella epístola apostólica que ni los siglos ni los hombres de Iglesia habían conseguido hacer desaparecer. Gracias a la inscripción M M M, a Breczinsky le sería fácil encontrarla y entregársela.

Lo que viniera después ya no concernía a un simple monje como él. Lo que siguiera tan solo concernía al Papa.

Nil salió rápidamente del local sin olvidarse de apagar la luz antes. A su espalda, la puerta se cerró automáticamente. Cuando llegó a la sala donde Leeland y él habían trabajado todos esos días, vio que estaba vacía, y la luz del techo, apagada. Llamó a la puerta del despacho: no hubo respuesta, Breczinsky no le había esperado.

Nil se preguntó, inquieto, si todas las puertas que conducían al patio del Belvedere se abrirían desde dentro: la idea de pasar la noche en el ambiente viciado de la reserva no resultaba nada agradable. Pero Breczinsky no le había mentido, y pudo franquear sin problemas las dos puertas blindadas. El vestíbulo de entrada estaba vacío, pero la puerta exterior del edificio se encontraba entreabierta. Sin pensárselo dos veces, salió al patio y respiró una gran bocanada de aire fresco. Necesitaba caminar para poner un poco de orden en sus ideas.

Nil tenía tanta prisa por abandonar el lugar que no se fijó en el vidrio tintado tras el que el policía pontificio fumaba un cigarrillo. Cuando le vio pasar, el hombre descolgó el teléfono interno de la Ciudad del Vaticano y apretó una tecla.

—Eminencia, acaba de salir… Sí, solo: el otro salió antes que él. *Di niente, eminenza.*

En su despacho, el cardenal Catzinger colgó con un suspiro: muy pronto llegaría la hora de Antonio.

79

Nil atravesó la plaza de San Pedro y levantó maquinalmente los ojos: la ventana del Papa estaba iluminada. Al día siguiente hablaría con Breczinsky, le indicaría la localización de la caja de coñac marcada con la señal M M M y le encargaría que transmitiera oralmente un mensaje al anciano pontífice. Dobló hacia la vía Aurelia.

Cuando llegó al rellano del tercer piso, se detuvo: a través de la puerta oyó a Leeland, que tocaba la segunda *Gymnopédie* de Erik Satie. La aérea melodía transmitía una melancolía infinita, un desespero teñido de un toque de humor y de irrisión. «Rembert... ¿Te permitirá tu humor sobreponerte a tu propia desesperación?» Golpeó discretamente a la puerta.

—Entra, te esperaba con impaciencia.

Nil se sentó junto al piano.

—Remby, ¿por qué has salido de la reserva antes de mi vuelta?

—Breczinsky vino a avisarme a las seis: me dijo que había que cerrar. Parecía muy preocupado. Pero no tiene importancia; dime, ¿has descubierto algo?

Nil no compartía la indiferencia de Leeland; la ausencia de Breczinsky le inquietaba. «¿Por qué no estaba en su despacho, como convinimos, cuando volví?» Apartó la pregunta de su mente.

—Sí, he encontrado lo que Andrei y yo buscábamos desde hacía tanto tiempo: un ejemplar intacto de la epístola del decimotercer apóstol; el original, de hecho.

—¡Magnífico! Pero esta carta… ¿es realmente tan terrible?

—Es corta, y me la sé de memoria. Orígenes no mentía, la epístola aporta la *prueba* indiscutible de que Jesús no resucitó, como enseña la Iglesia, y por tanto, de que no es Dios: la tumba vacía de Jerusalén sobre la que se edificó el Santo Sepulcro solo es un cebo. La verdadera tumba, la que contiene los restos de Jesús, se encuentra en algún lugar del desierto.

Leeland estaba estupefacto.

—¡En el desierto! Pero ¿dónde exactamente?

—El decimotercer apóstol no indica con precisión el lugar, para preservar el cadáver de Jesús de la codicia humana: habla solo del desierto de Idumea, una vasta zona al sur de Israel cuya delimitación ha variado en el curso de los tiempos. Pero la arqueología ha hecho progresos considerables: si se ponen los medios necesarios, se encontrará. Un esqueleto colocado en una necrópolis esenia abandonada, situada en esta zona, que lleve señales de la crucifixión y datado con el carbono 14 a mediados del siglo I, provocaría un terremoto en Occidente.

—¿Publicarás los resultados de tu investigación y darás a conocer al mundo esta epístola? ¿Te unirás a las excavaciones arqueológicas? Nil, ¿quieres que se encuentre esa tumba?

Nil calló un instante. En su cabeza flotaba todavía la melodía de Satie.

—Seguiré al decimotercer apóstol hasta el final. Si su testimonio hubiera sido retenido por la historia, nunca hubiera habido Iglesia católica. Porque lo sabían, los Doce se negaron a incluirlo en su grupo. Recuerda la inscripción de Germigny: solo debe haber doce testimonios de Jesús, por toda la eternidad, *alpha et omega*. ¿Hay que poner en cuestión, veinte siglos más tarde, el edificio que construyeron sobre una tumba vacía? La sepultura del apóstol Pedro señala hoy el centro de la cristiandad. Una tumba llena, la del primero entre los Doce, sustituyó a la tumba vacía. Luego la Iglesia creó los sacramentos para que todos los creyentes del planeta pudieran entrar físicamente en contacto con Dios. Si se les arrebata esto, ¿qué les quedará? Jesús pide que se le imite cotidianamente, y el único método que propone es la oración. Pero las multitudes, y una civilización completa, solo se dejan arrastrar por medios concretos, tangibles. El autor de la epístola tenía razón: volver a colocar los huesos de Jesús en el Santo Sepulcro sería transformar esta tumba en único objeto de adoración para las multitudes crédulas. Significaría apartar para siempre a los humildes y los pequeños del acceso al Dios invisible con los medios que les han sido propios desde siempre: los sacramentos.

—¿Qué harás entonces?

—Informar al Santo Padre de la existencia de la epístola, hacerle saber dónde se encuentra. El Papa será el depositario de un secreto más, eso es todo. De vuelta en mi monasterio, enterraré los resultados de mis investigaciones en el silencio del convento. Salvo uno, que quiero publicar sin tardar: el papel desempeñado por los nazareos en el nacimiento del Corán.

En el piso inferior, Muktar había grabado escrupulosamente las dos *Gymnopédies* de Satie y luego, después de la llegada de Nil, el principio de la conversación. Al llegar a ese punto, el árabe apretó con fuerza los auriculares contra sus oídos.

—¿La epístola del decimotercer apóstol te ha enseñado algo nuevo sobre el Corán?

—Él dirige su carta a las Iglesias, pero de hecho está destinada a sus discípulos, los nazareos. Al final, les conjura a permanecer fieles a su testimonio y a sus enseñanzas sobre Jesús

357

en cualquier lugar adonde les conduzca su exilio. Confirma, pues, lo que yo sospechaba: después de haberse refugiado un tiempo en Pella, los nazareos tuvieron que seguir camino, sin duda huyendo de la invasión de los romanos del 70. Nadie sabe qué fue de ellos, pero nadie parece haberse fijado en que, en el Corán, Mahoma habla a menudo de los *naçâra*, un término que siempre ha sido traducido por «cristianos». ¡De hecho, *naçâra* es la traducción árabe de «nazareos»!

—¿Y tu conclusión?

—Mahoma debió de conocer a los nazareos en La Meca, donde habían encontrado refugio después de Pella. Seducido por sus enseñanzas, él mismo estuvo a punto de convertirse en uno de los suyos. Luego huyó a Medina, donde se convirtió en jefe militar: la política y la violencia ocuparon entonces el primer lugar, pero él quedó marcado para siempre por el Jesús de los nazareos, el del decimotercer apóstol. Si Mahoma no hubiera sido devorado por su deseo de conquista, el islam nunca hubiera nacido, los musulmanes serían los últimos nazareos, ¡y la cruz del profeta Jesús ondearía en el estandarte del islam!

Leeland parecía compartir el entusiasmo de su amigo.

—¡Puedo garantizarte que, en todo caso, en Estados Unidos los universitarios se apasionarán por tus trabajos! Te ayudaré a darlos a conocer allí.

—¡Imagínate, Remby! Que los musulmanes admitan al fin que su texto sagrado lleva la marca de un íntimo de Jesús, excluido él mismo de la Iglesia por haber negado su divinidad, ¡igual que ellos! Sería la nueva base de un acercamiento posible entre musulmanes, cristianos y judíos. ¡Y sin duda el fin del Yihad contra Occidente!

El rostro de Muktar se había contraído bruscamente. Dominado por el odio, el árabe ya solo escuchaba distraídamente la conversación: Nil le preguntaba ahora a Leeland cuáles eran sus proyectos, cómo lo haría para ocultar todo eso a Catzinger. ¿Sería capaz de resistir a la presión, de no decirle nada? ¿Qué pasaría si el cardenal ejecutaba su amenaza y hacía pública su relación privilegiada con Anselmo?

Parloteaban como mujeres: todo aquello ya no interesaba al palestino, que se sacó los auriculares. *El Corán no se toca.* Que eruditos cristianos desvelaran los secretos enterrados en sus Evangelios era su problema. Pero el Corán nunca se vería sometido a los métodos de su exégesis impía; la Universidad al-Azhar se reafirmaba en ese rechazo. No se diseca la palabra de Alá transmitida por su Profeta, bendito sea su nombre.

¡Mahoma, un discípulo oculto del judío Jesús! El francés aplicaría al texto sagrado sus métodos de infiel, publicaría los resultados con ayuda del americano. En manos de Estados Unidos, lacayo de Israel, sus trabajos se convertirían en un arma terrible contra el islam.

Frunciendo el entrecejo, rebobinó las cintas y recordó una frase que citaba con frecuencia a sus estudiantes: «Por lo tanto, no los toméis por aliados vuestros mientras no abandonen el ámbito del mal… y si se vuelven hostiles, cogedlos y matadlos allí donde los encontréis».*

Muktar se sintió aliviado: el Profeta, bendito sea su nombre, había decidido.

* Corán 4, 89.

80

Había llovido todo el día. Las capas de niebla ascendían lentamente de nuestro lado por la ladera de los Abruzos y luego parecían dudar un instante antes de franquear la cresta y desaparecer hacia el mar Adriático. El vuelo de las aves de presa era como aspirado por el horizonte.

El padre Nil me había ofrecido refugio en su ermita, tallada directamente en la roca. Un jergón tendido sobre una cama de helechos secos, una mesita ante una ventana minúscula. Una chimenea rudimentaria, una Biblia en un estante, haces de leña. Menos de lo esencial y necesario: lo esencial allí estaba en otra parte.

Me advirtió de que llegábamos al término de su historia. Solo retrospectivamente, me dijo, en el silencio de aquella montaña, había comprendido todas sus peripecias. Una sola vez pareció turbado, lo percibí en el temblor de su voz: al hablarme de Rembert Leeland, del calvario interior que ese hombre vivió y de su desenlace trágico en el curso de unas horas.

Desde que había encontrado el manuscrito perdido, los acontecimientos se precipitaron. Al exhumar del olvido aquel texto de otra época, había abierto las compuertas tras las que se enconaban hombres desconocidos para él, hombres que defendían cada uno su propia causa con un encarnizamiento cuya violencia, todavía hoy, le resultaba incomprensible.

81

Aquella misma noche Muktar había telefoneado a Lev Barjona y había concertado una cita, esta vez en un bar. Los dos hombres pidieron una copa y se quedaron de pie junto al mostrador, hablando a media voz a pesar del alboroto de los consumidores.

—Escúchame, Lev, esto es serio. Acabo de enviar a Calfo la grabación de una conversación entre Nil y Leeland. El francés ha encontrado la epístola; efectivamente estaba en la caja de coñac de que te habló el metropolitano Samuel. La ha leído y la ha dejado en su sitio, en el Vaticano.

—¡Bien, perfecto! Ahora hay que moverse con calma.

—Ahora hay que actuar, y sin calma. Ese perro pretende que la epístola contiene la prueba… o mejor dicho, que confirma su convicción íntima de que el Corán no fue revelado por Dios a Mahoma. Pretende que el Profeta estaba próximo a los nazareos antes de caer en la violencia en Medina, que estaba cegado por su ambición… Sabes lo que esto significa, nos conoces desde siempre. Este hombre ha franqueado la línea más allá de la cual cualquier musulmán reacciona inmediatamente; debe desaparecer. Rápido, y su cómplice también.

—Cálmate Muktar. ¿Has recibido instrucciones de El Cairo en este sentido? ¿Y Calfo?

—No necesito instrucciones de El Cairo; en estas circunstancias el Corán dicta su conducta a los creyentes. En cuanto a Calfo, me importa un comino. Es un depravado, y las historias de los cristianos me dejan indiferente. Que arreglen sus problemas entre ellos y urdan sus maquinaciones; yo protejo la pureza del mensaje transmitido por Dios a Mahoma. Todo musulmán está dispuesto a verter su sangre por esta causa, Dios no soporta la deshonra. Defenderé el honor de Dios.

Lev hizo una seña al camarero.

—¿Cuáles son tus intenciones?

—Conozco sus idas y venidas, sus recorridos habituales. Por la noche Nil vuelve a pie a San Girolamo; le lleva una hora y pasa por la vía Salaria Antica, siempre desierta a primeras horas de la noche. El americano le acompaña un rato y luego vuelve sobre sus pasos para terminar su paseo en torno al Castel Sant'Angelo, donde se queda absorto pensando; nunca hay nadie. ¿Te unirás a mí? Será mañana por la noche.

Lev lanzó un suspiro. Una operación chapucera, realizada bajo el impulso de la cólera, sin visibilidad. Cuando su fanatismo se le subía a la cabeza, Muktar dejaba de razonar. El beduino saltaba a su camello y corría a lavar la ofensa con sangre. Esperar era un signo de debilidad contrario a la ley del desierto. El orgullo de los árabes, su incapacidad para dominarse cuando el honor estaba en juego, siempre habían permitido al Mosad triunfar sobre ellos. Y recordó la consigna de Jerusalén, transmitida con firmeza por Ari: «La acción ya no es para ti».

—Mañana por la noche tengo un ensayo con la orquesta para mi último concierto. Saben que estoy en Roma: no comprenderían que no me presentara. Debo preservar mi cobertura, Muktar. Lo siento.

—Actuaré sin ti, primero uno y después el otro. El padre Nil solo es una pequeña porcelana que se rompe al menor golpe. En cuanto al americano, bastará con asustarle, se morirá de miedo sin que le toque. No tendré que mancharme las manos con eso.

Cuando se separaron, Lev se dirigió al jardín del Pincio. Necesitaba reflexionar.

Al inicio de la noche, el rector convocó urgentemente una reunión de los Doce. Cuando todos estuvieron sentados detrás de la larga mesa, se levantó.

—Hermanos, una vez más rodeamos al Maestro, como en otro tiempo lo hicieron los Doce en la sala alta. Esta vez no es para acompañarle a Getsemaní, sino para ofrecerle una segunda entrada triunfal en Jerusalén. El padre Nil ha podido encontrar el último y único ejemplar que queda de la carta del impostor, el pretendido decimotercer apóstol. Estaba sencillamente en el fondo secreto del Vaticano, mezclada con manuscritos del mar Muerto guardados allí definitivamente en 1948.

Un murmullo de intensa satisfacción recorrió la asamblea.

—¿Qué ha hecho con ella, hermano rector?

—La ha dejado en su sitio, y tiene la intención de informar al Santo Padre de su existencia y de su localización.

Los rostros de los presentes se ensombrecieron.

—Que lo haga o no, no tiene importancia: Nil pasará por Breczinsky para advertir al Papa. El duodécimo apóstol tiene al polaco bien controlado, ¿no es así, hermano?

Antonio inclinó silenciosamente la cabeza.

—En cuanto Breczinsky haya sido informado por Nil, sin duda mañana, entraremos en acción. El polaco está a nuestra merced, él nos conducirá a la carta. Dentro de dos días, hermanos, la epístola ocupará ante nosotros el lugar que le corresponde, protegida por nuestra fidelidad y por este crucifijo. Y en los meses y años venideros nos serviremos de ella para obtener los medios que necesitamos para nuestra misión: aplastar a las serpientes que muerden a Cristo en el talón, ahogar la voz de los que se oponen a su reino, restaurar la cristiandad en toda su grandeza, para que Occidente recupere su dignidad perdida.

Al abandonar la sala, Calfo tendió un sobre a Antonio sin decir palabra: le convocaba a su casa, en el Castel Sant'Angelo, dos días más tarde por la mañana. Debía dejar tiempo suficiente para que Nil hablara con Breczinsky. Y para tener la mente totalmente despejada para la velada del día siguiente con Sonia, de la que esperaba mucho. La celebración no podía caer en mejor momento. Gracias a ella se impregnaría de la fuerza que iba a necesitar, la fuerza interior que un cristiano recibe al identificarse con todas sus fibras con Cristo crucificado en la cruz.

Antonio se metió la carta en el bolsillo. Pero en lugar de volver hacia el centro de la ciudad, se desvió hacia el Vaticano.

El cardenal prefecto de la Congregación velaba siempre hasta muy tarde en su despacho.

82

Roma se desperezaba al sol de la mañana. El frío seguía siendo vivo, pero la proximidad de la Navidad incitaba a los romanos a salir de casa. De pie ante su ventana, Leeland observaba distraídamente el espectáculo de la vía Aurelia. La víspera, Nil le había comunicado su decisión de volver a Francia sin tardar: lo que él consideraba una misión recibida de Andrei había llegado al final con el descubrimiento de la epístola.

—¿Has pensado, Remby, que esta porción de desierto situada entre Galilea y el mar Rojo dio nacimiento a los tres monoteísmos del planeta? Allí tuvo Moisés su visión de la zarza ardiente, allí sufrió también Jesús una transformación radical, y ahí nació y vivió igualmente Mahoma. Mi desierto particular estará a orillas del Loira.

La partida de Nil ponía bruscamente al descubierto la vacuidad de su vida. Sabía que nunca alcanzaría el grado de experiencia espiritual de su amigo: Jesús no llenaría su vida interior. La música tampoco: se toca para ser escuchado, para compartir la emoción musical con otros. Muy a menudo había tocado para Anselmo, que se sentaba a su lado y le volvía las páginas. Una maravillosa comunión se instauraba entonces entre ellos, con la hermosa cabeza del violinista inclinada hacia el teclado por donde corrían sus manos. Anselmo estaba perdido para él, para siempre, y Catzinger disponía de los medios para hundirles a los dos en un océano de sufrimiento. «*Life is over*»*

Se sobresaltó al oír que golpeaban a la puerta: ¿Nil?

No era Nil, sino Lev Barjona. Sorprendido de verle allí, Leeland se disponía a preguntarle por el motivo de su visita cuando el israelí se llevó un dedo a los labios y murmuró:

—¿Hay una terraza en lo alto del edificio?

Había una, como en la mayoría de las viviendas romanas, y estaba desierta. Leeland se dejó llevar por Lev al lado más alejado de la calle.

—Desde la llegada de Nil a Roma, tu piso está bajo escucha, acabo de enterarme. Hasta la menor de vuestras conversaciones queda grabada e inmediatamente es transmitida a monseñor Calfo, y a otros mucho más peligrosos que él.

—Pero…

—Déjame hablar, tenemos poco tiempo. Sin saberlo, Nil y tú os habéis puesto a jugar en el «gran juego», una partida a escala planetaria que desconoces por completo, un juego del que lo ignoras todo, y es mejor para ti. Es un *dirty game* que se practica entre profesionales. Como críos con pantalón corto, habéis abandonado vuestro pequeño patio de recreo para introduciros en pleno centro del patio de los mayores. Ellos no juegan con canicas, sino con la violencia, por una apuesta que es siempre la misma: el poder, o su forma visible, el dinero.

—Perdona que te interrumpa: ¿tú sigues jugando a este juego del que hablas?

—Jugué durante mucho tiempo con el Mosad, como sabes. Y es un juego que nunca se abandona, Remby, aunque se desee. No te diré más, pero Nil y tú corréis un gran peligro. Al advertirte así juego contra mi propio campo, pero tú eres un amigo, y Nil es un buen tipo. Ha encontrado lo que bus-

---

* Mi vida está arruinada.

caba; ahora el juego continúa sin vosotros: si queréis conservar la vida, tenéis que desaparecer, y deprisa. Muy deprisa.

Leeland estaba atónito.

—Desaparecer..., pero ¿cómo?

—Los dos sois monjes: ocultaos en un monasterio. Un asesino va tras vosotros, y es un profesional. Marchaos hoy mismo.

—¿Crees que nos mataría?

—No es que lo crea, estoy seguro. Y lo hará sin tardar, en cuanto os tenga a su alcance. Escúchame, te lo ruego: si queréis vivir, coged hoy mismo el tren, el coche, el avión, lo que sea, y haceos tan pequeños como podáis. Avisa a Nil.

Lev estrechó a Leeland entre sus brazos.

—He corrido un riesgo al venir aquí: en el gran juego, los que no respetan las reglas no están bien vistos, y me gustaría vivir para ofrecer aún muchos conciertos. *Shalom*, amigo: dentro de cinco años, de diez años, volveremos a vernos; cada partida no dura eternamente.

Un instante después había desaparecido, dejando a Leeland en la terraza, anonadado.

83

Muktar se había concedido una mañana de asueto: por primera vez no tenía que estar en su puesto desde el alba, con los auriculares pegados a las orejas, espiando todo lo que se decía en el estudio de arriba.

Por eso no vio cómo Leeland abandonaba precipitadamente el edificio de la vía Aurelia, dudaba un instante y luego se dirigía hacia la parada de los autobuses que iban a la vía Salaria. El estadounidense esperó, muy nervioso, la llegada del primer vehículo y se precipitó al interior.

Nil volvió a dejar la hoja sobre la mesa: confiando en su memoria, acababa de poner por escrito la carta del decimotercer apóstol, que había memorizado sin esfuerzo. Con el Papa, sería el único en saber que una tumba que contenía los restos de Jesús se encontraba en algún lugar del desierto, entre Jerusalén y el mar Rojo. Abrió su bolsa y deslizó la hoja en el interior.

Su maleta estaría hecha enseguida, y llevaría la bolsa en la mano. Cogería el tren nocturno para París, que nunca iba lleno en aquella época del año. Abandonar el monasterio fantasma de San Girolamo representaba un alivio para él: una vez en Saint-Martin, ocultaría los papeles más comprometedores y se establecería en el desierto. Como el decimotercer apóstol en otro tiempo.

Le quedaba lo esencial: la persona de Jesús, sus gestos y sus palabras. En un desierto no tenía necesidad de ningún otro alimento para sobrevivir.

Se quedó muy sorprendido al oír que alguien llamaba a la puerta de su celda. Era el padre Jean; tampoco a él lo echaría en falta. Al inagotable charlatán le brillaban los ojos.

—Padre, monseñor Leeland acaba de llegar y desea verle.

Nil se levantó para recibir a su amigo. El estudiante jovial se había convertido en un hombre acosado, que entró bruscamente y se dejó caer en la silla que Nil le tendía.

—¿Qué ocurre, Remby?

—Mi estudio de la vía Aurelia está sometido a escucha desde tu llegada, Catzinger y sus hombres están al corriente de todo lo que nos hemos dicho. Y también otros aún más peligrosos. Por razones diferentes, quieren deshacerse de nosotros.

Nil se dejó caer también en un sillón, conmocionado.

—¿Estoy soñando, o te ha dado un ataque de paranoia?

—Acabo de recibir la visita de Lev Barjona, que me ha puesto al corriente en pocas palabras pero de forma muy clara. Me ha dicho que lo hacía por amistad, y no lo dudo. Todo esto nos supera, Nil. Tu vida está en peligro, y la mía también.

Nil hundió el rostro entre las manos. Cuando lo levantó, clavó en Leeland dos ojos en los que temblaban las lágrimas.

—Lo sabía, Remby, lo he sabido desde el principio, desde que Andrei me puso en guardia. Fue en el monasterio, en la aparente paz inmutable de un convento protegido por su silencio. Lo supe cuando me enteré de su muerte, cuando fui a reconocer su cuerpo dislocado sobre el balasto del expreso de Roma. Lo supe cuando la historia me alcanzó, en su horrible realidad, con Breczinsky y ciertas confidencias que me hizo. Nunca tuve miedo de lo que descubría. Dices que mi vida está amenazada, pero yo soy el último de una lista muy larga que empieza en el momento en que el decimotercer apóstol rechazó la manipulación de la verdad.

—¡La verdad! Solo hay una verdad, la que los hombres necesitan para establecer y conservar su poder. La verdad de un amor muy puro entre Anselmo y yo no es la suya. La verdad que tú has descubierto en los textos no es verdadera, ya que contradice su verdad.

—Jesús decía: «La verdad os hará libres». Yo soy libre, Remby.

—Solo lo eres si desapareces y tu verdad desaparece contigo. Los filósofos que tanto amas enseñan que la verdad es una categoría del ser, que subsiste en sí misma como la bondad y la belleza del ser. Pues bien, es falso, y yo he venido a decírtelo. El amor que nos unía, a Anselmo y a mí, era bueno y hermoso: no era conforme a la verdad de la Iglesia, y por tanto no era verdadero. Tu descubrimiento del rostro de Jesús contradice la verdad de la cristiandad: así pues, estás equivocado en todo; la Iglesia no tolera una verdad diferente a la suya. Los judíos y los musulmanes tampoco.

—¿Qué pueden ellos contra mí? ¿Qué pueden contra un hombre libre?

—Pueden matarte. Debes ocultarte, abandonar Roma inmediatamente.

Se produjo un silencio, turbado solo por el piar de los pájaros entre las cañas del claustro. Nil se levantó y fue a la ventana.

—Si lo que dices es cierto, ya no puedo volver a mi monasterio, donde el desierto estaría poblado de hienas. ¿Ocultarme? ¿Dónde voy a hacerlo?

—Lo he pensado mientras venía. ¿Recuerdas al padre Calati?

—¿El superior de los camaldulenses? Desde luego, lo tuvimos juntos de profesor en Roma. Un hombre maravilloso.

—Ve a Camaldoli y pide que te reciba. Tienen ermitas diseminadas por los Abruzos, allí encontrarás el desierto que ansía tu corazón. Hazlo rápido. Enseguida.

—Tienes razón, los camaldulenses siempre han sido muy hospitalarios. Pero ¿y tú?

Leeland cerró los ojos un instante.

—No te preocupes por mí. Mi vida acabó el día en que comprendí que el amor predicado por la Iglesia podía ser solo una ideología como otra. Tus descubrimientos, a los que me encontré asociado sin haberlo buscado, no han hecho más que confirmar esta sensación: la Iglesia ya no es mi madre, abandonó al niño que yo era porque amé de un modo distinto que ella. Me quedaré en Roma, el desierto de los Abruzos no está hecho para mí. Desde mi salida forzada de Estados Unidos, mi desierto es interior.

Se dirigió hacia la puerta.

—Tu maleta pronto estará hecha. Bajaré a pedir al padre Jean que me enseñe la biblioteca para alejarlo de la portería. Mientras tanto, sal discretamente del monasterio, coge un autobús a la Stazione Termini y salta al primer tren para Arezzo. Confío en Calati, él te llevará a un lugar seguro. Ocúltate en una ermita de los camaldulenses y escríbeme dentro de dos o tres semanas: te diré si puedes volver a Roma.

—¿Y tú qué harás?

—Yo ya estoy muerto, Nil, ya no pueden nada contra mí. No te preocupes: tienes unos minutos para abandonar San Girolamo sin que te vean. Hasta pronto, amigo. La verdad ha hecho de nosotros hombres libres, tenías razón.

El padre Jean se sorprendió del súbito interés que Rembert Leeland parecía tener por la biblioteca, que tenía fama de ser un revoltijo caótico. Mientras el estadounidense le ponía en evidencia con preguntas que demostraban su total incompetencia en materia de ciencias históricas, Nil, con la maleta en la mano derecha, subía al autobús que pasa por la vía Salaria Nuova y lleva a la estación central de Roma.

Su mano izquierda no soltaba una bolsa que parecía constituir su más preciado tesoro.

84

Antonio caminaba con paso vivo. Levantado en una curva del Tíber, el Castel Sant'Angelo reflejaba, con sus ladrillos leonados, el sol poniente. Allí se ejercía en otro tiempo la justicia de los papas; esa noche, él daría cumplimiento a la justicia divina. Un hombre estaba dispuesto a oponerse al gobierno de la Iglesia por una causa que creía buena: no hay buena causa fuera de la jerarquía. Y ese hombre era un depravado, un perverso satánico. El español se apoyó en la barandilla del puente de Víctor Manuel II. Antes de actuar quería recordar las palabras del cardenal la víspera por la noche, reavivar el ardor de la indignación: entonces su mano no temblaría.

—¿Dice que utilizará la epístola para presionarnos?

—Nos lo ha afirmado en varias ocasiones, eminencia, y los Doce están de acuerdo. La carta del decimotercer apóstol dará a quien la posea un poder considerable: su divulgación provocaría trastornos tan grandes que nuestra Iglesia (e incluso ciertos jefes de Estado occidentales) estarían dispuestos a pagar mucho para que la Sociedad la mantuviera en secreto. Los templarios no dudaron en utilizar este medio.

—La tumba de Jesús... ¡increíble! —El cardenal se pasó la mano por la frente—. Pensaba que la epístola se contentaba con negar la divinidad de Jesús. No sería la primera vez, la Iglesia siempre ha sabido superar este peligro, yugular la herejía. ¡Pero haber encontrado la tumba real que contiene los huesos de Jesús! ¡No solo una disputa teológica más, sino una prueba tangible, indiscutible! ¡Es impensable, es el fin del mundo!

Antonio sonrió.

—Eso es también lo que piensa monseñor Calfo, pero él tiene su idea. Encuentra que la Iglesia es demasiado timorata frente a un mundo podrido que evoluciona sin nosotros, o contra nosotros. Quiere dinero, mucho dinero para ejercer peso en la opinión mundial.

—¡Bastardo!

El prelado se dominó enseguida y continuó:

—Antonio, cuando le conocí en Viena, usted era un fugitivo del Opus Dei; pero había jurado servir al Papa y, si él llegaba a desfallecer, servir al papado, columna vertebral de Occidente. Nuestro venerable Santo Padre está enfermo, y de todos modos consagra sus fuerzas y su atención a las multitudes que le aclaman por todas partes en sus viajes. Desde hace veinte años, el gobierno real de la Iglesia descansa sobre espaldas como las mías; a veces ni siquiera se mantiene al Papa al corriente de los peligros a que debemos enfrentarnos. Con frecuencia he tenido que actuar en su nombre, y en este caso lo haré una vez más. ¿Puedo contar con su ayuda? Debemos... neutralizar a Calfo y recuperar el control de la Sociedad San Pío V. Sin tardanza.

—Eminencia...

El cardenal contrajo los labios; sus mejillas se alargaron y su voz se hizo sibilante:

—Recuerda, hijo mío: cuando llegaste a Viena, eras un perseguido. Nunca se abandona el Opus Dei, sobre todo después de haberlo criticado como tú lo hiciste. ¡Eras joven, idealista, inconsciente! Yo te acogí, te protegí, y luego depo-

sité mi confianza en ti. Yo te introduje en la Sociedad San Pío V,
yo pagué para que los españoles de Escrivá de Balaguer, esos
fanáticos, callaran cuando Calfo realizó su investigación sobre
tu persona. ¡Vengo a pedir mis dividendos, Antonio!

El joven bajó la cabeza. Catzinger comprendió que, para
lo que exigía, no bastaría con una orden: debía provocar su
indignación, despertar el temperamento volcánico del andaluz. Tocar su punto sensible: su carácter rígido, intransigente,
su rechazo del cuerpo, mantenido por tantos años de frustra-
ción sexual en la escuela del Opus Dei. El cardenal redondeó
sus labios, que destilaron miel:

—¿Sabes quién es tu rector? ¿Sabes quién es este hombre
que respetas a pesar de su indisciplina? ¿Sabes qué horrores
es capaz de imaginar el primero de los Doce a cien pasos de
esta Ciudad Santa y de la tumba de Pedro? Hace unos días oí
las confidencias de una de sus víctimas, una joven bella y
pura como una madona, a la que había envilecido en su alma
de creyente mientras gozaba de su cuerpo. Y ella no es la primera en haber sido mancillada por él. ¿No sabes de qué hablo? Pues bien, yo te explicaré lo que ha hecho y lo que se
dispone a hacer a partir de mañana.

El cardenal susurró unos instantes, como si quisiera evitar
que el crucifijo, colgado tras él en la pared, pudiera oír lo que
decía.

Cuando hubo acabado, Antonio levantó la cabeza: sus ojos
negros brillaban con una luz dura, inflexible. Abandonó el
despacho del cardenal sin decir palabra.

Con un suspiro, el andaluz se apartó del parapeto del puente:
había hecho bien en revivir aquella escena antes de actuar. La
Iglesia tiene necesidad de ser purificada continuamente, incluso por el hierro. Las órdenes del cardenal le exoneraban de
toda responsabilidad: también esto, desde siempre, había

constituido la fuerza de la Iglesia. Una decisión difícil, una violencia moral, un miembro gangrenado que había que arrancar… Nunca aquel que empuñaba el cuchillo, que hundía la hoja en la carne, se consideraba responsable de la sangre derramada, de las vidas destruidas. La responsabilidad era de la Iglesia.

85

Alessandro Calfo retrocedió con aire satisfecho: era perfecto. Una gran cruz yacía sobre el parquet de su habitación,
dos anchos tablones que permitían que un cuerpo se ten-
diera cómodamente encima. Sonia estaría bien. Trabaría sus
manos con los dos cordoncillos de suave seda que había preparado; las piernas debían permanecer libres. Al pensar en la
escena, la sangre azotó sus sienes y su bajo vientre: unirse
carnalmente a la joven acostada en lugar del divino crucificado era el acto más sublime que pudiera imaginar. La divinidad mezclada por fin a la humanidad, hasta la menor de
sus células conociendo el éxtasis al unirse al sacrificio reden-
tor de Cristo en su forma más perfecta. Sin violencia: Sonia
consentiría, lo sabía, lo sentía. Su reacción horrorizada del
día anterior era solo un efecto de la sorpresa. Obedecería,
como siempre.

Verificó que el icono bizantino estuviera bien colocado
en la vertical de la cruz: así, mientras él celebraba el culto, ella
podría contemplar, simplemente levantando los ojos, aquella
imagen que apaciguaría su alma ortodoxa. Había pensado en
todo, porque todo debía ser ejemplar. Y al día siguiente por la
noche depositaría la epístola maldita en el estante vacío que
la esperaba desde hacía tanto tiempo.

Se sobresaltó al oír el timbre. ¿Ya? Normalmente Sonia,

siempre discreta, venía caída la noche. ¿Tal vez hoy estaba impaciente? Su sonrisa se hizo más amplia. Fue a abrir.

No era Sonia.

—An… ¡Antonio! Pero ¿qué hace aquí hoy? Le convoqué para mañana, Nil debía ver antes al polaco esta tarde… ¿Qué significa esto?

Antonio avanzó hacia él, forzándole a caminar de espaldas por el pasillo de entrada.

—Esto significa, hermano rector, que usted y yo tenemos que hablar.

—¿Hablar? ¡Soy yo quien habla, y cuando yo lo decido! Usted es el último de los Doce y en ningún caso…

Antonio seguía avanzando, con los ojos clavados en el rostro del napolitano, que retrocedía ante él golpeándose contra las paredes.

—Ya no eres tú quien decide, es el Dios a quien pretendes servir.

—¿Que… que yo pretendo? ¿Quién le autoriza a hablarme en este tono?

A trompicones, los dos hombres llegaron a la puerta de la habitación, que Calfo había dejado abierta.

—¿Quién me autoriza, dices? ¿Y quién te autoriza a ti, miserable, a traicionar tu voto de castidad? ¿Quién te autoriza a envilecer a una criatura de Dios protegido tras tu ordenación episcopal?

Con un golpe de cadera forzó al hombrecillo rechoncho a entrar, aún de espaldas, en la habitación. Calfo tropezó con el pie de la cruz. Antonio echó una ojeada al decorado cuidadosamente dispuesto: el cardenal no le había mentido.

—¿Y esto? Lo que te disponías a hacer es una abominable blasfemia. No eres digno de poseer la epístola del decimotercer apóstol, el Maestro no puede ser protegido por un hombre como tú. Solo un ser puro puede apartar la mancha que hoy amenaza a Nuestro Señor.

—Pero… pero…

Calfo tropezó de nuevo con el travesaño de la cruz, resbaló y cayó de rodillas ante el andaluz. Este lo miró con desprecio, con los labios fruncidos en una mueca de asco. Ya no era su rector, el primero de los Doce. Era un pingajo tembloroso e inundado de transpiración malsana. Sus ojos se volvieron súbitamente opacos.

—¿Querías tenderte sobre la cruz, no es eso? ¿Querías unir tu cuerpo, transfigurado por el gozo, al Maestro transfigurado por su amor a cada uno de nosotros? Pues bien, eso harás. Nunca sufrirás tanto como el que murió por ti.

Un cuarto de hora más tarde, Antonio volvía a cerrar suavemente la puerta del piso y se secaba las manos con un pañuelo de papel. No había sido difícil. Nunca es difícil cuando se obedece.

86

Leeland caminaba con paso inseguro sobre los adoquines desiguales de la vía Salaria Antica. «A Nil le gustaba tanto hacer este trayecto para venir a casa... ¡Ya pienso en él en pasado!»

Había conseguido retener al padre Jean en la biblioteca un buen rato, pero había rechazado su invitación a compartir la comida con la comunidad:

—El padre Nil y yo tenemos una cita en el Vaticano al inicio de la tarde. Seguramente se habrá ido sin esperarme, volverá... tarde esta noche.

Nil no volvería: en ese momento debía de estar en el andén de la Stazione Termini a punto de subir a un tren para Arezzo. O ya había salido.

Invadido por la angustia, Leeland se sentía muy ligero: de hecho estaba vacío, hasta en la menor de sus fibras musculares, hasta el extremo de sus dedos. *Life is over.* El breve paso de Nil por Roma acababa de imponerle la evidencia que se había negado a admitir desde su exilio al Vaticano, la verdad que se ocultaba a sí mismo: su vida ya no tenía ningún sentido, el gusto por vivir le había abandonado.

Sin saber cómo, se encontró ante la puerta de su estudio. Empujó la puerta con mano temblorosa, la cerró y se sentó pesadamente junto al piano. ¿Podría tocar música aún? Pero... ¿para quién?

En el piso inferior, Muktar había vuelto a ocupar su puesto de escucha y había conectado los magnetofones. Aquel día el americano había vuelto más tarde que de costumbre, y solo: eso significaba que había dejado a Nil en el Vaticano; el francés debía de estar hablando con Breczinsky. Se instaló confortablemente, con los auriculares en los oídos. Nil volvería al acabar la tarde y hablaría con Leeland. Caída la noche, volvería a San Girolamo como de costumbre. A pie, por las calles oscuras y desiertas. Su amigo le acompañaría un rato.

El americano primero. Luego el otro.

Pero Nil no volvía. Sentado aún junto al piano, Leeland observaba cómo las sombras invadían su estudio. No encendió la luz: luchaba con todas sus fuerzas contra su miedo, luchaba contra sí mismo. Solo quedaba una cosa por hacer, Lev le había proporcionado la solución sin saberlo. Pero ¿tendría la determinación, el valor necesario para salir?

Una hora más tarde la noche había caído sobre Roma. Las cintas magnéticas giraban en el vacío: ¿qué hacía el francés? De pronto Muktar oyó arriba unos ruidos indistintos y la puerta del estudio que se abría y luego se cerraba. Se sacó los auriculares y fue a la ventana: Leeland, solo, salía del edificio y cruzaba la calle. ¿Se habrían citado en el trayecto a San Girolamo? En ese caso sería aún más sencillo.

Muktar se deslizó fuera del edificio. Iba armado: un puñal y un cabo de acero. Siempre había preferido el arma blanca o el estrangulamiento. El contacto físico con el infiel da a la muerte su verdadero valor. El Mosad prefería utilizar a sus tiradores de élite, pero el Dios de los judíos es solo una abstracción lejana; para un musulmán, Dios se alcanza en la realidad del cuerpo a cuerpo. El Profeta nunca había utilizado la flecha sino su sable. Si era posible, estrangularía al americano. Sentiría cómo su corazón se paraba bajo sus manos, ese corazón dispuesto a proporcionar a los de su nación un arma decisiva contra los musulmanes.

Siguió a Leeland, que dio la vuelta a la plaza de San Pedro sin pasar bajo la columnata y cogió por el Borgo Santo Spirito. Iba hacia el Castel Sant'Angelo. Los romanos se habían refugiado en sus casas, al abrigo del frío. Si aquellos dos habían concertado una cita al pie del castillo, era porque sabían que no habría un alma. Tanto mejor.

Ahora Leeland caminaba despacio y se sentía en paz. En la penumbra del estudio había tomado la decisión, mientras se repetía las palabras empleadas por Lev: «Un asesino, un profesional. Vete, ocúltate en un monasterio…». No se iría, no se ocultaría. Al contrario, caminaría hacia su destino, como en aquel momento, visible desde todas partes. A un cristiano le estaba prohibido el suicidio, y él nunca pondría fin por sí mismo a aquella vida sin vida en que se había convertido su existencia. Pero si otro se encargaba de hacerlo, estaría bien. Alcanzó la orilla izquierda del Tíber, pasó ante el Castel Sant'Angelo y continuó por el Lungotevere. Algunos coches aislados pasaban por aquella calle que domina el Tíber y luego giraban a la izquierda hacia la piazza Cavour. No se veía un solo transeúnte, la humedad ascendía del río y el frío era cortante.

Al llegar al puente de Humberto I, volvió la cabeza. Bajo la luz de las farolas distinguió a un paseante que caminaba, como él, siguiendo el parapeto. Redujo el paso y tuvo la impresión de que el hombre hacía lo mismo. Sin duda era él. No correr, no esconderse, no huir.

Life is over. ¡El hermano Anselmo, sus ilusiones perdidas!

La reforma de la Iglesia, el matrimonio de los sacerdotes, el fin para tantos hombres generosos de un largo calvario, esa castidad impuesta por una Iglesia inconmovible ante el amor humano... Vio una escalera de piedra que descendía hacia la orilla del Tíber: sin dudar, fue hacia ella.

El muelle, mal iluminado, todavía estaba pavimentado a la antigua. Avanzó, contemplando el agua negra: la rápida corriente, que se comprimía en aquel lugar, tropezaba con las rocas diseminadas en el lecho del río. Agrupaciones de cañas y una maleza tupida cubrían la pendiente abrupta que descendía hacia el agua. Roma nunca había abandonado por completo su aspecto de ciudad de provincia.

A su espalda escuchó los pasos del hombre, que bajaban por la escalera y luego resonaban sobre las losas del muelle y se acercaban. Aunque tuviera la edad requerida, su calidad de monje le había permitido en otro tiempo escapar a la guerra del Vietnam. Leeland se había preguntado a menudo si allí hubiera dado prueba de valor físico. Ante la sombra del enemigo decidido a matarle, ¿cómo hubiera reaccionado su cuerpo? Sonrió: aquella orilla sería su Vietnam, y su corazón no latía más deprisa de lo habitual.

Un asesino, un profesional. ¿Qué sentiría? ¿Sufriría?

Los dos hombres, el uno tras del otro, se acercaban a los arcos del puente Cavour. Justo después, un muro alto cortaba el muelle, poniendo fin a un paseo muy apreciado por los romanos cuando el tiempo era bueno. Allí no había escalera a lo largo del muro: para subir a la vía rápida que corría a lo largo del Tíber debía volver atrás; y enfrentarse al hombre que le seguía.

Leeland respiró hondo y cerró los ojos un instante. Se sentía muy tranquilo, pero no veía el rostro del hombre. Que la muerte viniera de espaldas, como una ladrona.

Sin volver la cabeza, penetró resueltamente bajo el arco oscuro del puente.

A su espalda, oyó los pasos de un hombre que corría, como para coger impulso. Un paso ligero que apenas rozaba el empedrado.

87

Sosteniendo su bolsa en una mano y la maleta en la otra, Nil bajó del autobús. El pueblo era tan rústico como había imaginado por la descripción del padre Calati:

—Nuestro ecónomo sale ahora mismo para l'Aquila, suba a su coche. Le dejará en la estación de autobuses local: por la tarde un autobús cubre el servicio de esta zona de los Abruzos. Baje en el pueblo, luego siga la carretera a pie hasta un cruce. Gire a la izquierda y le quedará un kilómetro por un camino de tierra hasta una granja aislada. Seguro que encontrará a Beppo; él vive allí solo con su madre. No se extrañe, no habla pero lo entiende todo. Dígale que viene de mi parte y pídale que le conduzca hasta el ermitaño. Será una larga caminata por la montaña: Beppo está acostumbrado, es el único que sube a la ermita para llevar de vez en cuando un poco de comida.

Luego Calati había levantado las manos al cielo y había bendecido silenciosamente a Nil, arrodillado sobre las losas heladas del convento.

Cuando se presentó en Camaldoli, su antiguo profesor le había estrechado entre sus brazos y su barba enmarañada había acariciado la mejilla de Nil. ¿Necesitaba instalarse en el desierto por tiempo indefinido? ¿Nadie debía conocer su refugio? Calati no hizo preguntas, no se sorprendió de su llegada, de su aire de fugitivo y su singular petición. Junto al viejo ermitaño, dijo simplemente, estará bien.

—Ya verá, es un hombre un poco particular, que vive desde hace años en la montaña. Pero nunca está solo: a través de la oración está en relación con todo el universo, y posee un don de adivinación que a veces desarrollan algunos grandes místicos. Nos mantenemos en contacto gracias a Beppo, que baja de la montaña cada quince días para vender sus quesos en l'Aquila. ¡Que Dios le bendiga!

Nil vio cómo el autobús se alejaba entre una nube de humo y avanzó por la única calle del pueblo. Todavía era de día, pero las casas de techo bajo estaban bien cerradas, con las juntas taponadas para afrontar el frío de la noche.

Al pasar, echó una ojeada al vidrio de una ventana y sonrió a la imagen que le devolvía: los cabellos cortados al rape, aún grises a su salida de la abadía de Saint-Martin, se habían vuelto completamente blancos desde su descubrimiento de la epístola.

En su brazo, la maleta se había hecho muy pesada cuando se detuvo ante la granja. La silueta de un joven vestido con una chaqueta de piel de oveja sin mangas —la prenda tradicional de los pastores de los Abruzos— cortaba leña ante la puerta. Al oír a Nil, el muchacho volvió la cabeza y le miró con inquietud, con la frente arrugada bajo una corona de cabellos rizados.

—¿Tú eres Beppo? Vengo de parte del padre Calati. ¿Puedes conducirme junto al ermitaño?

Beppo depositó cuidadosamente su hacha contra el montón de troncos, se secó las manos con el reverso de su chaqueta y luego se acercó a Nil y le contempló. Al cabo de un instante su rostro se distendió, esbozó una sonrisa e inclinó la cabeza. Empuñó la maleta con brazo vigoroso, apuntó con el mentón hacia la montaña y le indicó con un gesto que le siguiera.

El camino se hundía en el bosque y más adelante ascendía abruptamente. Beppo caminaba con paso regular; su forma de andar producía una impresión de facilidad, casi de gracia. Nil le seguía con esfuerzo, sosteniendo su preciosa bolsa. ¿Le habría comprendido bien el muchacho? Solo podía confiar en que fuera así.

Llegaron a lo que parecía el final del camino. Se veían rastros ya antiguos de rodadas dejadas por las máquinas —los tractores de los forestales, que seguramente pocas veces llegaban hasta allí—. En el foso manaba un agua límpida: Beppo dejó la maleta, se inclinó y bebió largamente con las manos juntas. Siempre silencioso, el adolescente volvió a coger la maleta y se introdujo por un sendero que penetraba en una cañada, siguiendo la ladera de la montaña. A través de las copas de los árboles se distinguía una cresta lejana.

Acababa de caer la noche cuando desembocaron en una minúscula explanada que dominaba el oscuro valle. Nil distinguió una ventana iluminada tallada directamente en la roca. Sin vacilar, Beppo se acercó a ella, dejó caer la maleta al suelo y golpeó el cristal.

Se abrió una puerta baja y una sombra se destacó en el marco. Vestido con una especie de blusa ceñida a la cintura, un hombre muy anciano, con la cabeza rodeada de cabellos blancos que le caían sobre los hombros, dio un paso adelante; detrás de él, Nil distinguió un hogar en el que ardía un tronco que difundía una luz viva. Beppo se inclinó, lanzó un gruñido y tendió el brazo hacia Nil. El anciano rozó con su mano los cabellos rizados del muchacho; luego se volvió hacia Nil y le sonrió. Le mostró el interior de su ermita, de donde llegaba un agradable calor, y dijo simplemente:

—*Vieni, figlio mio. Ti aspettavo.*

¡Ven, hijo mío, te esperaba!

88

Aquella mañana, en la Ciudad del Vaticano reinaba una agitación febril, un término muy relativo en ese lugar: algunos prelados recorrían los pasillos pavimentados de mármol con un paso un poco menos acompasado de lo habitual y algunos cinturones violeta volaban un poco más alto sobre los peldaños que se subían de dos en dos. Un coche con matrícula S. C. V. franqueó a gran velocidad el portal del patio del Belvedere, saludado por un guardia suizo que reconoció en su interior al médico personal del Papa, un hombre de cierta edad que sujetaba sobre sus rodillas un maletín negro.

En cualquier otro lugar, esos signos imperceptibles de agitación hubieran pasado inadvertidos; pero el guardia suizo testigo de aquel nerviosismo inhabitual en la Ciudad Santa se alegró: aquel día tendría con qué alimentar las conversaciones de sus colegas.

El coche S. C. V. recorrió la vía della Conciliazione hasta el final, giró a la izquierda, pasó ante el Castel Sant'Angelo y aparcó un poco más lejos sobre la acera del Lungotevere, detrás de un furgón con las luces de emergencia encendidas. El hombre del maletín descendió apresuradamente la escalera que conducía a la orilla del Tíber y caminó sobre el desigual empedrado hacia el arco del puente Cavour, donde una decena de gendarmes italianos se habían reunido en torno a una forma oscura que rezumaba agua y que al parecer habían retirado de las cañas que bordeaban el río.

El médico examinó el cadáver, conversó con los gendarmes, cerró su maletín y luego subió al Lungotevere, donde habló en voz baja por su teléfono móvil procurando mantenerse apartado de los curiosos que contemplaban la escena. Mientras hablaba, inclinó varias veces la cabeza; después indicó con un gesto al chófer que se marchara sin él y volvió con paso rápido al pie del Castel Sant'Angelo. Cruzó, siguió adelante, y un poco más allá se encaminó hacia un edificio de construcción reciente, al pie del cual un hombre joven vestido como un turista parecía esperarle.

Los dos hombres intercambiaron unas palabras; luego el joven sacó una llave del bolsillo e indicó con un gesto al médico que le siguiera al interior del edificio.

A última hora de la mañana, el cardenal Catzinger se encontraba ante el soberano pontífice, al que habían instalado en su despacho. Adornada con el anillo del concilio Vaticano II, en el que había participado, la mano derecha del Papa temblaba mientras leía una hoja de papel. Doblado en dos por la enfermedad, el pontífice mostraba, sin embargo, bajo las cejas enmarañadas una mirada viva y penetrante.

—Eminencia, ¿es cierto esto? ¿Dos prelados del Vaticano muertos con unas horas de diferencia esta misma noche?

—Una dolorosa coincidencia, Santo Padre. Monseñor Calfo, que ya había recibido un aviso hace varios meses, ha sufrido esta noche un paro cardíaco al que no ha sobrevivido.

Alessandro Calfo había sido encontrado en su habitación, tendido sobre dos tablones dispuestos en forma de crucifijo. El rostro violáceo todavía estaba crispado por un rictus de sufrimiento. El religioso tenía los brazos abiertos, atados a los brazos de la cruz por dos cordoncitos de seda, y su mirada vidriosa estaba clavada en un icono bizantino, colgado justo por encima de la escena, que representaba a la madre de Dios en toda su pureza virginal.

Alguien había arrancado dos clavos de la cabecera de la cama y los había hundido en las palmas del torturado. La sangre no había brotado; sin duda el hombre ya estaba muerto cuando había sido crucificado.

Como el piso se encontraba a cierta distancia de la plaza de San Pedro, el caso quedaba bajo la jurisdicción de la policía italiana; pero la muerte violenta de un prelado, ciudadano del Vaticano, siempre coloca al gobierno italiano en una situación extremadamente delicada. El comisario de policía —un napolitano, como el difunto— se sentía muy incómodo. ¿Un rito satánico, este hombre crucificado? Aquello no le gustaba nada, e hizo notar que, después de todo, a vista de pájaro la frontera inmaterial de la Ciudad Santa se encontraba solo a un centenar de metros: podía considerarse, pues, que el médico personal del Papa, que iba a llegar de un momento a otro, era perfectamente competente para redactar el permiso de inhumación.

El digno práctico no se tomó el trabajo de abrir su maletín: ayudado por el joven de extraña y sombría mirada que le acompañaba, abotonó primero cuidadosamente el cuello de Calfo de modo que las marcas de estrangulamiento quedaran ocultas. Luego arrancó los clavos, llamó al policía, que se había alejado discretamente, y le comunicó su diagnóstico: paro cardíaco, exceso de pasta unido a la falta de ejercicio. Son cosas que un napolitano comprende inmediatamente. El policía lanzó un suspiro de alivio y remitió sin dilación el cadáver a las autoridades vaticanas.

—Un paro cardíaco —suspiró el Papa—; no habrá sufrido, pues. Dios es bueno para sus servidores, *requiescat in pace*.

Pero ¿y el otro, eminencia? Porque ha habido dos muertos esta noche, ¿no es así?

—En efecto, y este caso es mucho más delicado: se trata de monseñor Leeland, del que ya os he hablado.

—¡Leeland! ¿El padre abad benedictino que se manifestó ruidosamente en favor de los sacerdotes casados? Lo recuerdo muy bien, eso le valió un *promoveatur ut amoveatur*; en Roma se mantenía tranquilo.

—No exactamente, santidad. Leeland se relacionó aquí mismo con un monje rebelde que le expuso sus teorías insensatas sobre la persona de Nuestro Señor Jesucristo. Parece que esto le turbó profundamente y debió de conducirle a la desesperación: le han encontrado esta mañana, ahogado, entre las cañas que bordean el Tíber, a la altura del puente Cavour. Tal vez sea un suicidio.

El médico, igual que los gendarmes, no había querido prestar atención a la marca de estrangulamiento que rodeaba el cuello de Leeland. Un cable de acero, sin duda, que había aplastado la glotis. El trabajo de un profesional. Extrañamente, el rostro del estadounidense había permanecido sereno, casi sonriente.

El viejo pontífice levantó con esfuerzo la cabeza para observar al cardenal.

—Recemos por este desgraciado monseñor Leeland, que debió de sufrir mucho en su alma. En adelante me transmitirá toda la correspondencia que pueda recibir. ¿Y... el monje rebelde?

—Ayer abandonó San Girolamo, donde residía desde hacía unos días, y no sabemos dónde está. Pero será fácil encontrar su rastro.

El Papa hizo un gesto con la mano.

—Eminencia, ¿adónde quiere que vaya a ocultarse un monje si no en un monasterio? Vamos, no haga nada por el momento; démosle tiempo para que recobre la paz interior que, por lo que me dice, parece haber perdido.

De vuelta en su despacho, Catzinger reflexionó y llegó a la conclusión de que compartía sin reservas el punto de vista del Papa. La muerte de Calfo le libraba de un peso considerable; Antonio había intervenido justo a tiempo: la epístola del decimotercer apóstol permanecería enterrada en el fondo secreto del Vaticano; en ningún otro lugar estaría mejor protegida de curiosidades malsanas. ¿Leeland? Solo un insecto, de esos que se apartan con el dorso de la mano. Nil, finalmente, solo era peligroso en su abadía. Mientras no volviera, no había prisa en actuar.

Quedaba Breczinsky: su presencia entre los muros del Vaticano era para él una espina insoportable. El bibliotecario le recordaba a cada instante un episodio sombrío de la historia de Alemania y atizaba en él un sentimiento de culpabilidad colectiva contra el que había luchado desde siempre. ¿Su padre? Solo había cumplido con su deber al ejecutar valerosamente su misión: combatir al comunismo que amenazaba el orden del mundo. ¿Era culpa suya, era culpa de todos ellos, si Hitler había desviado toda esa generosidad para establecer el dominio de su pretendida raza superior al precio de un apocalipsis?

El polaco había sido destrozado por su padre, pero esa era la suerte de todos los vencidos. El cardenal, sin confesárselo, se sentía humillado por una tragedia en la que de hecho no había tomado parte. Pero su padre... Aquel sentimiento de humillación le galvanizaba en su combate permanente: la pureza de la doctrina católica. Ahí estaba su misión, él no formaría parte del linaje de los vencidos. La única raza superior, la única que podía vencer, era la de los hombres de fe. La Iglesia era la última muralla frente al Apocalipsis moderno.

Breczinsky se le había hecho odioso, y debía ser alejado. Catzinger no encontraría la paz mientras tuviera bajo sus ojos a aquel último testigo de su propia historia y de la de su padre.

Por el momento, una única causa movilizaba toda su energía: la canonización de Escrivá de Balaguer, prevista para unos meses más tarde. El fundador del Opus Dei había sabido consolidar el edificio fundado sobre la divinidad de Cristo. Gracias a hombres de su temple, la Iglesia resistía.

Sería preciso, con todo, que se decidiera a hacer un milagro, pero ese no era un obstáculo insalvable.

89

El desierto de los Abruzos era tal como Nil lo deseaba, como debía de haberlo conocido el decimotercer apóstol después de su huida de Pella, como lo había vivido Jesús después de su encuentro con Juan el Bautista junto al Jordán. El ermitaño le había señalado un jergón en un rincón de la gruta.

—Es el que utiliza Beppo cuando pasa la noche aquí. Este muchacho siente por mí el mismo apego que sentiría por su padre, al que nunca conoció. No habla, pero nos comunicamos sin dificultad.

Luego no había dicho nada más, y durante varios días habían vivido juntos en un silencio absoluto, compartiendo sin decir palabra las comidas de queso, hierbas y pan en la terraza donde la montaña les hablaba en su idioma.

Nil se daba cuenta de que el desierto es en primer lugar una actitud del espíritu y del alma. Que hubiera podido vivirlo igualmente en la abadía o en medio de una ciudad. Que es una cierta cualidad de despojamiento interior, de abandono de todas las referencias habituales de la vida social. Muy deprisa la extraordinaria pobreza del lugar le fue indiferente, hasta el punto de que pronto dejó de percibirla. En contacto con el ermitaño, empezó a sentir una presencia muy fuerte, muy cálida, de una riqueza insospechada. Primero la percibió como si viniera del exterior, de la naturaleza, de su compa-

393

ñero. Luego comprendió que se unía a otra presencia en su interior. Y que si se volvía atento, contentándose con observarla antes de acogerla, ya no contaría nada más. No habría ya incomodidades ni soledad ni temor.

Ni siquiera, tal vez, memoria del pasado y de sus heridas.

Un día en que Beppo acababa de dejarles después de haber renovado su provisión de pan, el ermitaño se alisó la barba y le habló:

—¿Por qué te preguntas todavía lo que significan mis palabras de acogida: «Te esperaba, hijo mío»?

Aquel hombre leía en él como en un libro abierto.

—Pero… si no me conocía, no le habían avisado de mi llegada, ¡no sabía nada de mí!

—Yo te conozco, hijo, y sé de ti cosas que tú mismo ignoras. Ya verás, viviendo aquí adquirirás la mirada del despertar interior, la que Jesús poseía a su salida del desierto, la que le permitió ver a Nataniel bajo la higuera, que, sin embargo, estaba fuera del alcance de su vista. Sé lo que has sufrido, y sé por qué. Buscas el tesoro más precioso, un tesoro del que ni siquiera las Iglesias poseen la llave, un tesoro del que solo pueden indicar la dirección, si es que no obstruyen su vía de acceso.

—¿Sabe quién era el decimotercer apóstol?

El ermitaño rió silenciosamente; una luz bailaba en sus ojos.

—¿Crees que siempre hace falta saber para conocer?

Dejó que su mirada errara por el valle, donde las nubes altas dibujaban manchas movedizas. Luego habló, como si se dirigiera a alguien que no era Nil:

—Todas las cosas pueden ser conocidas solo desde el interior. La ciencia es únicamente la corteza; hay que atravesarla para encontrar el corazón, la albura del conocimiento. Esto es cierto para minerales, plantas, seres vivos, y también para los Evangelios. Los antiguos llamaban a este conocimiento interior una gnosis. Muchos resultaron intoxicados por el alimento demasiado rico que encontraban en ella; se les subió a la cabeza, se creyeron superiores a todos, *catharoi*.* Ese que encuentras en el Evangelio (el mismo cuya presencia experimentas también en la oración) no es ni superior ni inferior a ti: es contigo. La real presencia de Jesús es tan fuerte que te liga a todos, pero te separa también de todos. Ya has comenzado a experimentarla, y aquí vivirás solo de ella. Por eso has venido.

»Te esperaba, hijo…

---

* *Catharoi*: «puros» en griego; de ahí el nombre de los cátaros.

90

Roma asistió indiferente a la recuperación del control de la Sociedad San Pío V por el cardenal Emil Catzinger. En nombre del Papa, el cardenal nombró personalmente al rector que sucedería al napolitano Alessandro Calfo, fallecido repentinamente en su domicilio sin haber podido transmitir el anillo en forma de féretro que recordaba su temible cargo de guardián del secreto más precioso de la Iglesia católica: el de la verdadera tumba donde descansan todavía los huesos del crucificado de Jerusalén.

Catzinger eligió a dicho rector entre los Once, y quiso que fuera joven para que tuviera la fuerza necesaria para combatir a los enemigos del hombre convertido en Cristo y Dios. Porque estos no tardarían en levantar de nuevo la cabeza, como lo habían hecho siempre desde que había sido preciso aniquilar la persona y sobre todo la memoria del impostor, el pretendido decimotercer apóstol.

Al colocar en su anular derecho el precioso jaspe, el cardenal sonrió a los ojos negrísimos, apacibles como un lago de montaña. Antonio, por su parte, pensaba solo que, convertido en rector, quedaba definitivamente fuera del alcance del Opus Dei y de sus tentáculos. Por segunda vez, el hijo del *oberstleutnant* Herbert von Catzinger, el pupilo de las Juventudes Hitlerianas, le ofrecía su protección; pero seguía exigiendo sus dividendos. En la caja oculta de la Sociedad, Antonio encontró un expediente con la marca *confidenziale* que llevaba el nombre del cardenal. Si lo hubiera abierto, habría visto algunos documentos que concernían a su poderoso protector encabezados por la cruz gamada. No todos eran anteriores al mes de mayo de 1945.

Pero Antonio no lo abrió, sino que lo entregó en mano a su eminencia, que lo introdujo ante él en la trituradora de papel de su despacho de la Congregación para la Doctrina de la Fe.

Enfundado en su severa sotana negra, Breczinsky veía desfilar la campiña polaca. Antonio en persona le había ido a buscar a su despacho de la reserva y le había conducido sin previo aviso a la estación central de Roma. Desde entonces era incapaz de pensar. Después de haber atravesado toda Europa, el tren penetraba en las llanuras de su país. El religioso se sorprendía de no sentir ninguna emoción. De pronto se incorporó, y sus gafas redondas se cubrieron con un vaho de lágrimas. Acababa de ver pasar muy deprisa una pequeña estación de provincia: Sobibor, el campo de concentración en torno al cual la división Anschluss se había reagrupado antes de iniciar su retirada precipitada hacia el oeste, empujando ante ella a un último convoy de polacos que iban a ser exterminados allí mismo, justo antes de la llegada del Ejército Rojo. En aquel convoy se encontraba todo lo que quedaba de su familia.

Unos días antes, un joven sacerdote, Karol Wojtyla, despreciando el peligro, le había tomado a su cargo y le había ocultado en su exiguo alojamiento de Cracovia, para ponerle a resguardo de la batida organizada por el oficial alemán que acababa de suceder a Herbert von Catzinger, muerto por los partisanos polacos.

Breczinsky bajaría en la siguiente estación: allí se encontraba, en un pequeño carmelo alejado de todo, la residencia

que le había sido asignada por su eminencia el cardenal Cat‑
zinger. La madre superiora había recibido un pliego con las
armas del Vaticano: el sacerdote que le enviaban no debía re‑
cibir nunca ninguna visita ni mantener ningún tipo de rela‑
ción con el exterior.

Necesitaba atenciones, reposo. Y sin duda por mucho
tiempo.

91

La sala se levantó en bloque: la Academia de Santa Cecilia se había llenado hasta los topes para el último concierto de Lev Barjona. El israelí debía interpretar el *Tercer Concierto* para piano y orquesta de Camille Saint-Saëns, donde daría prueba, en el primer movimiento, de su brillantez; en el segundo, de la extraordinaria fluidez de sus dedos, y en el tercero, de su sentido del humor.

Como de costumbre, el pianista entró en el escenario sin dirigir la mirada al público y se sentó directamente en su taburete. Cuando el director de orquesta le indicó con un gesto que estaba dispuesto, su rostro se petrificó súbitamente y tocó los primeros acordes solemnes y pomposos que anuncian el tema romántico, introducido por el *tutti* de la orquesta.

En el segundo movimiento estuvo deslumbrante. Los pasajes acrobáticos desfilaban bajo sus dedos de forma mágica, y cada nota se escuchaba perfectamente nítida y distinta a pesar del tempo infernal que había adoptado de entrada. El contraste entre ese peligroso fluir mercurial y la inmovilidad total de su rostro fascinó a los oyentes, que le dedicaron, después del último acorde, una de esas ovaciones que los romanos conceden a los que han sabido conquistar su corazón.

Se esperaba que, según su costumbre, Lev Barjona desapareciera inmediatamente entre bastidores sin conceder al público los tradicionales bises. Por eso la sorpresa en la sala fue grande cuando el pianista se adelantó hacia ella y pidió con un gesto que le trajeran un micrófono. El israelí lo sujetó y levantó los ojos, deslumbrado por las luces de los focos. Parecía mirar muy lejos, más allá de la sala entonces silenciosa, más allá incluso de la ciudad de Roma. Su rostro ya no estaba congelado, sino revestido de una gravedad desacostumbrada en ese impenitente seductor. La cicatriz que señalaba su cabellera rubia acentuaba el carácter dramático de lo que iba a decir.

Su discurso fue muy breve:

—Para agradecerles su calurosa acogida, les ofrezco la segunda *Gymnopédie* de Erik Satie, un inmenso compositor francés. La dedico especialmente, esta noche, a otro francés, peregrino del absoluto. Y a un pianista estadounidense trágicamente desaparecido, cuyo recuerdo, sin embargo, no me abandonará nunca. Él interpretaba esta música desde el interior, pues como Satie creyó en el amor y fue traicionado.

Mientras Lev, con los ojos cerrados, parecía abandonarse a la perfección de la sencilla melodía, en el fondo de la sala un hombre le miraba sonriendo. Recogido sobre sí mismo, todo músculo, el personaje llamaba un poco la atención entre las espectadoras finas y elegantes que le rodeaban.

«¡Esos judíos —pensó Muktar al-Quraysh— son todos unos sentimentales!»

Con la muerte de Alessandro Calfo, su misión se acercaba al final. Había tenido la satisfacción de eliminar con sus propias manos al estadounidense. En cuanto al otro, había desaparecido, y Muktar todavía no había encontrado su pista. Una simple cuestión de tiempo. Al día siguiente volvía a El Cairo. Rendiría cuentas al Consejo de Hamas y recibiría sus instrucciones. El francés debía desaparecer: para partir a la caza y seguir sus huellas, Muktar necesitaba medios y ayuda. Lev acababa de declarar públicamente su admiración por el infiel; ya no podía contar con él.

En cuanto a Sonia, ahora estaba en el paro. La llevaría a El Cairo sin tardar. Con un velo negro, su encantadora silueta le haría honor. Porque tenía intención de reservársela. Después de haber pasado por las manos de un prelado perverso del Vaticano, debía de saber hacer cosas que el Profeta tal vez hubiera reprobado si las hubiera conocido. Pero el Corán afirma solo: «Las mujeres son campo labrado para vosotros. Labradlo, pues, como os plazca».* Él labraría a Sonia. Totalmente indiferente a la delicada música que surgía de los dedos de Lev, sintió que la sangre afluía a su virilidad.

* Corán 2, 223.

92

Habían pasado tres semanas desde la llegada de Nil a los Abruzos y el monje tenía la sensación de haber pasado toda su vida en aquella soledad. A retazos, había contado al viejo ermitaño toda su historia: su llegada a Roma, la actitud de Leeland hasta su dramática confesión, el encuentro con Lev Barjona; las huellas penosamente halladas de la epístola apostólica, su descubrimiento en el fondo secreto del Vaticano…

El anciano sonreía.

—Sé que esto no cambia nada en tu vida y en su orientación profunda. Tú siempre has buscado la verdad; has encontrado su corteza, y ahora te falta profundizar en este conocimiento en la oración. No debes sentir nunca rencor hacia la Iglesia católica. Ella hace lo que siempre ha hecho, aquello para lo que está hecha cualquier Iglesia: conquistar el poder y luego conservarlo a cualquier precio. Un monje de la Edad Media la definió de forma realista: *casta simul et meretrix*, la casta puta. La Iglesia es un mal necesario, hijo mío; el abuso permanente de su poder no debe hacerte olvidar que encierra un tesoro, la persona de Jesús. Y que sin ella nunca le hubieras conocido.

Nil sabía que tenía razón.

Intrigado por aquel recién llegado que se parecía tanto a su padre adoptivo —hasta en sus cabellos blancos—, Beppo subía a la ermita un poco más a menudo de lo habitual. Allí se sentaba junto a Nil, en el parapeto de piedra seca de la terraza, y sus miradas se cruzaban solo una vez. Luego el francés percibía únicamente su respiración, regular y tranquila. De pronto el muchacho se levantaba, inclinaba ligeramente la cabeza y desaparecía en el camino del bosque.

Ese día Nil le habló por primera vez:

—Beppo, ¿quieres hacerme un favor? Tengo que hacer llegar una carta al padre Calati, en Camaldoli. ¿Puedes encargarte tú? Hay que darla en mano.

Beppo asintió con la cabeza y se guardó la carta en el bolsillo interior de su chaqueta de piel de oveja. Iba dirigida a Rembert Leeland, vía Aurelia. Nil le hablaba brevemente de su llegada a la ermita, de la vida que llevaba en el lugar, de la felicidad que desde hacía tanto tiempo había huido de él y que allí parecía volver a hacerse realidad. Le pedía, finalmente, noticias suyas, y le preguntaba si debía volver a Roma para encontrarse con él.

Unos días más tarde, el Papa abrió esa carta y la leyó dos veces ante Catzinger, que se la había llevado siguiendo sus instrucciones.

Con gesto fatigado, el Papa colocó la carta sobre sus rodillas. Luego levantó la cabeza hacia el cardenal, que se mantenía respetuosamente de pie ante él.

—Ese monje francés del que me ha hablado, ¿por qué piensa que es peligroso para la Iglesia?

—Pone en duda la divinidad de Cristo, Santo Padre, de una forma particularmente perniciosa. Hay que reducirlo al silencio y devolverlo a la soledad de su abadía, que nunca debería haber abandonado.

El Papa dejó caer el mentón contra la sotana blanca. Cerró los ojos. Cristo nunca sería conocido en toda su verdad.

Cristo estaba ante nosotros: solo se podía ir en su busca. Buscarlo, había dicho san Agustín, ya era encontrarlo. Dejar de buscarlo era perderlo.

Sin levantar la cabeza, murmuró unas palabras, y Catzinger tuvo que aguzar el oído para comprender lo que decía:

—La soledad... Creo que él la posee, eminencia, y yo le envidio... sí, le envidio. «Monje», usted lo sabe, viene de *monos*, que significa solo, o único. Él ha encontrado lo único necesario de que hablaba Jesús a Marta, la hermana de María y de Lázaro. Déjelo con su soledad, eminencia. Déjelo con Aquel que ha encontrado.

Luego añadió, con voz aún más imperceptible:

—Por eso estamos aquí, ¿no? Por eso existe la Iglesia. Para que en su seno algunos encuentren lo que buscamos, usted y yo.

Catzinger levantó una ceja. Lo que él buscaba era resolver un problema tras otro, hacer que la Iglesia durara, protegerla de sus enemigos. *Sono il carabiniere della Chiesa*, había dicho un día su predecesor de ilustre memoria, el cardenal Ottaviani.

El Papa pareció salir de su ensueño y le hizo una seña.

—Acérqueme a esta máquina del rincón. Por favor.

Catzinger empujó el sillón rodante hacia la pequeña trituradora de papel, colocada ante un cesto medio lleno de confeti. Como el Papa, con su mano temblorosa, no conseguía poner en marcha el aparato, Catzinger apretó el botón con deferencia.

—Gracias... No, deje, eso quiero hacerlo yo mismo.

La trituradora escupió algunos trozos de papel, que fueron a unirse en el cesto a otros secretos de los que solo el Papa conservaba la memoria en un cerebro aún sorprendentemente lúcido.

«Hay un solo secreto, y es el de Dios. Tiene suerte, ese padre Nil. Mucha suerte, realmente.»

93

En plena noche, un ruido inhabitual despertó a Nil, que encendió una vela. Tendido en su jergón, con los ojos cerrados, el viejo ermitaño respiraba roncamente.

—Padre, ¿se siente mal? Hay que ir a buscar a Beppo, hay que...

—No te preocupes, hijo mío. Solo tengo que abandonar la orilla para ir a aguas más profundas, y ha llegado el momento.

El ermitaño abrió los ojos y envolvió a Nil en una mirada de inmensa bondad.

—Tú te quedarás aquí, es el lugar que te estaba destinado desde toda la eternidad. Como hizo el discípulo bienamado, inclinarás tu cabeza hacia Jesús para escuchar. Solo tu corazón podrá oírle, pero sé que despierta día a día. Escucha y no hagas nada más: él te conducirá por el camino. Es un guía muy seguro, puedes otorgarle toda tu confianza. Los hombres te han traicionado: él nunca te traicionará.

Y añadió con un último esfuerzo:

—Beppo... ocúpate de él, es el hijo que te confío. Es puro como el agua que mana de esta montaña.

Por la mañana, la cresta se iluminó en la ladera opuesta. Cuando las llamas del sol envolvieron la ermita, el viejo ermitaño murmuró el nombre de Jesús y dejó de respirar.

El mismo día, Nil y Beppo le enterraron en una plataforma del acantilado que tal vez se pareciera —pensó Nil— a las que dominan Qumran. En silencio, volvieron a la ermita.

Cuando llegaron a la pequeña terraza, Beppo sujetó el brazo de Nil, inmóvil, inclinó su cabeza ante él y con suavidad colocó la mano del monje sobre el vellón de sus cabellos rizados.

Los días sucedían a los días, y las noches a las noches. Inmóvil, el tiempo parecía tomar otra dimensión. La memoria de Nil todavía no se había curado de sus heridas, pero la angustia que le había dominado durante aquellos días terribles, pasados persiguiendo la ilusión de la verdad, disminuía cada vez más.

La verdad no se encontraba en la epístola del decimotercer apóstol ni en el cuarto Evangelio. No estaba contenida en ningún texto, por sagrado que fuera. Estaba más allá de las palabras impresas sobre el papel, de las palabras pronunciadas por bocas humanas. Se encontraba en el corazón del silencio, y el silencio, lentamente, tomaba posesión de Nil.

Beppo había trasladado a su persona la adoración que había manifestado en vida por el viejo ermitaño. Cuando llegaba, siempre de improviso, se sentaban en el borde de la terraza o ante el fuego de la chimenea. En voz baja, Nil le leía el Evangelio y le hablaba de Jesús, como el decimotercer apóstol había hecho con Iojanan en otro tiempo.

Un día, dominado por una inspiración súbita, trazó sobre la frente, los labios y el corazón del joven una cruz inmaterial. Espontáneamente, Beppo le mostró su lengua, que él rozó también con el signo de muerte y de vida.

A la mañana siguiente, Beppo acudió muy temprano. Se

sentó en el jergón, miró a Nil con sus ojos tranquilos y murmuró balbuceando con esfuerzo:

—¡Padre… padre Nil! Yo… quiero aprender a leer. Para poder estudiar el Evangelio solo.

Beppo hablaba. Desde la exuberancia de su corazón, hablaba.

Aquello introdujo algunos cambios en la vida de Nil. En adelante Beppo iba a verle casi todos los días. Los dos ocupaban entonces su lugar ante la ventana y Nil abría el libro sobre la minúscula mesa. Al cabo de unas semanas, Beppo era capaz de leer, atascándose solo en las palabras complicadas.

—Siempre puedes coger el Evangelio de Marcos —le decía Nil—. Es el más sencillo, el más límpido, el más próximo a lo que Jesús dijo e hizo. Un día, más adelante, te enseñaré el griego. Ya verás, no es tan difícil, y al leerlo en voz bien alta, oirás lo que los primeros discípulos de Jesús decían de él.

Beppo le miró con gravedad.

—Haré lo que me dices: tú eres el padre de mi alma.

Nil sonrió. También el decimotercer apóstol debía de haber sido, para los nazareos que huían ante la Iglesia de los inicios, el padre de su alma.

—Solo hay un padre de tu alma, Beppo. Aquel que no tiene ningún nombre, Aquel que nadie puede conocer, Aquel de quien solo sabemos que Jesús le llamaba *abba*: papá.

94

Aquella mañana de octubre, la plaza de San Pedro tenía el aspecto de los grandes días: el Papa debía proclamar la canonización del fundador del Opus Dei, Escrivá de Balaguer. En la fachada de la basílica, centro de la cristiandad, un inmenso retrato del nuevo santo se encontraba expuesto ante la multitud y parecía contemplarla irónicamente con sus ojos maliciosos.

De pie a la derecha del Papa, el cardenal Catzinger estaba radiante de alegría. Aquella canonización tenía para él un significado especial. En primer lugar, representaba su victoria personal sobre los miembros del Opus Dei, a los que había forzado a comer de su mano durante los años del proceso de beatificación de su héroe. En adelante estarían en deuda con él, lo que le colocaba hasta cierto punto al abrigo de sus permanentes maniobras. Catzinger estaba satisfecho de la jugada; al menos por un tiempo, les tenía cogidos.

En segundo lugar, colocaba a Antonio a resguardo de cualquier presión por parte de los españoles de Balaguer. Le interesaba que la Sociedad San Pío V fuera dirigida con firmeza, para evitar las decepciones que había vivido con Calfo.

Finalmente, y no era una felicidad menor en esa jornada, el Papa —cada vez más incapaz de hacerse entender— le había confiado la tarea de pronunciar la homilía. Lo aprovecharía para trazar su programa de gobierno ante las televisiones del mundo entero.

Porque un día él gobernaría la barca de Pedro. Ya no bajo mano, como sucedía desde hacía años, sino de forma abierta, a la vista de todos.

Maquinalmente rectificó la posición de la casulla pontificia, desplazada de un modo muy poco telegénico por los temblores que agitaban al soberano pontífice. Para ocultar el gesto, sonrió a la cámara. Sus ojos azules, sus cabellos blancos, quedaban admirablemente bien en la pantalla. Se irguió: la cámara apuntaba hacia él.

La Iglesia era eterna.

Perdido entre la multitud, un joven observaba con mirada burlona el espectáculo de los fastos de la Iglesia. Su cabellera rizada brillaba al sol y su vestido de campesino de los Abruzos no llamaba especialmente la atención: delegaciones católicas de todo el mundo, vestidas con sus trajes folclóricos, teñían de manchas brillantes la plaza de San Pedro.

Las manos del joven apretaban contra el pecho una repleta bolsa de cuero.

Nil se la había confiado la víspera. El ermitaño estaba inquieto: en el pueblo, donde cualquier extraño se hacía notar enseguida, habían visto pasar a un hombre que hacía preguntas. Sin duda no era un montañés, ni siquiera un italiano: demasiado músculo y poca barriga, y el juicio de los aldeanos era infalible. Al ser las cosas como son en un pueblo de los Abruzos, el rumor no había tardado en llegar hasta Beppo, y el joven había hablado de ello a Nil, que había sentido revivir sus angustias.

¿Era posible que le buscaran incluso allí?

Al día siguiente, el ermitaño había confiado la bolsa a Beppo. En su interior se encontraba el resultado de años de investigación. Y sobre todo, contenía la copia que había realizado de la epístola. De memoria, cierto, pero sabía que era fiel al texto que había tenido un momento entre sus manos en el fondo secreto del Vaticano.

Su vida no tenía importancia, su vida ya no le pertenecía. Como el decimotercer apóstol, como muchos otros, tal vez muriera por haber preferido a Jesús frente al Cristo-Dios. Lo sabía, y lo aceptaba por adelantado con una gran paz.

Solo tenía un reproche que hacerse, un pecado contra el Espíritu que no podría confesar a ningún sacerdote: le hubiera gustado, con todo, contemplar la verdadera tumba de Jesús en el desierto. Sabía que ese deseo era solo una ilusión perniciosa, pero no conseguía apagarlo en su interior. Registrar la inmensa extensión arenosa entre Israel y el mar Rojo. Encontrar el túmulo perdido en medio de una necrópolis esenia abandonada e ignorada por todos. Ir a ese lugar que el decimotercer apóstol había querido expresamente mantener oculto de las gentes. Pensar en ello ya era un pecado: el silencio no había cumplido en él su obra purificadora. Lucharía, paso a paso, para eliminar de su espíritu aquel pensamiento que le apartaba de la presencia de Jesús, encontrado cada día en la oración.

Entre unos huesos y la realidad no había posibilidad de duda.

Pero había que ser prudente. Beppo iría, solo, a Roma, y confiaría la bolsa a un tío en quien confiaba totalmente.

El cardenal Emil Catzinger terminó su homilía entre una tormenta de aplausos y volvió a ocupar modestamente su puesto a la derecha del Papa.

Con un gesto furtivo, Beppo bajó la cabeza y rozó respetuosamente la bolsa con los labios.

La verdad no sería borrada de la faz de la tierra.

La verdad sería transmitida. Y volvería a emerger, un día.

Oculto bajo la columnata de Bernini, Muktar al-Quraysh no apartaba los ojos del joven. Había localizado el pueblo. El infiel debía de haberse escondido en algún lugar cercano en la montaña.

Bastaría con que siguiera a ese campesino de los Abruzos de mirada ingenua.

Él le conduciría a su presa.

Sonrió: aunque Nil hubiera podido escapar de las gentes del Vaticano, no conseguiría escapar de él. Nadie puede escapar del Profeta, bendito sea su nombre.

En el momento de abandonar la ermita, no pude evitar preguntarle aún:

—¿Padre Nil, no tiene miedo de esa persona que le está buscando?

Reflexionó largamente antes de responderme:

—Ese hombre no es un judío. Después de la destrucción del Templo, los judíos atravesaron por una profunda desesperanza: la promesa no tendría cumplimiento, el Mesías no volvería. Pero Dios sigue siendo para ellos una realidad viva; mientras que los musulmanes no saben nada de Él, salvo que es único, más grande que todo y que les juzga. La ternura, la proximidad del Dios de los profetas de Israel les son extrañas. Frente a un Juez infinito pero infinitamente lejano, la desesperación judía se transformó, en ellos, en una angustia insuperable. Y algunos siguen teniendo necesidad de violencia para exorcizar el miedo a una nada que Dios no llena. Sin duda es un musulmán.

Con una sonrisa, añadió:

—La intimidad con el Dios de amor destruye para siempre el miedo. Es posible que efectivamente ese hombre se encuentre tras mi pista. En cualquier caso, aunque quiera arrastrarme a su nada, no aliviará la angustia que le habita.

Cogió mis manos entre las suyas.

—Intentar conocer a la persona de Jesús es convertirse en otro decimotercer apóstol. La sucesión de este hombre sigue estando abierta. ¿Formará usted parte de ella?

Desde entonces, en mi Picardía de bosques, tierras fértiles y hombres taciturnos, no dejo de oír las últimas palabras de Nil.

Cuando resuenan en mí, me envuelve una nostalgia de desierto.